新 潮 文 庫

もうすぐ

橋本 紡著

新 潮 社 版

9308

目次

すべての父親、
すべての母親、
すべての子供へ。

もうすぐ

プロローグ

　長門太一《ながとたいち》から電話があったのは、十二月の半ばだった。

　やけに長かった残暑が過ぎ去ったと思ったら、いきなり秋がやってきた。そして、あっという間に、冬の風が吹き始めた。テレビの天気予報は厳冬を断言したけれど、風はいつまでたっても冷たくならず、穏やかな日が続いた。せっかく出したロングコートの袖《そで》に手を通したのは、ほんの数回といったところだ。ここ何年かと同じように、結局は暖冬になりそうだった。

「由佳子《ゆかこ》さんにね、個人的に頼みたいことがあるんだけど」

　受話器から聞こえる長門君の声は穏やかだ。マスコミの人間はたいてい早口なのに、長門君はゆっくり喋《しゃべ》る。彼が勤めるR新聞社は、発行部数では二位に甘んじているが、格という面ではトップだろう。いわゆるクォリティ・ペーパーだ。そこの若手敏腕記者だとは、とても思えなかった。ただ、ゆっくりした喋り方こそが、彼の武器なのだった。相手を安心させ、するすると懐《ふところ》にまで入ってしまう。彼が初めてモノにしたスクープは、大物経済人からのリークだった。意図的に利用された面もあるとはいえ、長門君だからこそ、相手は秘密を漏らしたのだろう。

さてさてと思いつつ、篠原《しのはら》由佳子は口を開いた。

「うちの猫ね、調子が悪いのよ」

どうでもいい話を、あえて切りだす。ちょっとした駆け引きだ。

「猫？」

話の腰をいきなり折られ、長門君は戸惑ったようだ。

「腎臓なの」

「猫でも腎臓を悪くするんですか」

「するわよ。人間と一緒。猫ってね、元は砂漠の生き物だから、水分の摂取が下手なのね。その性質が腎臓に負担をかけるわけ。このままだと命取りになる可能性があって獣医に脅されちゃったわよ」

そんなことを話していると、アルバイトの子が原稿を持ってきてくれた。編集長のチェックが済んだものだ。ありがとうと目で合図して受け取る。原稿を見た途端、ため息が漏れた。赤ペンの走り書きが、あちこちに入っている。やれやれ。記者を十数年やってきて、ここまで真っ赤にされるとは。相手が厳しいのか、自分が情けないのか。顔を上げると、オフィスの奥に、天敵が座っていた。編集発行人であり、編集長でもある、嶋本京一《しまもときょういち》だ。すっかり白くなった髪は天に突き立つようだった。視線をはずし、話を続ける。

「腎臓病になると大変だから、今は旦那《だんな》が付きっきりで看病してるわ。仕事を放り出して、今は猫が第一ね。不思議なもので、旦那の指からだと水を飲むの。さっきも連絡があって、二時間に一回、指を舐《な》めさせてるって」

「指ですか」

「そうなのよ。指なのよ。水を入れている器に、旦那が指を差し込むと、猫はそれを舐めるわけ。ついでに水も飲むの。おかしなものよね。旦那の指じゃないと舐めないの。わたしの指だと無視よ、無視」

厄介ですねえ、と長門君は言った。

「どうして猫なんか飼ってるんですか」

「しょうがないじゃない。拾っちゃったんだから」

「捨て猫ですか」

「長門君、君さ、真冬にぶるぶる震えている子猫を見捨てられる？　無視して通りすぎることなんてできる？」

「難しいでしょうね」

「そうなのよ。難しいのよ。放っておいたら死んじゃうとわかっている小さな命を、見捨てることなんてできないわよ。ただまあ、ここまで厄介だとは想像しなかったけど。猫なんて、放っておいたら、勝手に生きてるもんだと思ったのに」

大変だねえ野田《のだ》さん、と長門君は言った。

「仕事を放り出して猫の世話なんかしてるのか」

野田というのは、由佳子の伴侶《はんりょ》の名字だった。いわゆる事実婚なので、名字が違う。何年か前、夫婦別姓の法案が国会を通りそうになったため、その施行を待っていたのだけれど、政府与党の反対で法案は潰《つぶ》されてしまった。

時機を逸し、野田哲也《てつや》と、篠原由佳子は、なんとなく籍を入れないままになっている。

「彼、今は暇みたいよ」

「ちょうどよかった」

「まあね。助かってるわ」

「そうじゃなくて」

「なに」

「猫とはいえ、病気の話だと、話題を繋《つな》げやすいってこと。わざわざ電話をかけたのは、そっち方面だからさ」

「厄介なことかしら」

「でなきゃ由佳子さんに頼むもんか」

「なにをすればいいの」

前置き代わりの言葉遊びは、そろそろ終わりだ。由佳子は真っ赤にされた原稿を机に投げだし、受話器を右手から左手に持ち替えた。安っぽい椅子《いす》に背中を預ける。ギイッと背もたれが鳴った。贅沢《ぜいたく》を言っても仕方ない。会社の業績が思わしくないことは、うすうす感づいている。単純な収支でいえば、いつ閉鎖されてもおかしくない。出資者の努力があるから、どうにか続いているというところだ。

「産婦人科医が逮捕されたんだ」

長門君は言った。

「どうにもおかしな話でね」

長門君と知り合ったのは、四、五年前になる。彼の勤める新聞社が新雑誌を立ち上げることになり、そのスタッフに由佳子は加わった。本社の人間とはいえ、当時の長門君はただの若造で、ろくに校正記号も理解していなかった。実動部隊は、由佳子のように、他から集められた人間だ。なんとなく馬が合ったのか、ただ話しかけやすかったのか、途中から長門君は由佳子に指示を仰ぐようになった。肩書きでは彼の方が上だけれど、通信社や新聞社では、そういう立場の逆転はよくあることだった。

やれやれ、仕込み役ですか――。

嘆息しつつ、由佳子はアポ取りから、原稿の書き方、校正の仕方、記者間のネットワークの作り方まで長門君に教えた。本当に忙しい時期は、ほぼ二十四時間、一緒にいたのではないか。当時の由佳子も十分に若造だったけれど、それでも西日本のブロック紙で経験を積み、記者としての基礎知識やマナーは、いちおう身につけていた。創業一族のごたごたに嫌気がさしたのがきっかけで会社を離れ、大学時代を過ごした東京でフリーの仕事を受けていたところ、持ち込まれたのが新雑誌の企画だった。創刊メンバーとあって、由佳子は大いに張り切った。自分を試す気持ちで苦労を重ねた。しかし新雑誌の売り上げはいっこうに伸びず、わずか一年で休刊に追い込まれた。当時はショックだった。完全な挫折《ざせつ》だ。ただ、今になって思い返してみると、悪いことばかりではなかったと感じている。新聞社名を口にすれば、取材を断る相手は、まずいなかった。なにしろ日本でもっとも影響力があるとされている媒体だ。それなりの人物に会うことができたし、何人かとは本音でやり合えた。雑誌自体はうまくいかなかったとはいえ、挫折から得たものがたくさんあった。失敗するより成功する方がいいに決まっている。しかし、学べることは、失敗からの方が多いのかもしれなかった。大切なのは、しっかり自覚することだ。失敗から目を逸《そ》らすだけでは、なにも得られない。

まあ、そう思っていないと、やっていられないというのもあるけれど。

雑誌の仕事のあと、由佳子は業界新聞に就職した。望まれるまま記事を書き、望まれるまま送り出した。リリースを垂れ流すだけの提灯《ちょうちん》記事を書くときなど、自責の念にかられることもあったものの、由佳子なりの努力はした。

書き手としての思いこそが、由佳子の最後の砦《とりで》だった。

例の雑誌が休刊したあとも、長門君とは連絡を取り合ってきた。力関係でいえば、大手紙に勤める長門君が上だけれど、最初に築かれてしまった上下関係のせいか、良好な付き合いを保っている。情報を交換したり、飲みに行ったり、酒に潰れた相手を介抱したり。頭は切れるし、仕事でも一定の評価はしているものの、彼には少し頼りないところがあった。

最近は図太さを身につけ、本物の記者らしくなってきたようだ。仕込み役であった由佳子にとっては、嬉《うれ》しいことでもあり、いくらか寂しいことでもある。

知り合ったころの彼にもう少し頼りがいがあったら、恋心も芽生えたかもしれない。ただ、あまりの若さゆえ、むしろ母性が生まれてしまった。今でもその感覚は残っていて、彼からの頼みはなかなか断れない。無茶なことでも引き受けてしまう。

「事情を聞かせて」

「少し長くなるけど、いいかな」

「どうぞ」

事件が起きたのは三年前だった。ひとりの妊婦の帝王切開の手術が行われた。子供は助かったものの、母親は戻ってこなかった。医師の不手際《ふてぎわ》が問題になり、警察が動いた結果、なぜか一年以上もたってから逮捕という事態に至った。すでに始まった裁判は、全面対決の様相を呈しているらしい。医者が逮捕されるということが、どういう意味を持つのか、由佳子にもよくわかった。医療裁判はひどく難しいものだ。状況証拠によって過失が明らかでも、実際に起訴し、有罪に持ち込むのは不可能に近い。なのに今回、警察は逮捕に踏み切り、検察は起訴した。よほどの確証があったと考えるのが普通だけれど、長門君から話を聞くかぎりでは、そこまで明確な事例ではないように思えた。

「そんな事件があったのね」

由佳子は率直に言った。記者のくせに、事件そのものの存在を知らなかったなんて、ひどく恥ずかしい。

「知らなかったんですか」

「まったく」

医者が逮捕されたのは二年近く前だ。由佳子はそのころ、業界紙に勤めていた。普通の新聞と違って、あくまでも業界内のことが主になるため、社会的な事件にはむしろ縁遠かった時期だ。

慰めるように、長門君が言ってくれた。

「仕方ないと思いますよ。逮捕当初こそ大手各紙は取り上げたけど、それっきりだったから」

「それっきり？」

「びっくりするほど早く忘れられましたよ。裁判で動きがあったら、いちおう報道しますけどね。でもまあ、いちおうってところで。医療関係者でも、産婦人科以外には伝わってない。この前、大学病院の内科医を取材したんだけど、事件のことを尋ねてみたらね、知りませんでしたよ。大騒ぎしてるのは産婦人科の方だけなんじゃないかな」

「本職の医者も知らないわけ？　同業者が逮捕されたのに？」

「僕も不思議でたまらない。最近、妊婦のたらいまわしが問題になってるでしょう。原因のひとつですよ、これが。要するにね、由佳子さん、石が放り込まれたんだ。湖に。そうして起きた波がいろんなものを揺らしている。なのに報道され、注目されるのは、波の方ばかりなんです。投げ込まれた石には誰も興味を持っていない。おかしいと思いませんか」

　由佳子はため息を漏らした。

「ねえ、長門君、話を持っていく先を間違ってるわ」

「間違ってるって……」

「うちじゃ無理よ」

「どうしてですか」

「R新聞と違ってね、こっちは人もお金も足りないの。そんなに大きな事件を追い続けるなんてできない。だいたい大手紙がやれないことを、わたしたちがやれるわけないでしょう。記者クラブにさえ入ってないんだから」

「いや、こっちと同じように動いて欲しいわけじゃないんです。由佳子さんのところは、ちょっと特殊じゃないですか。だから違うやり方がある気がしたんです。うちじゃやれないことをやれるんじゃないかって」

「言ってることはわかるけど」

由佳子の声は低くなった。なにか引っかかるのだ。

同じように低い声で、長門君が尋ねてくる。

「駄目ですか」

「やってみたいとは思うわ。ただ切り口がね」

「じゃあ、やりましょうよ」

やけに積極的だ。違う職場で働くことになってからも、互いに情報のやりとりはしてきたけれど、ここまで強く頼まれるのは初めてではないだろうか。

「長門君、どうしてそこまで入れ込んでるわけ」

引っかかっていることを、由佳子は率直に尋ねてみた。

「なにか個人的な関係があるのかしら」

「いえ、記者としての、純粋な問題意識ですよ。だって、これだけ大きな影響があるのに、事件自体が知られてないのはおかしいですよ。埋もれさせていい話じゃない。僕だけが頑張るより、いろんなところから、いろんなやり方で取り上げる方が、社会に影響を与えられるでしょう」

　長門君なりに使命感を持ったということか。理屈としてはわからないでもない。気持ちを整理するため、さっきの原稿を手にしてみた。これだけ赤が入っていると、どう直していいのか迷うところだ。言葉を置き換えるだけではなく、そもそもの構成をいじった方が早い気もする。かかる手間暇を考えると挫《くじ》けそうになったけれど、考え方を変えることにした。チャレンジする機会を貰《もら》ったと思えばいいのだ。嶋本の指摘は確かに厳しい。ここまでしなくてもと思う。しかし、だからこそ上手に取り込み、昇華させれば、素晴らしい原稿になるのではないか。

「ちょっと考えさせて。うまい方法を見つけてみるわ」

　長門君の提案だって同じだった。

　難しいからこそ、進むべきなのかもしれない。

その夜、女友達との飲み会があった。週末だった。

長門君から聞いた話を、頭の中で反芻《はんすう》しつつ、由佳子は待ち合わせ場所である有楽町に向かった。いくらか時間に遅れているので、つい急ぎ足になる。この時間、銀座から有楽町へ歩くと、なかなかおもしろい。いかにも仕事帰りという冴《さ》えないオジサンがいる一方、着飾ったOLがいる。男たちはくたびれていて、女たちは人生を謳歌《おうか》してるように見えた。けれど、はたしてそうなのだろうか。あの流行《はや》りのハーフコートの奥に、彼女たちもまた、冴えないなにかを隠しているのではないか。

有楽町で逢《あ》いましょう、か。

人混みの中を歩きながら思い出した。そういう映画が昔、あったのだ。こんなの知ってる三十代がどれだけいるだろうか。祖父がフランク永井の大ファンで、幼いころ、その主題歌をよく聴かされた。

信号が変わった。

待っていた人たちが一斉に歩き出す。

由佳子もまた、そのひとりだ。

例の歌を口ずさみつつ横断歩道を渡ると、すれ違った若い男性が怪訝《けげん》そうな顔になった。しまった。思ったより大きな声が出ていたのかもしれない。恥ずかしくなり、足を早める。待ち合わせ場所である有楽町マリオンの前につくと、すでに全員が来ていた。

「やっぱりね」

したり顔で頷《うなず》いたのは美咲《みさき》だ。相変わらず余裕たっぷり。女なのに腕を組む癖も学生時代から変わっていない。

「ああ、もう。由佳子の馬鹿《ばか》」

千都《ちづ》が頭を抱えている。

「よかった。わたしは賭《か》けないで」

穏やかに笑っているのは妙子《たえこ》だった。

どうやらなにかの賭けの対象にされていたらしい。三者三様の目で見られつつ、由佳子は友人たちの顔を確かめた。みんな三十代の半ばなんだと感じた。幼く見える――いや今は若く見えるというべきか――妙子でさえ一瞥《いちべつ》で二十代ではないとわかる。化粧がうまくなって、ふてぶてしくもなっていた。

全員が学生だったのは、もう十年以上も前だ。

それでも面影はしっかり残っており、性格はまったく変わっていないように思える。ごめんごめんと謝りつつ、由佳子は駆け寄った。ああ、そういえば、自分もあまり変わっていない。この面子《メンツ》で待ち合わせるときは、いつも自分が一番最後だった。

店は決まってるのと尋ねたところ、当たり前じゃないのと美咲が告げた。

「だって金曜日の銀座よ。予約くらい取っておかないと、うろうろ店を探すことになっちゃうじゃないの」

「ああ、そうね」

「マスコミ関係でも、その辺は疎《うと》いのね」

ずけずけ言うけれど、それでも底意地が悪い感じがしないのは、美咲の持って生まれたものなのだろう。相手を貶《おとし》めてやろうとか、苛《いじ》めてやろうとか考えていない。思ったままを口にしているだけ。ゆえに邪気を伴わない。とはいえ、三十を越えると、邪気がないからといって許されない場合もあるだろう。さて美咲はこのキャラのままいけるのか。あるいは、どこかで叩《たた》きのめされるときが来るのか。

「大手だと違うんだろうけど、うちは小さいから」

「今、どこにいるんだっけ」

尋ねてきたのは、妙子だった。おとなしい服を身につけているけれど、それでも流行は押さえている。地味すぎず、派手すぎず。

由佳子はできるだけあっさり言った。

「ネットの情報サイトよ。いちおう新聞を名乗ってるけど」

「新聞?」

「そう。ネット上の新聞」

一瞬、沈黙が訪れた。意図したわけではなく、たまたま訪れたものだった。周囲の喧噪《けんそう》がひときわ大きく感じられる。ああ、こういう瞬間を言い表す英語があったはずだ。なんだっけ。すぐに思い出せない。

答えをくれたのは、千都だった。

「Angel pass」

実に見事な発音だった。さすが英会話教室の講師だ。まるでネイティブ・スピーカーのようだった。なにを言われたかわからない美咲と妙子は、目を瞬《まばた》かせた。

由佳子はふたりに説明した。

「言葉が自然と切れる瞬間ってあるじゃない。さっきみたいに。そんなとき、欧米人は『天使さまが通った』って言うの」

なるほどねえ、と妙子は素直に感心している。

美咲はそんなのどうでもいいというふうだ。

「さあ行きましょう」

結局、促したのは、案外しっかり者の千都だった。
「お腹《なか》が減ってきちゃった」

三人とは大学時代のゼミ仲間だった。それぞれ違う道に進んだけれど、年に一回か二回くらい、こうして集まり、食事をしている。由佳子にとっては、仕事がいっさい絡《から》まない、貴重な場だった。マスコミ関係の仕事をしていると、どんな場面でも業界が忍び込んでくる。さして広い世界ではないのだ。知り合いの知り合い、知り合いの知り合いの知り合いまで含めると、たいていが話題の中に入ってしまう。まったく違う業界で働き、あるいは家庭に収まった友達と会うのは、とても新鮮なことだった。

学生時代に戻った気分で、いろんなことを話した。お互いの境遇や、パートナーのこと、目指している資格。結婚している妙子の愚痴が、しばらく続いた。夫が気持ちをわかってくれないとか。帰りが遅いとか。いかにも主婦らしいことばかりだ。他の三人は、共感できることには言葉を返し、そうでないことにはただ頷いた。千都は子供たちに英語を教えている。わがままな親のことは、なかなか興味深かった。モンスターペアレンツという奴《やつ》だ。案外、美咲は自分のことを話さない。都心の商社に勤め、それなりに派手な生活を送っていることは、服や化粧からもわかるのだけれど。

「由佳子、具体的に、どういう仕事をしてるの。ネット上の新聞だっけ」

その美咲が尋ねてきた。

十年物の紹興酒を舐《な》めてから答える。

「IT系」

素敵じゃない、と妙子が言った。

「最先端っていうか」

「そうでもないのよ、これが」

「どういうこと」

千都はすべての料理をまんべんなく味わっていた。しっかりしているというか、ちゃっかりしているというか。

「うちはね、ネット新聞を名乗ってるんだけど、そういうのって先例や実績がないのよね。編集発行人の名前だけで出資を集めてる状態だから、この先どうなるのかさっぱりわからないわ。下手すると半年で飛ぶかもしれないし、場合によっては大化けするかもしれないし」

新しいメディアであるだけに、一般に認知されてるとは言い難かった。ビジネスモデルとして確立されているわけでもない。だからこそ、独自性を打ち出していこうと、インターネットという特性を生かし、一般の人からの投稿を積極的に受け付けている。内容次第では、それをそのまま掲載することもあった。

今の会社に誘われたのは春ごろで、由佳子自身、ずいぶん迷った。業界紙で安定した収入を得ているのだから、あえて冒険をする必要などなかった。それでも踏み出したのは、インターネットの可能性を信じたわけではなく、変化を求めたからだった。業界紙の仕事は確かに安定しているけれど、決まった記事を、決まった順番に出すだけで、半ば広報紙と化しているところがあった。由佳子の、記者としての思いは悲鳴を上げ、それが背中を押した。

「今はなにを取材してるの」

興味津々《しんしん》という様子で、美咲が言う。

長門君から聞いたばかりの話が浮かんだ。

「医療関係の話を持ちかけられたところ」

「大変でしょう。医者なんてさ、いい加減で、自分勝手な奴ばっかりだもの」

なにか知っているふうだ。

「知り合いでもいるの」

「まあ、知り合いっていうか、腐れ縁っていうか。小学校のころからの幼馴染《おさななじ》みが産婦人科医をやってるの。そいつのこと、思い出しちゃった」

　産婦人科医ですって！　これぞ天の恵みではないか！

「紹介してよ」

　身を乗り出し、由佳子は頼んでいた。

「紹介？　彼を？」

　美咲は顔をしかめた。感情がすぐ顔に出るタイプなのだ。よく鈍感だと言われる由佳子でも、さすがにピンと来た。

「彼と付き合ってたの」

「そういうわけじゃないけど」

　ああ、と美咲はため息を漏らした。

「孝之《たかゆき》のことなんて話すんじゃなかった」

「なるほど、孝之君って名前なのね」

「そう」

「で、その孝之君となにかあったのかしら」

「ちょっとだけ……」

「ちょっとってなによ」

「言わなきゃ駄目？」

「もちろん。だって紹介してもらったら会うわけでしょう。当然、美咲の話が出るに決まってるじゃない。知らないと、わたし、とんでもないこと言っちゃうかもしれないわよ」

「もう！　勘弁して！」

「それが嫌だったら、ほら、話しなさいよ」

いい加減な理屈をつけて、しつこく問いただすと、美咲はすべて喋《しゃべ》ってくれた。飲み会の際、さんざん酔ったふたりは、ホテルに入ってしまったことがあるのだそうだ。ただ、この先が複雑だった。朝になってベッドの中で目覚めたものの、たっぷりのお酒のせいで、ふたりとも記憶を失っていた。ことはあったのか、なかったのか。あったとしても、どこまでだったのか。

「なんだか気まずくってね」

美咲は紹興酒を飲むと、グラスの縁を指で拭《ぬぐ》った。わりと濃いめの口紅をつけている。場に男性がいないと、こういう気遣いをまったくしない女性もいるけれど、美咲は怠らない。

身についているのか、案外に律儀《りちぎ》なのか。

「そそくさとホテルを出ちゃった」

「恋愛感情は？」

「ないない。まったく。あったとしても、あのシチュエーションを体験しちゃったら、冷めちゃうわね。だって大切なことでしょう。それを覚えてないなんてあり得ないもの。わたしにしても、彼にしても」

「覚えてないってのはすごいわね」

「さすがのわたしも、あれ一度っきり」

話してすっきりしたのか、美咲は笑った。周りが光で溢《あふ》れているせいだろうか。その笑顔は輝いていた。年相応の美しさを宿していた。

三十代になった今、十代のころのような純粋さや無邪気さは失ってしまった。肌の張りだって、体のラインだって、若い子たちにはとうてい敵《かな》わない。太股《ふともも》が露《あら》わになるようなミニスカートを見かけるたび、あんなのはもう無理だなと思う。ただ、そうして歳《とし》を重ねつつ、自分たちは他のこともまた重ねてきたのではないだろうか。その中にはもちろん、美しくないことだってあるし、間違ったことだってある。けれど、そう、美しくないことが、間違っていることが、女を輝かせるのではないか。だって、そう、自らの間違いを告白した美咲はきれいだったではないか。大失敗を笑いながら語る彼女は、実に美しかった。

いっぱしの男の顔になった――。

世の中には、そういう言い方がある。酸《す》いも甘いも嚙《か》み分けて、世の厳しさを知り、人の情を知れば、男は一人前。経験が顔に出るということだろう。女だって同じだ。異性関係でも、仕事でも、いろんな目に遭い、たまには大失敗もするけれど、積み重ねた末に得るものがあるのではないか。仕事だけではなく、恋愛にだって言えることだ。女ならば誰しも経験があるだろう。甘い言葉に、頭の芯《しん》がほわんとする。つい身を任せてしまう。やがて勘違いに気付く。何度かけても出ない電話に、返ってこないメールに、男の身勝手さを知る。弄《もてあそ》ばれたと涙する。なにかを盗まれたように思う。けれど実は、そういう体験が、女を成長させるのだ。こと男女の関係でいえば、常に得ているのは女の方なのかもしれなかった。流した涙の分だけ、とでも言っておこうか。

「由佳子、どうしたの」

そんなことを考えていたら、美咲が穏やかに尋ねてきた。

頭に浮かんだことを口にしようかと迷ったものの、由佳子は結局、ううんと曖昧《あいまい》に言って、グラスに口をつけた。

こうして胸の中に置いておくだけで十分だ。

だって、目の前で笑う美咲の顔、その美しさは、格別だった。いちいち言葉で表現する必要はない。彼女の笑顔がすべてだった。

「その孝之君、紹介してくれるの」

あえて由佳子は話を逸《そ》らした。いや、元に戻した。

美咲は頷《うなず》いた。

「紹介くらいなら」

「じゃあ、お願い。わたし、そちらのツテがないから、ぜひ話を聞きたいの」

「しょうがないな。わかったわ。由佳子の頼みじゃ断れないしね」

押し切られたふうを装《よそお》った美咲の笑顔は、やはり美しかった。

由佳子はふと、考えた。彼女と同じ美しさを、自分は身につけているのだろうか。先を越されているのではないか。百メートルも二百メートルも……いや、数キロ先を、浅はかとされる友人は走っているのかもしれなかった。


家に帰ると、良人《おっと》である哲也がキッチンにいた。しゃがみ込み、大きな丼《どんぶり》に指を突っ込んでいる。茶色の猫が、その指を一生懸命に舐めていた。名前はシロなので、大いなる矛盾だ。これにはちゃんと理由があって、拾ってきたときはきれいな白猫だったのだ。ところが、成長が進むと毛色が変わり始め、今ではかつての美しい面影はまったくない。

「シロ、飲んでるわね」

コートを脱ぎながら言う。

「ああ、たっぷりだ。もう五分も舐めてるよ」

「大丈夫？　腰が痛くならない？」

「なんとか」

代わりたいところだけれど、由佳子の指からでは、シロは水を飲まない。哲也に任せるしかなかった。

由佳子も少々、飲み過ぎた。リビングのソファに腰かける。

キッチンとリビングは一続きになっていた。ふたりが暮らすのは杉並に借りた３DKで、五十平米を少しばかり超える。相場からすれば十四、五万円の家賃になるはずだけれど、月に払う金額は十万円ちょうどだった。築三十二年の、団地に似た建物ゆえだろう。かつては雨漏りもあったらしい。天井にしっかりと、その痕《あと》が残っていた。新居探しの際、哲也はそれを見逃さなかった。家賃を負けさせられるという算段が働いたらしい。彼の目論見《もくろみ》通り、不動産屋と大家との交渉の末、月々の家賃は一万円ほど安くなった。年間にすると十二万円。決して豊かとは言い難いふたりにとっては、大きな額だった。

主夫なんて言葉まで使うつもりはないけれど、家を守っているのは哲也だった。元はメーカー最大手の社員で、好きが高じて、コンピューター関係のライターになった。誰もがうらやむ職を投げ捨てたのだ。ひところはずいぶん忙しく、メーカー時代の二倍も三倍も稼いだ。ところがインターネットの普及によって、だんだんと雑誌の仕事が減り始めた。まったく、おかしな話だった。インターネットが普及すればするほど、コンピューター関連の専門誌は休刊、あるいは廃刊に追い込まれていった。自然と哲也の仕事も減り、皮肉なことに、ネットメディアにおける仕事が増えた。ただ、ネットメディアの原稿料は、紙メディアの原稿料より、はるかに安かった。食えなくはないものの、余裕はない。そのうち、彼が主夫的な役割を負うことになり、由佳子が大黒柱的な立場になっていった。

まあ、シーソーみたいなものだ。

由佳子はあえて、気楽に捉《とら》えることにしている。片一方が上がるときは、片一方が下がる。両方とも上がるのが一番だけれど、とにかく食べられるのだから、それでいい。いつか大きな風船がついて、シーソーごと、ふわふわ浮くときだってあるかもしれないではないか。

ほら、と声がした。

「食べなよ。胃が落ち着くぞ」

顔を上げると、哲也が塗り椀《わん》を持っていた。彼の故郷の名物である茶粥《ちゃがゆ》だった。普通の粥と違って、お茶で炊《た》き込むのだ。たっぷり食べてきたことを悟ったのか、量はわずかで、椀の半分ほどだ。哲也の言うとおり、ほんの数口で、胃がすうっと落ち着いた。椀半分では足らず、おかわりをしたくなったくらいだった。

「おいしい。ちょっとした薬ね」

「飲んだあとは、これが一番だよ」

空になった椀を受け取ると、哲也はキッチンに向かった。稼ぎが多いとはいえないけれど、ここまでしてくれる男が他にいるだろうか。

いつか胃だけでなく、心まで落ち着いていた。

「ありがとう、哲也」

近づいてきたシロを抱き上げ、由佳子は良人の背中に声をかけた。

週明けの月曜日、編集会議が開かれた。会議とはいっても、それほど堅苦しいものではない。なにしろ、できたばかりの会社なので、伝統とか流儀はまったく確立されていなかった。旧来の新聞とは、その点において、大いに違っている。宅配される新聞は、朝には郵便受けに入っていなければならない。そのための締め切りは厳格であり、決して破るわけにはいかなかった。地方のブロック紙に勤めていたころ、締め切りぎりぎりまで原稿から離れられず、トイレにも行けず、膀胱炎《ぼうこうえん》になった同僚もいるほどだ。

ネットメディアには、そこまでの厳格さはなかった。更新の時間はだいたい決まっているけれど、あとからでも追加可能だし、訂正もできる。新聞の、締め切りを巡る一分一秒の闘い、刷ってしまえば修正不可能という厳しさとはまったく違っていた。

「それぞれの状況を報告してくれないか」

言ったのは、編集発行人である嶋本京一だった。五十をいくらか越えており、かつては大手紙の辣腕《らつわん》記者として鳴らした。学生時代は全学連の闘士だったけれど、いつか変節し、保守系政治家への食い込みようは相当なものだったらしい。学生運動時代の仲間からその変節を咎《とが》められ、昭和の中ごろ、時代遅れの鉄パイプで瀕死《ひんし》の重傷を負わされた。それさえも武勇伝となり、彼の名を高めた。かつて番記者として仕えた保守系政治家が権力の頂点に登り詰め、退陣後もキングメーカーとして君臨したことも大きかった。活動をテレビの司会から、評論の場にまで広め、この国の政治や経済に少なくない影響を与え続けている。

この、あやふやなインターネット系のニュースメディアがなんとか成り立っているのは、嶋本の名前があるからだった。

彼のために数十億の金を出す人間がいるのだ。

さまざまな活動を中断して、こんな未知数の分野に取り組んでいることを訝《いぶか》る人間もいるけれど、彼にとっては新たな挑戦なのだろう。かける情熱や、その取り組み振りを見れば、片手間にやっているとは思えなかった。

その一点において、由佳子は嶋本を信頼していた。

「調べてみたいことがあります」

沈黙を破り、由佳子は手を上げた。

「なんだ」

「N県で産婦人科医が逮捕されました。民事でなく、刑事です。そのことを調べてみたいと思っています」

「医者が逮捕？　刑事事件？」

嶋本は首を傾《かし》げた。

「逮捕自体は二年近く前です。公判前手続きを経て、すでに裁判が始まっています」

「じゃあ検察は起訴したわけだ。しかも刑事か。珍しいな」

医療関係のいざこざが刑事事件になることは滅多にない。たいていは、被害者の訴えによる民事事件だ。刑事事件と、民事事件は、まったく違う。極端なことをいえば、民事は誰にだって起こせる。弁護士を雇い、訴状を提出すればいいだけだ。しかし刑事となると、警察はもちろん、検察も動かねばならない。五人や十人ではなく、もう一桁《けた》多い人間が関わり、わざわざ起訴に持ち込んだということだ。

「ええ、腑《ふ》に落ちないことが多いんです」

「どういうことだ」

「まず逮捕が遅すぎます。事件が起きたのは、もう三年も前です。逮捕までに一年以上かかっている。そのあいだ、警察が動いた形跡がない。放置していたのに、突然、逮捕という行動を取ったように見えます。逮捕後、医者が移送される時間に地元テレビ局が待ち構えていて、一部始終が放送されました。たまたま白い服を着ていたため、病院内で逮捕されたように見えたし、そう勘違いした人が多かったようです。実際の逮捕は警察署内だったんですが」

「テレビ局の件は、県警か検察のリークだな」

わざと画を取らせたのだ。晒《さら》した、というべきか。

「だとするなら地検だけの意向じゃないな。もっと上の方が動いているはずだ。ところで逮捕の理由はなんだ」

「業務上過失致死と、医師法21条違反です」

「なにが起きたんだ」

「出産の際、ある問題が起きて、コントロール不能の状態に陥ったようです。子供はなんとか助かりましたが、母親が亡《な》くなりました」

「医療事故というわけだな」

嶋本の口から息が漏れた。

「うちがそれをやるのはどうかな。難しいぞ」

「真っ正面からはやりません」

「どういうことだ」

「妊婦のたらいまわしや、産婦人科医の不足が問題になってますが、原因のひとつがこの事件です。しかし、その構図を描くだけでは、読者に伝わらない気がします。うちにはうちのやり方があるはずです。一般からの投稿を普段から受け付けているし、それを掲載してもいる。うちは女性読者が多いですよね。それは武器になるはずです」

登録型の女性限定掲示板を設けたのは、数カ月前だった。登録型にしたのは、荒らしを避けるためでもあるし、書き込む女性たちに安心感を持ってもらうためでもある。閲覧には男女の区別はないけれど、書き込めるのは女性だけだ。目論見は見事に当たり、掲示板は賑《にぎ》わっていた。

「N病院事件に限らず、現代において女性が子供を産むということが、求めるということがどういうことなのか、そこに触れてみたいと思います。現代の、女性の生き方を探ると言っていいかもしれません。N病院事件も当然書きますが、まずは当事者である女性たちの視点から捉えてみる。興味を持ってくれる読者が必ずいるはずです」

「なるほど。だったら、うちでもできるな。いや、うちらしいな」

「ええ、そう思います」

考えに考えた末、由佳子が見つけた切り口だった。予算にしろ、人にしろ、あるいは取材力にしろ、長門君が勤めるような大手紙にはとうてい敵《かな》わない。事件だけに焦点を当てても捉えきれまい。ただ、大手紙とは違って、こちらは読者に近かった。簡単に投稿できるシステムを構築している。読者自身の体験や思い、あるいは意見に触れることができるはずだ。

「わかった。それは特集として組んでくれ」

「え、特集ですか」

「その価値がある問題だと思うね、僕は。あと、そういうやり方をするなら、N病院事件もしっかり取材しておけ。裁判が始まっているなら、傍聴に行ってみるのも手だろう。予算はつける。たとえ女性たちを描くとしても、事件のことを知っているのと、知らないのとでは、言葉の重みが違ってくるはずだ。それは怠るな」

　思ったより強い反応だった。今度は由佳子の方が戸惑ったけれど、記者として、ここで怖気《おじけ》づくわけにはいかない。挑んでこそだ。

　はい、と由佳子は頷いた。

「やってみます」

「まずは、おまえの言うように、読者の思いを汲《く》み取ってみろ。アイデアがあるんだろう」

「ええ」

「なんだ」

「読者の体験を……彼女たちの身に起きたことを募ってみます」

一章

誕生石

エコーで調べられているときから、悪い予感はしていた。医者や看護師の言葉がやけに少ないのだ。体の奥にまで挿し込まれたプローブが気持ち悪くて仕方ない。医者の手元が動いたその瞬間、プローブの先が子宮口に当たった。

「あ、痛い！」

つい声を出してしまう。実はさして痛かったわけではないのだけれど。不快感がそんな言葉になってしまった。

いつも通り、医者は丁寧に謝ってくれた。

「申し訳ありませんでした。手元がちょっと……」

声が低い。すぐ言葉が切れる。

沈黙が室内に落ちるまま検査は進んだ。画面にはゆかり自身の子宮が映し出されている。真ん中にある黒い空洞が子宮だと、前回教えてもらった。左下にある盛り上がりが、胎芽、つまりはゆかりの赤ちゃんだ。たまに画面が固まるが、おそらく写真を撮っているのだろう。プローブをこんな奥まで入れられるのはとても嫌だけれど、赤ちゃんの姿を見られるなら我慢しようと決めていた。医者や看護師がリラックスできるよう話しかけてくれるので、笑いながら話しているうち、案外あっさり過ぎてしまうのだ。

「ほら、これが卵黄嚢《らんおうのう》ですよ」

前回まで、医者は画面に映った像を指さし、いろいろ説明してくれた。

「栄養の固まりを背負ってるんです」

「赤ちゃんの大きさと比べると、卵黄嚢がだいたい二倍近い大きさです」

「よいしょって感じでしょうね」

「泥棒が大きな風呂敷《ふろしき》を背負ってる絵がありますけど、あんな感じですよ」

あのとき、ゆかりはなんと応じたんだろうか。ああ、そうだ。こう言ったんだ。世の中から、たくさんの幸運を盗んでほしいですね——。

本気で願っていたからこそ出た言葉だった。世界に存在する幸運の総量がもし決まっているのだとしたら、我が子にはできるだけたくさん盗んでほしい。それこそ風呂敷いっぱい、背負いきれないくらいに。

親バカだと、あとになって笑ってしまったものだ。

今回の検査は、これまでと雰囲気がまったく違っていた。看護師の表情が硬い。医者は明らかに言葉少なだった。冗談ひとつ、言おうとしないのだ。検査が終わったあと、下着をつけ、隣にある診察室に案内された。

ゆかりが通っているのは、新しくできた産科専門の病院だった。設備はとても新しく、お洒落《しゃれ》で、気が利《き》いている。患者の席はソファで、医者は高級感のあるチェアだ。内装は落ち着いたベージュ。冷たい病院のイメージは、まったくない。スタッフはみな親切で、笑顔を絶やさなかった。とても心地よい空間だったから、ゆかりはここで我が子を産もうと決めていた。専用個室やら、特別食やら、いろんなオプションをつけると、市民病院での出産より数十万円ほど高くなってしまうが、その価値は十分にあると思う。なにしろ初めての子供、出産なのだ。それくらいの贅沢《ぜいたく》は許されるはずだ。夫の啓介《けいすけ》も好きにしていいと言ってくれている。順調ならば夏には産まれてくるはずだった。予定日は七月五日。かに座だ。それまでの八カ月は、遠いようにも近いようにも感じられる。

沈黙に耐えられず、声が漏れていた。

「あの――」

しかし、先の言葉を、ゆかりは口にできなかった。尋ねたいことは、たったひとつなのに。お腹《なか》の赤ちゃんは順調なんですか？

医者は曖昧《あいまい》な笑みを浮かべ、カルテに目を落とした。エコーの写真が何枚も貼《は》られている。その一枚一枚を、丁寧に確認していた。エコーというのは超音波を使った診察機器で、原理的には魚群探知機と一緒なのだそうだ。


二回目の診察のとき、ついてきてくれた啓介は、驚きながら尋ねたものだった。

「魚を探すのと同じなんですか」

夫の輝くような笑みを、ゆかりは今も、はっきり覚えている。

医者は朗らかに頷《うなず》いた。

「そうです。超音波を発して、そのエコー、つまり反響を画像として映し出すわけです。原理は魚群探知機と一緒ですよ」

「おもしろいですね」

ああ、幸せが、喜びが、診察室いっぱいに溢《あふ》れていた。医者も、ゆかりも、啓介も、立っている看護師も笑っていた。

「そうでしょう。もっとおもしろいことをお教えしましょうか」

「なんですか」

「ある時期の胎児は、魚にとても似ているんです。形もそうですし、機能的にも……たとえば、そうですね、エラを備えている時期もあるんですよ」

「エラですか」

「胚《はい》から胎児に成長していく途中で、生物の進化をそっくりなぞると言われています。エラがあって、尻尾《しっぽ》があって、外見的にも魚によく似ている。つまり我々は、魚群探知機で、魚を探し当てたわけです」

医者はもったいぶっていた。実のところ、ゆかりは先々週の、つまり最初の診察で、妊娠したことを聞いていたのだけれど、夫には秘密にしていた。診察を受けたこと自体、告げていない。記念すべき瞬間を、夫婦で共有したいと思ったからだ。そうした方が夫も喜ぶだろうし、産まれてくる子供をかわいがってくれるだろう。勝手なゆかりの頼みを、病院側も了解してくれた。嘘《うそ》はつけませんが、と医者は言ったものだった。全部を言う必要もないですしね。

「探し当てたということは――」

身を乗り出した啓介に、医師は〝例の言葉〟を伝えた。

「おめでとうございます。奥さまのお腹には、お子さまが宿っています。妊娠七週をいくらか過ぎたところでしょう。着床した位置も理想的ですし、なにもかも順調です」

夫と手を取り合って喜んだ。望んで望んで、待ちわびて、ようやく得た第一子だった。コウノトリが運んできてくれたのだ。その夜はデパートで特上のお肉を買い求め、家ですき焼きをした。妊娠したとなると、今までのように好きなものが食べられるわけではない。太りやすくなるので、食事制限をしなければいけないのだ。最後の晩餐《ばんさん》というわけだった。今日だけは許そうと思い、おいしいお肉をいっぱい食べた。

「本当にすごいな」

啓介は何度も繰り返した。ずっと笑っていた。

「まったくすごいな」

ゆかりも笑った。

「そうだね」

お酒を飲んでいるのは、もちろん啓介だけだ。ゆかりの方が強いくらいだけれど、こうして妊娠がわかった以上、産まれるまでは一滴も口にするわけにはいかない。コーヒーやお茶のように、カフェインがたくさん入ったものも避けるべきだ。当然のことだった。大きな喜びを得るためなのだから、それくらいの我慢は、むしろ必要だとさえ感じられた。

「なあ、ゆかり」

やがて啓介が尋ねてきた。

「なに」

「ええと、あのさ」

やけにためらっている。

じれったくなり、ゆかりは尋ねた。

「はっきり言って」

「お腹に触っていいかな」

その申し出に、たまらない幸福を感じた。頭の芯《しん》がぼんやりするほどだった。結婚して、五年になる。避妊をしていたのは最初の一年だけで、それ以降はやめていた。互いの意志をいちいち確認したわけではないけれど、できるだけ早く子供が欲しいと感じていたのだ。しかしコウノトリはいっこうに訪れず、四年もたってしまった。そろそろ焦《あせ》りはじめたこの時期、ついにコウノトリは来てくれた。

「もちろん。どうぞ」

じん、と体中が痺《しび》れた。

「あなたの子よ」

ああ、なんだろうか、この幸福感は。今までこんな気持ちになったことなど一度もない。志望していた大学に受かったときは嬉《うれ》しかった。プロポーズされたときは最高の気分だった。ウェディングドレスを着たときはたまらなかった。けれど今、自分が胸に抱いているものは、すべてを超えていた。これほどの幸せがあるなんて信じられないほど。

「じゃあ、触るぞ」

啓介はおずおずと近づいてきて、ゆかりのお腹に手を伸ばした。触れるほんの少し前、あと一センチかそこらというところで、改めてゆかりの顔を窺《うかが》った。言葉はなく、ただ笑っている。ゆかりはしっかり頷いた。夫はお腹に手を乗せた。その手の奥に、彼とのあいだにできた子供がいる。自分たちは新しい命を生み出したのだ。八カ月もすれば、この世に生まれ落ちてくる。信じられない、とゆかりは思った。自分が子供を持つことになるなんて。

「とても信じられないな」

同じ言葉を、夫が口にしたことに、ゆかりは驚いた。通じたのだろうか。

「俺たちの子供がここにいるんだな」

「そうだね」

「どんな子かな。せっかちかな、おとなしいかな」

「わからないわよ、まだ」

「そうだけどさ。想像しちゃうだろう。おまえに似てるのか、俺に似てるのか。まだ男か女かもわからないんだよな」

「無理よ。だって十一ミリしかないんだもの」

「え、十一ミリって」

「大きさよ」

「そんなに小さいのか」

夫は素直に驚いた。十一ミリといえば、小指の先くらいだろう。小さな小さな命が、お腹に宿っているのだ。

一生懸命、生きている。

「啓介はどちらがいいの？　男の子？　女の子？」

「女の子がいい」

即答した夫を、ゆかりはからかった。

「ハーレムを作るつもりなのね」

「そういうわけじゃないけどさ。やっぱりかわいいじゃないか、女の子って。ゆかりはどちらがいいんだ」

「わたしはどちらでもいいわね。健康に産まれてきてくれれば十分よ」

そうだな、と夫は頷いた。

「健康に産まれてきてくれれば、他にはなにもいらないよな」

何度も何度も、夫はお腹を撫《な》でた。とても優しい手つきだった。そのことに、ゆかりはまた幸せを感じたものだった。ようやく自分が本当の女になれた気がした。もちろん今までだって女だった。妻だった。疑いを持ったことはない。けれど、改めて得た実感は、格別だった。それはもはや、理屈でもなければ、想像でもないのだ。たった十一ミリとはいえ、命が確かに宿っているのだから。

お母さんになる――。

言葉にして確かめると、体の芯がまた、じんと痺れた。セックスの快感にも似たものだった。ただ、もっと深く、はるかに濃かった。これほどの喜びを与えてくれる男などいないだろう。夫の啓介であろうと。自然と涙がこぼれた。ホルモンが暴れているのかもしれない。妙に涙もろくなっていた。

その涙を、啓介が拭《ふ》いてくれた。

「八カ月後が楽しみだ」

「そうね」

「長いな」

「きっとすぐよ」

「案外、あっという間に来ちゃうよな」


今回が三回目の検診だ。前回から二週間たっている。あまり深く考えなかったものの、出産経験のある友達によると、普通は一カ月くらいあけるものらしい。二週間後に来るように言われたのがなぜなのか、医者から告げられてはいなかった。ゆかりも不審には思わなかった。病院の方針なのだと納得していた。新しくできた病院だから、いろんなことに気を遣っているんだろう。手厚いサービスを患者に与えてくれているのだ。

診察室には、相変わらず、沈黙が落ちている。

時間だけが流れた。

医者はせっかちにカルテを捲《めく》りつつ、なにか書き込んでいる。ゆかりはじりじりしはじめた。おとなしく立っている若い看護師に顔を向けたところ、彼女は気付かない振りをした。ゆかりはショックを受けた。

ようやく医者が話しはじめたのは、五分ほどたってからだった。

「胎児の心音を確認できませんでした」

心のどこかで覚悟していた。与えられた五分は、そのためのものだと悟っていた。妊婦雑誌を何冊も買ったので、自然流産の可能性が二割程度あることは知っている。決して低い数字ではないと思った。ただ、その二割に自分が入ることは、まったく考えていなかった。いや……考えたくなかったと言った方が近いか。

「エコーの映像や、血流を確認するかぎり、胎児の心臓はその動きをとめております」

「あの……」

「なんでしょう」

「また心臓が動くということはないんでしょうか」

ああ、馬鹿《ばか》な質問だ。

一度でも動きをとめてしまったら、終わりに決まっている。わかっているのに、なぜこんなことを尋ねているんだろうか。

　医者は気の毒そうな顔をした。

「この診察のあいだだけの、一時的な現象であるとは思えません。前回の診察時、CRLは、まあ体長のようなものですが、十一ミリでした。この時期の成長は急ですから、九週を迎えた今は、もっと大きくなっていなければならないんです。けれど現在のCRLは十二ミリです。前回と大差ない。誤差の範囲と言ってもいいくらいです」

　冷静なつもりだった。説明はちゃんと耳に入ってきた。意味することもわかった。けれど心はまだ、可能性を求めていた。

　その気持ちに区切りをつけたのは、医者の言葉だった。

「残念ですが流産の可能性が高いと思われます」

「流産……」

「どうかご自分を責めないでください。着床した受精卵は、必ずしも完全であるとはかぎりません。一定の確率で遺伝的な問題を抱えており、流産してしまうことがある。萱野《かやの》さんのケースも、おそらくそれに該当すると思われます」

　いくらか沈黙が続いた。ことん、と胸の中でだけ、音がした。

「やむを得ないし、どれだけ気を付けても避けることはできないものです。決して萱野さんのせいではありません。この先を望むのは、もはや不可能でしょう。残念ですが、流産という診断を下すしかありません」

　頭の中が真っ白になった。やがて夫の顔が浮かんだ。母の顔が浮かんだ。妹の顔が浮かんだ。誰もが笑っていた。そして夫に似た赤ちゃんの顔が通り過ぎていった。もう戻ってこないのだ。心臓が動きをとめてしまったのだから。

　残念ですと言って、医者は頭を下げた。同時に、看護師もまた、深々と頭を下げた。まるで儀式のようだった。彼らはとっくに事情を悟っていた。それは自分もまた、同じだったのではないか。消えてしまった希望を見ようとしていただけだったのではないか。検診はこれで三度目だ。前回は胎児の心音を聞かせてもらっていた。医者が機器のつまみを捻《ひね》ると、大きな音が響いた。ガン、ガン、ガン――。それは命の証《あかし》だ。けれど今日は、どんなにつまみを捻っても、音は響かなかった。わたしが気付くための時間を、彼らはたっぷり与えてくれたのだ。

　ゆかりは自らがとんでもなく愚かな女であるように思えた。心の準備をする時間はあったはずだ。理性的な人間ならば、しっかりと受け止められただろう。しかし今の自分には無理だった。ただ茫然《ぼうぜん》とするばかりだ。

「これからどうすればいいんでしょうか」

なのに言葉は冷静で、実務的なことに移っている。それを聞いた医者と看護師は、ほっとした表情になった。

「掻爬《そうは》しなくても自然に排出されると思います」

「排出……」

「失礼しました。言葉が適切ではありませんでした。お詫《わ》び致します。通常の生理と同じように、次の過程に移るということです。掻爬という手順を踏む必要はありません。子宮を傷つける必要がないとお考えください」

彼らはひたすら、希望的な言葉を口にするよう心がけているようだった。

「次の妊娠に影響はあるんでしょうか」

「現時点では、直接的にあるとは申し上げられません。ただ、一度流産をした場合、以後も繰り返す場合があるのは確かです。これは経過を見ないと、なんとも判断できません。個別のケースによって大きく違ってきますし。まずは次の機会を待ちましょう」

「次の機会ですか」

「おそらく生理は数カ月以内に始まるはずです。もし早期の妊娠を望まれるならば、今までと同じように基礎体温を測り、正確な排卵日を把握してください。望ましいタイミングで受精を試みれば、妊娠の可能性は低くないと思いますよ」

「わかりました」

「辛《つら》いことではありますが、決して諦《あきら》めないでください。一度でも着床、妊娠できたということは、萱野さんにその力があるという確かな証明です」

「そうですよね。希望があるということですよね」

「ええ、もちろんです」

　前向きなゆかりの言葉に、医師も看護師も励ますような笑みを向けてくれた。ゆかりもまた同じように笑った。ずっと笑みを浮かべたまま診察室を出て、支払いを済ませ、病院の玄関を出た途端、横からの風に吹かれた。張り付いていた笑みが消えた。他の、なにか大切なものも、一緒に消えた。

　ゆかりは自らのお腹《なか》に手を置いた。

　少し前まで生きていたのだ。命そのものだった。けれど小さな心臓は鼓動をとめてしまった。どんなに高性能なエコーを使っても心音を捉《とら》えることはできない。涙が急に溢《あふ》れてきた。それを振り払うように、ゆかりは早足で歩き出した。ゴム底の靴は音を立てなかった。長いスカートは暖かい。厚いロングコートは風から身を守ってくれる。いつもならタクシーを摑《つか》まえるけれど、もうそんなことをする必要はなくなった。

駅まで歩こう。明日からはヒールのある靴にしよう。短いスカートを穿《は》こう。ロングコートじゃなく、ハーフコートで十分だ。なにが悪かったのか。誰のせいなのか。とりとめのない言葉が頭の中を巡る。泣きながら歩くゆかりを、通りすがりの人が、奇異な目で見つめていった。恥ずかしいという気持ちはまったくなく、むしろ怒りがこみ上げてきた。わたしは今、とってもとっても大きなものを失ったのよ。

その気持ちがあなたたちにわかるの！

苦しみが理解できるの！

わたしの子供は死んでしまったのよ！

ゆかりは世界中に向かって叫びたかった。通りかかるひとりひとりに大声で訴えたかった。もちろん、そんなことはできず、流れ出る涙をハンカチで拭《ぬぐ》った。駅が近づいてくる。買い物でもしていこうか。それとも家に帰ろうか。

ああ、と思った。啓介になんて言えばいいんだろう。

駅前通りで外国人がなにかを売っていた。普段ならあっさり通り過ぎるところだけれど、ふらふらと引き寄せられ、台を覗《のぞ》き込んでいた。そこに並んでいたのは、きれいな石だった。赤い石があった。青い石があった。緑の石があった。とても美しく輝いていた。じっと見ているうち、外国人が話しかけてきた。

「ここに並べてあるの、誕生石ね」

たどたどしい日本語は、どこかわざとらしい。本当はもっとうまく喋《しゃべ》れるのだろう。

「誕生石？」

「今は十二月ね。ターコイズね」

外国人の、浅黒い手が持ったのは、青い石だった。とても鮮やかだ。おそらく偽物《にせもの》ではないだろう。安物の宝石なんて、今は簡単に手に入れられる。わざわざ偽物を調達する方が大変だ。そう、質が悪いというだけのこと。本物であることに変わりはない。

「七月の誕生石はなんなの」

「ルビーね」

彼が指さしたのは、真っ赤な石だった。確か日本語では紅玉石だったか。美しく澄んでおり、弱い冬の日差しにきらきら輝いている。

「六月はどうなのかしら」

「真珠ね」

お馴染《なじ》みの白い玉だった。よく見ると真円ではないし、ずいぶんと小さい。うっすらとピンクが入っている。ゆかりはそれを、とても美しいと感じた。女の子らしい色合いだわ。

ゆかりはカレンダーを思い浮かべた。何度も繰り返してきたことなので簡単だった。排卵日、受精日、着床日、出産予定日——。予定日は七月五日だったが、おそらく前か後ろにずれただろう。子供というのは、予定日通りに産まれるわけではないのだ。ゆかりはもうすぐ三十四歳になる。同じ年ごろの友達が出産するときは、思いっきり早くなるか、思いっきり遅くなるか、どちらかだった。自分が産むときは一週間か二週間くらい早くなるだろうと感じていた。勘のようなものだけれど、そういうのはたいてい当たるそうだ。となると七月ではなく六月生まれで、誕生石は真珠ということになる。

「これを下さい」

最終的に、ゆかりが手に取ったのは、ピンクがかった真珠だった。小さな小さな玉で、少しばかり歪《ゆが》んでいる。ただ、それでいいんだと感じた。だって……本当の誕生日はついに訪れなかったのだから。

「あなた、六月の人ね」

たどたどしい日本語で、外国人男性が尋ねてきた。いくらか嘘《うそ》くさい優しさだったけれど、ゆかりは甘えることにした。

「わたしじゃないんです」

お腹にそっと手を置く。意味はすぐ伝わった。外国人男性は両腕を広げ、おめでとうと叫んだ。満面の笑みを浮かべていた。そして値段をいくらかまけてくれた。受け取ったゆかりはありがとうと言った。ベリーベリーハッピーね、と彼は繰り返した。そのあとの言葉は聞き取れなかった。日本語でも英語でもない。ゆかりが首を傾《かし》げると、彼は教えてくれた。

「わたしの国の言葉ね。産まれてくる子供を祝福するおまじないね」

「おまじない……」

「あなたの子、必ず幸せになる」

彼はただ、笑っている。突然、ゆかりは真実を彼に告げたくなった。怒りを、憤《いきどお》りを、ぶつけたかった。けれど、そんなことをしたって無意味だ。目の前にいる外国の青年は、好意のままに、母国のおまじないを唱えてくれたのだ。

「ありがとう」

礼を言って、ゆかりは紙袋を受け取った。商店街を通り抜け、駅前のスターバックスに入った。今まで控えてきたエスプレッソを注文した。たっぷりカフェインが入っているものを飲みながら、さっき受け取ったばかりの紙袋を開けてみた。傾けると、ピンク色の、きれいな玉が転がり出てきた。とても小さくて、とてもきれいだった。最初触ったときは冷たかったのに、すぐに体温を宿し、温かくなった。

真珠――。

わたしの子供の、誕生石になるはずだったもの。

啓介は優しかった。そうかと呟《つぶや》いたあと、黙ったまま肩を落としていたけれど、しばらくしてから抱きしめてくれた。

「辛かったな。ひとりで行かせてごめんな」

「うん」

「俺もついていけばよかったな」

「仕事があるから仕方ないよ」

「いや悪かった。ごめんな」

「啓介のせいじゃないのはわかってるから」

「辛いな」

「うん」

「本当に本当に辛いな」

ふたりでさんざん涙を流した。そうして、ともに泣いていると、今までよりもずっと夫を近く感じることができた。わたしたちの子供はいなくなってしまったけれど、代わりにわたしたちの心を近づけてくれたのかもしれない。抱きしめられながら眠り、次の朝はいつも通りに夫を送り出した。

一日が過ぎ、二日が過ぎた。軽い腹痛を感じた。いくらかの出血もあった。三日目、ゆかりは突然、鋭い痛みに襲われた。

生理の感覚に近いが、比べものにならないくらい激しい。耐えきれず、ゆかりは家事を中断し、ベッドに横たわった。深い呼吸を何度も繰り返した。痛みは波のように押し寄せ、引いていった。痛みが訪れる間隔は定期的で、予測できるのがありがたかった。もうそろそろ来るなと身構えることができる。その間隔は次第に短くなっていった。そうして数時間ほどたったころ、津波が訪れた。今までとは、まったく違う感覚だった。

いけない——！

このままだとベッドを汚してしまう。それを恐れたゆかりは、大急ぎでトイレに駆け込んだ。なにもかもが真っ赤に染まった。こんなのは初めてだ。初潮のことを思い出した。あのときも驚いたけれど、比べものにならないくらいショックだった。荒い息を繰り返しつつ、壁にもたれかかった。心臓が激しく脈打っている。まったくおさまらない。体の負担なのか、心の負担なのか。あるいは両方なのか。いつもの生理と同じ処置をし、なにも考えずに水を流した。途中で倒れるかと思ったものの、どうにかベッドにたどり着くことができた。いったい、今のはなんだったのか。深く考える間もなく眠りに落ちた。恐ろしく深い眠りだった。奥底へと落ちていった。

起きたのは夕刻だった。

いったん体を起こしたものの、ふらふらするので、また横になった。大量の血を失ったのだ。もう少し休んだ方がいい。それにしても、あれはなんだったんだろう。ただの生理ではなかった。初めてのことだった。

この季節には珍しい夕焼けの赤さをぼんやり眺めているうち、やがて気付いた。排出、と医者は言ったではないか。掻爬しなくても自然に排出される、と。

可能性に思い至ったゆかりは、慌《あわ》てて起き上がった。

「ああ！」

声を上げ、トイレに向かう。廊下の途中で転び、膝《ひざ》を激しく打ったのに、痛みはまったく感じなかった。すぐ立ち上がり、ふたたび廊下を駆けた。トイレのドアを開けたものの、そこにはもう、なにもなかった。

流されてしまったのだ！　流してしまったのだ！

自分のお腹には、確かに命が宿っていた。たったの七週間かそこらだけれど。さっきの、大量の血の中に、その子供がいたのだ。なんてひどいことをしてしまったんだろう。わたしの子供。お腹に宿っていた大切な命。なのに、まるで汚物のように流してしまった。トイレの床に、ゆかりはべったりと座り込んだ。どうしようもなかったことはわかっている。他に方法がなかったことも理解している。けれど心の痛みはどうしようもなかった。

なにも考えずレバーを捻《ひね》ってしまった。

自らを浸すほどの涙の中、ゆかりは気付いた。あの子は産まれたのだ。規則的に訪れた痛みは陣痛だった。だんだん間隔が短くなるのは、まさしく陣痛の特徴ではないか。今日、わたしは子供を産んだ。命なき子を。

六月ではなかった。七月でもなかった。

今日が誕生日だった。

「しばらくはのんびり考えよう」

珍しく早く帰ってきた夜、夫はそう言った。いつもと変わらない様子で箸《はし》を運び、食事を摂《と》っている。口調はとても穏やかだった。

「今までのようにコウノトリが来るのを待とう」

そうね、とゆかりは頷《うなず》いた。

頭の奥に、真っ赤なものが浮かんだ。それは夕暮れの赤だったのか、あるいは——。いきなり食欲がなくなった。お茶碗《ちゃわん》にご飯を半分以上残したまま箸を置き、ご馳走《ちそう》さまと言った。コウノトリはまた、来てくれるだろうか。

「なあ、ゆかり」

「なに」

「あの子はいなくなってしまったけど、俺の中ではちゃんと生きてるよ。おまえのお腹に一カ月か二カ月いてくれたことを、すごく幸せだったと感じてるんだ。本当に本当だよ。だから、これは俺の勝手なお願いだけど、悪いことだったとは思わないでほしい」

こんな言葉を貰《もら》えるとは想像してもいなかった。夫はなんでもないことを言っているような様子で、食事を続けている。

「俺にとっては、あの子がひとりめだよ。いつかまたコウノトリが来るかもしれないけど、あの子のことは絶対に忘れない。そしていつか、生まれてきた子が大人になったら、教えてやろうと思うんだ。おまえには、お兄ちゃんかお姉ちゃんがいたんだよって」

「うん」

頷き、ゆかりはふたたび箸を取った。残りのご飯を口に入れ、一生懸命に嚙《か》んだ。

そう、あの子がひとりめだ。

わたしは確かに産んだのだから。

ふたたび駅前を訪れたのは、数週間ほどたってからだった。いちおう病院の診察を受けたのだ。内診を行ったのは、いつもの医者だった。ゆかりはできるだけ明るく振る舞った。同情されたくなかった。おかしな意地だと自分でも思う。

「子宮はきれいになってますよ」

医者は笑いながら言った。実にフレンドリーだった。看護師も笑っていた。

「次のお子さんを迎える準備はできています」

親切で優しいと感じていた医者の言葉が、突然、空々しく思えた。この人たちは、わたしがすでに出産を経験したと知らないのだ。医学的には、あれは出産ではないかもしれない。排出。そう、排出だろう。けれど、ゆかりにとっては、出産そのものだった。

彼らには決してわかるまい。

下手に大声で訴えたら、狂人扱いされるだけだ。

「ありがとうございます」

だから丁寧に頭を下げ、余計なことをいっさい口にせず、ゆかりは病院を出た。また涙がこぼれたけれど、前ほどではなかった。目の端が、ちょっと熱くなっただけだった。人差し指の先で拭《ぬぐ》うことができた。

例の外国人は、同じ場所で店を広げていた。ゆかりが近づくと、彼はちゃんと覚えており、おめでとうと言ってくれた。ゆかりはありがとうと答えた。見知らぬ外国人に、いちいち説明することではない。

「十二月の誕生石はターコイズでしたっけ」

「そうね。ターコイズね」

青い石を、彼は見せてくれた。とても濃い青だった。まるで幻のようだとゆかりは思った。どんなに求めても、手に入れられないもの。

ゆかりは財布を出した。

「今日はこれを下さい」

「お買いあげね」

「ええ、お願いします」

前と同じように駅前のスターバックスに入って、濃いエスプレッソを飲みながら、石を確かめた。ターコイズの青を、とても美しいと思った。

わたしの、初めての子供の誕生石——。

タイムリミット

今になってみれば、なんと無知だったのだろうと思う。

後悔が心を埋め尽くす。

そもそものスタートが遅すぎたのだ。

二十代、玲子《れいこ》は仕事もお洒落《しゃれ》も、それに恋愛もたっぷり楽しんだ。素晴らしい時代だった。もし自分に青春というものがあるのだとしたら、あのころがそうだったのだろう。十代は名門として知られる女子校に通っていたので、とにかく規則が厳しく、学生生活を楽しむどころではなかった。ひたすら窮屈なだけだった。深呼吸ばかりしていた。だからこそ、自由を得た二十代に、いきなり弾《はじ》けてしまったわけだ。

本当に楽しかった。思いだす日々はきらきらしている。

レストランでの豪華な食事。長期休暇の際は必ず海外旅行。エステ、ネイルアート、さまざまな習い事。雑誌に特集されるようなことは、一通り体験した。ちょっと先を行くことに、楽しみさえ覚えていた。

「わたしたち、ここ、もう行ったよね」

友達と雑誌を覗《のぞ》き込みながら言い合ったものだった。

「この雑誌って遅れてるよね」

「たいしたことなかったよね」

実際、ＯＬの情報網はたいしたもので、雑誌の先を行っていることが多かった。おいしい店があると聞けば、必ず食べに行った。いいエステがあると聞けば、何回かは通った。陶芸が流行《はや》りそうだと聞くと、とりあえず教室に通い、自分の器をひとつかふたつは焼き上げた。

ああ、そうなのだ。

人生を楽しんだのだ。

青春だったのだ。

そんな日々になんとなく飽きがきたのが二十八、九のころで、つまりは青春の終わりだったのだろう。いつまでも楽しいことばかり続くわけがないと気付いたのだった。何事にも必ず卒業する日が来る。三十を越えても同じように遊んでいる友人たちを見て、いくらか呆《あき》れたような感情を抱くようになっていた。

ねえ、あなたたち、まだ続けるの――？

確かにお洒落なフレンチはおいしいよ。その店の常連になって、裏メニューを出してもらうと優越感に浸れるよね。わたしも楽しかった。だけど、三十になっても、四十になっても、同じなの？　五十になっても？　それって寂しくないの？

終わりが近づいていることに気付いた自分は賢明な女だと思う。いつからか付き合う相手を選ぶようになっていた。どこの会社に勤めているのか。大卒か、高卒か。かつては服の趣味を基準の第一にしていた。第二は車だ。どちらの優先度も下がり、むしろ地味な格好をしている男に惹《ひ》かれるようになった。もちろん最低限のセンスを持っていることは大切だけれど、必要以上にお金をかけるのは無駄ではないか。服なんて、流行によって移り変わっていく。どんなに高くても、素材が素晴らしくても、ワンシーズンが過ぎれば終わりだ。そんなことにお金を費やすより、預金通帳に並ぶ数字を増やした方がいい。

堅実。

そう、堅実こそが一番ではないか。

あれはいつだったか。ヴィヴィアンの服を着た男に口説かれたことがある。渋谷にあるバーを貸し切ったパーティで、誰かがCDを出したとか、写真集を出したとか、とにかく、そういう集まりだった。誘ってきた男は、ゆかりより年上だったけれど、派手な服が似合ったし、きれいな顔をしていたし、靴はちゃんと手入れされていた。遊び慣れた雰囲気もかえって安心できた。かつての玲子ならば、一度や二度はデートに出かけ、それでNGがなければ付き合っていたかもしれない。

「ごめんなさい。忙しいの」

玲子はけれど、あっさりと断った。

そのあと、化粧室に行き、グロスを塗り直していたら、学生時代からの友達である静香《しずか》がやってきた。

隣に立った彼女は、鏡で化粧を確かめつつ、尋ねてきた。

「どうしたのよ」

「え、なにが」

「誘われたのに、あっさり断っちゃったじゃない。ああいう華奢《きやしや》なタイプ、好みでしょう。服の趣味もいいし、わりと格好良かったわよ」

「だってヴィヴィアンよ、あれ」

「それがどうしたの。玲子、好きでしょ、ヴィヴィアンって」

「普通の、ちゃんとしたビジネスマンが着る服じゃないわ」

静香は怪訝《けげん》そうな顔で見てきた。

「ちゃんとしたビジネスマン？　どういうこと？」

「服にお金を使うってことは、生活費を残してないってことじゃないの。そんな無責任な生き方をしてるなんて、あの年の男としては失格よ」

「ああ、まあね。貯金はしてないわよね」

「そんなの大人じゃないわ」

「もしかすると、すごいお金持ちなのかもしれないわよ。広告代理店勤めとか。ああいう仕事って三十歳で年収一千万越えが普通でしょう」

「浮わついた仕事をしてる人はパス」

　絶対に浮気される。そんなの耐えられない。どんなに年収があっても、優秀でも、家庭を顧みない男など願い下げだ。

　静香は眉《まゆ》を描き直していた。照明が暗いので、あえて深い色を重ねている。なるほど。さすが遊び慣れているだけある。ここで下手に明るい色を乗せると、馬鹿《ばか》みたいになってしまうだろう。暗さには、暗さ。シックな感じを演出できるというわけだ。

「今も実家にいて、お金を自由に使えるとか」

「あの年で自立してない男はまずいでしょう」

「資産家とか」

「お金と一緒に、お母さんもついてきそう」

「地方のボンボンなら、そんなにしょっちゅう顔を見なくてすむわよ」

「無干渉ならいいけどね。たいてい電話攻撃がすごいらしいって」

静香の言葉を、ことごとく切り捨てていく。鏡に映る自分はまだまだ若いし、それなりの男から声をかけてもらえるけれど、もはや少女ではない。そんな時期は過ぎたのだ。以前に比べると、化粧のノリも悪くなった。男は四十代、五十代が花で、働き盛りと言われる。けれど女は違う。たくさんの喜びと美しさ、華やかさを与えられた代償は、どこかで払うものだ。そのことを直視しない女は馬鹿だと思う。だから最近の玲子は化粧を抑え気味にしている。全体を落ち着かせるというか。数年前の自分なら、もっさりしてると笑ったかもしれない。ただ、この年になると、わかるのだ。以前のような化粧では、まともな男は引いてしまう。遊び上手な相手ばかりになる。経験を重ねたからこその、地味さなのだった。上品と言い換えるべきか。

ふうんと声を漏らしながら、静香は口紅を塗り直し、チークを伸ばした。かつての玲子と似たメイクだった。求めているのは堅実さではなく、派手さ、楽しさ。鮮やかに花を咲かせ、たくさんの蝶《ちょう》を誘っている。

「あの人、わたしが貰っちゃっていいのね」

「どうぞ」

玲子は優越感に浸っていた。静香はまだ、タイムリミットに気付いてないのだ。

「趣味、変わったのね」

「そうかも」

「なにがきっかけ？　変な男にでも騙《だま》された？」

「なんとなくよ」

わざわざ口にすることではない。それに、言ったからといって、理解してもらえるものではなかった。賢明な女ならば、自然と気付くものだ。わたしたち、そろそろでしょう？　タイムリミットが来てるのよ？　早めに気付かないと手遅れになっちゃうわよ？　腰を振りながら出て行く静香の背中に、いくつもの言葉を投げていた。

それから、しばらくして、玲子は結婚した。

三十二歳になっていた。

タイムリミットぎりぎりで、理想の相手を得たというわけだ。

生理が遅れた。三日待った。五日待った。さらに三日待った。そろそろ試してもいいだろうと思い、妊娠検査薬を持ってトイレに入った。説明書に書かれているとおり、一分待つ。息を吐いた。そうして心を落ち着けた。一日も欠かさず基礎体温を計ってきたし、専用のグラフをパソコンでつけ、自分のリズムの把握に努めてきた。おかげで、だいたいの排卵日は推測することができるようになっていた。排卵痛があれば完《かん》璧《ぺき》だけれど、残念ながら玲子にそれはなかった。ただグラフはきれいなラインを描いているし、今回はちゃんと体温陥没日もあった。体温陥没日というのは、低温期から高温期に移る直前、つまり排卵日前後にやってくる。かなり明確な排卵のサインだ。誤差はせいぜい、前後二日というところか。夜遅く家に帰ってきた和也《かずや》は相当疲れていたけれど、たっぷり甘えると、こちらが求めていることを察してくれた。欲をいえば、その一日だけでなく、次の日も、さらにその次の日も、試みてみるべきだった。けれど、いくらなんでも、そこまでの無茶は言えなかった。

ベストは尽くした。

できることは、全部やった。

きっと妊娠してるはず。

蓋《ふた》を開ける直前、両手で強く握りつつ、願いをかけた。どうか青い線が二本、きれいに浮かび上がっていますように。二本なら妊娠、一本なら駄目だったということだ。

覚悟を決め、蓋を開けてみた。

青い線は一本だった。何度見ても一本だった。


子供を産もうと決めたのは、結婚してから二年後だった。玲子は三十四歳になっていた。それまでの二年は、新婚生活を楽しむための時間だった。ふたりでいろんな場所に行き、和也の趣味であるダイビングを教えてもらった。独身時代のように派手な遊び方はできなかったけれど、それでも一年に一回、サイパンの海に潜るのは素晴らしい体験だった。男は新しい世界を見せてくれる。自分が知らないことを教えてくれる。とても素晴らしい新婚時代だったと思う。真面目《まじめ》な夫に、いくらかの物足りなさを覚えることもあった。しかし、すべて手に入れられると信じるほど、子供ではなかった。結婚生活に点数をつけるならば七十五点、いや八十点か。これ以上、なにを望むのか。

「ねえ、つけないで」

いつものように避妊しようとした夫に、ある夜、玲子は告げた。和也はきょとんとした顔をし、尋ねてきた。

「大丈夫なのか」

「うん」

「安全日か」

「そういうわけじゃないけど」

玲子は言葉を曖昧《あいまい》にした。察して欲しいという視線を送った。夫はいくらかためらった様子を見せたものの、そのまま入ってきた。

これで子供ができるかもしれないと思うと、いつもと違う快感が体を貫いた。

理屈ではなかった。

もっともっと根源的な、女としての喜びだった。

避妊という手段で、この喜びを遠ざけていたのだと思うと、ひどくもったいないことをしていたような気持ちにさえなった。利発な夫は、玲子の気持ちを、いちいち聞いてはこなかった。そういう時期が来たのだと、自然に受け入れてくれたようだった。

以来、一度も避妊は行わず、半年が過ぎ、一年が過ぎた。いつ妊娠してもおかしくないはずなのに、その兆候はなかった。

不安になった玲子は、婦人体温計を買い求め、基礎体温表をつけはじめた。本やインターネットで、女性の体について調べた。女である自分が、その仕組みをまったく知らないことに驚き、ひどく恥ずかしくなった。小学校の高学年のころ、男子を排した教室で一通りのことは教わった。けれど、その内容となると、まったく覚えていなかった。わかるのは低温期と高温期があることくらい。おそらくは、その境目で排卵するのだろう。ただ、高温期から低温期に移る時に排卵するのか、低温期から高温期に移る時に排卵するのか、まったくわからなかった。あまりの無知に呆れた玲子は、遅い受験勉強に挑むような気持ちで、本やパソコンに向かった。

卵子を作るために卵胞ホルモンというものが分泌《ぶんぴつ》される。そのホルモンには体温を下げる作用がある。

これが低温期だ。

排卵されると、今度は黄体ホルモンの分泌が活発になり、卵子が子宮に着床しやすい状態を作り出す。ふかふかのベッドを用意するのです、と本に書かれていた。黄体ホルモンは、体温を上げる作用がある。

これが高温期だ。

周期は定期的で、人によって違いはあるものの、おおむね二十五日から三十五日のあいだに繰り返される。英語で月経のことをピリオドと言うそうだ。調べてみると、月経以外に、期間、時期、段階という意味があった。なるほど、と玲子は思った。その期間、時期のうちに卵子が受精着床しないと、子宮の内膜がはがれ落ち、体外に排出される。

これが生理だ。

改めて勉強してみると、実によくできた仕組みだった。玲子は驚きさえ覚えた。女性の体とは、なんて素晴らしいのだろう。そして同時に、ひやりとした。たいてい生理は月ごとに来ているけれど、来ないこともある。不正出血も珍しくなかった。生命として、女として、イレギュラーなことなのだ。いざ基礎体温を測ってみると、ひやりとするどころではなかった。

36・68℃
36・64℃
36・54℃
36・61℃
36・58℃
36・63℃
36・71℃

そんな調子がずっと続いた。低温期も高温期もなかった。病院に行くことを考えはじめたけれど、強い抵抗感があった。病院の門をくぐるなんて、それでは病人みたいではないか。さんざん悩んだ末、インターネットを頼ることにした。書き込みの常連に医療関係者らしき人がいて、丁寧に応対してくれている掲示板を選んだ。不妊治療、無精子症、卵巣《らんそう》疾患などという文字が視界に入ってきたものの、できるだけ深く考えないことにして、自らのデータを打ち込み、投稿ボタンを押した。

半日ほどで、おそらくは主婦と思われる人が、簡単な返事を書いてくれた。

『数字を見るかぎり、排卵してないと思いますよ。排卵していないのですから、もちろん妊娠の可能性もないですね』

ショックを受けた。

可能性はない?

いやいや、これは素人《しろうと》の意見だ。あてになるとはかぎらない。みんなに適切な意見をくれる、例の医療関係者らしき人の返事を待とうではないか。何度もパソコンの画面を開いた。そのたびにリロードした。

さらに半日たって、ようやく彼が返事をくれた。

『その状態が続いているのであれば、排卵の有無を疑うべきだと思います。他の方が書いてくださったように、もし排卵してないのであれば、妊娠することはありませんね。まずは産婦人科に相談してみることをお勧めします』

いつも通り丁寧な書き込みだったけれど、内容は残酷そのものだった。

画面を見据えたまま、玲子はしばらく固まってしまった。お返事ありがとうございます、という短い言葉を打ち込むことが、なかなかできなかった。タイプミスを繰り返してしまう。ようやく送信したメッセージは、最後の〝す〟が抜けていた。よほど動揺していたのだろう。心はまったく落ち着かなかった。女であることを否定されたような気持ちになった。

妊娠することはありません――。

確かに十代のころから生理は不順気味だった。周期はばらばらだったし、生理が来ない月もあった。遊びに熱心だった二十代は、さらにリズムが崩れた。徹夜で踊ったり、お酒を飲んだり、煙草《たばこ》を吸ったりしたのが悪かったのだろう。とても健康的とはいえない生活だった。今になって思うと、体が悲鳴を上げていたわけだ。

はっきりとは覚えていないけれど、二十五、六のころ、半年近く生理が来ないことがあった。あの間、排卵はなかったに違いない。

なのに自分はお気楽なものだった。

避妊に失敗しても妊娠することはないと考えただけだった。

乱れた日々を送ることによって、自らの、大切な子宮を傷つけていたのだ。子宮とは、なんと適切な言葉だろうか。子供の宮殿。その大切な宮殿は、もはやぼろぼろで、朽ち果てているかもしれないのだ。

もし昔の自分を呼び出すことができるのなら、目の前に正座させ、説教してやりたかった。十代の自分を、二十代の自分を、さんざん叱《しか》りつけたかった。三十五歳になった自分がいかに苦しんでいるのか教えてやりたかった。

ああ、と思う。自分はなぜ、これほどまでに無知だったのだろう。


それから玲子の奮闘が始まった。

まずは生活を正すことだ。遅く帰ってくる夫を待って、週に三日は深夜まで起きていることが多かったのを、十一時ごろには必ず床につくことにした。しっかり七時間は睡眠を取るのだ。食事は、朝、昼、夜とバランスよく食べることにした。メニューも変え、脂《あぶら》っこいものは控えて、和食中心にした。お酒に強い夫に付き合い、休みの日など深酒することがあったものの、いっさい断った。飲み相手を失った和也はつまらなさそうな顔をした。しかし、かまってはいられなかった。ヨガがいいと聞いたので、近くのジムに通った。ヨガを始めてから、それまで困っていた肩こりや腰痛《ようつう》がすっかり消え、心まで安らかになった。子宮を整えるというハーブティがあると聞くと、わざわざ取り寄せ、欠かさず飲むことにした。そんな努力を一年ほど続けているうち、体にも変化が訪れ、低温期と高温期が確認できるようになった。

産むための体になりつつあるのだ、と玲子は感じた。

まだ間に合う。

産むことができる。母になれる。

ロマンチックではないけれど、排卵日らしき日の前後に夫を求めた。彼が疲れた様子を見せても、手を尽くして、その気にさせた。遊びにかまけていた二十代の経験が、役に立った。

生理が遅れると、検査薬を買った。同じ店で買い続けると顔を覚えられるかもしれないので、大きな薬局を、順番にまわった。検査薬を買うことが、ひとつの儀式と化していた。なのに結果はいつも同じだった。青い線が一本、一本、一本――。

ただ時が流れていった。

玲子は今、三十六歳だった。あと二カ月で三十七歳になる。

夫は九時過ぎに帰ってきた。打ち合わせを兼ねた会食があったのだ。駄目だったことを告げると、そうかと頷《うなず》いた。

「残念だったな」

「がっかりよ。今度こそはと思っていたのに」

スーツを受け取り、ハンガーにかける。

昔ながらの、夫婦の光景だ。

古臭いと思われるかもしれないけれど、この儀式に、玲子は誇りを持っていた。夫には外でしっかり仕事をしてもらって、家庭はわたしが切り盛りするのだ。家の中を常にきれいにする。おいしい料理を作る。夫の体調管理を怠らない。子供をもうけ、ともに育て、本当の家庭というものを作っていく。

外で働きたいとは思わなかった。

もう十分に遊んだし、父親とさして変わらぬ年齢の男と付き合って、普通ならできないような贅沢《ぜいたく》も味わわせてもらった。地位と名誉を併せ持つ男がたいていそうであるように、彼はとても優しく、玲子が別れを告げると、あっさり了承し、最後にお礼だといって高価なプレゼントまでくれた。素晴らしい思い出だ。

二十代には、仕事も一生懸命だった。

そこそこ大きな会社に就職できたので、忙しい時期はそれこそ朝から晩まで働いた。深夜の帰宅なんて当たり前だった。大きなプロジェクトにも関わって、きっちり結果を出し、会社から表彰されたこともある。

仕事も遊びも充実していた。

いや、頑張った。

外でやれることは全部やった。

だから、このあとは家庭に入り、ちゃんとした妻を、そして母を、目指すのだ。妻の地位は手に入れた。今度は母だ。今まで順調に進んできた玲子は、自らの未来に疑いを持ったことなどなかった。当然のように、望むものを手に入れられると信じていた。なのに子供ができない。母になれない。もしこのままずっと妊娠できなかったらと思うと、ひりひりするような焦燥感を味わった。そんなことない、と言い聞かせる。料理をしているとき、掃除をしているとき、洗濯をしているとき、焦燥感は突然、やってきた。夫もわたしも健康だ。なんの問題もない夫婦だ。かわいい赤ちゃんを必ず手に入れられる。そう、ちょっとした運の問題よ。

「なにか食べるものはあるかな」

「あら、会食じゃなかったの」

「せわしなくてさ、あまり食べられなかったんだ」

「ちょっと待ってて」

十五分ほどで簡単な食事を作った。海藻がたっぷり入った味噌汁《みそしる》、おいしい漬け物、それに温めたご飯。

「悪いな。おまえだって疲れてるのに、わざわざ作ってもらって」

ううん、と健気《けなげ》に振る舞う。

「だって家で主婦をさせてもらってるんだもの。これくらいは当然よ。食べられるだけでいいから食べて」

演技ではない。本音だった。

「じゃあ、たっぷり食べるか」

「食べ過ぎは駄目よ」

なんだよ、と夫は笑った。

「食べて欲しいのか、食べない方がいいのか、どっちなんだよ」

「カロリーの取りすぎはよくないでしょう」

「ほどほどってことか」

「そういうこと。ほどほどが一番よ」

四十に近づいた夫は、いくらかお腹《なか》が出てきた。本人も気にしているらしく、神妙に頷き、一品一品をしっかり味わっている。幸せな光景だ。仕事熱心で優しい夫。疲れて帰ってきた彼をいたわる妻。これぞ、玲子が求めていたものだった。

手に入らないのは、あとひとつだけ。

「まあ、気にするなって」

和也が慰めるように言ってくれた。どうやら、ため息が漏れていたらしい。

「授かる時は授かるさ」

「そうね」

「俺も頑張るよ。すごく頑張るよ」

「もう。エッチなんだから」

冗談めかした夫の態度に、ようやく笑うことができた。この人を選んでよかったと思う瞬間だった。和也は決して二枚目ではないし、服のセンスもよくないし、二十代のころなら無視しただろう。声をかけられたら、問答無用で断ったはずだ。けれど、結婚するならば、こういう人だ。遊びすぎず、固すぎず。お洒落《しやれ》といっても、せいぜい若者向けのセレクトショップ程度。

ああ、まったく理想通りだ。

和也と出会ったのは、まだ仕事をしている時だった。大きなプロジェクトが終わったあとの打ち上げで、いくつもの会社の人間が集まった。五社が組んでのジョイントベンチャー。玲子の会社は、五社の中ではもっとも規模が小さく、いくらか肩身が狭かった。ただ、名だたる大手と組んで、大きな仕事をやり遂げたという充実感に満たされた。相手と対立したこともあったけれど、玲子は一歩も引かず、向こうの部長を懐柔して、こちらのプランを通したりもした。オヤジの扱いには慣れていたので、お手の物だった。長年の友達である静香との連係プレーだった。その静香は、フロアの真ん中で踊っていた。パーティに合わせたのか、真っ赤なドレスを着ている。きれいだわ、と素直に思った。まるで金魚のようだ。周りにいる男たちが、静香の姿をじろじろ見ている。それもまた、勲章のようなものだ。玲子は少し疲れていたので、壁にもたれかかっていた。薄めに作ってもらったジンフィズを一口か二口飲んだだけで顔が赤くなった。参ったな、と思った。よほど疲れてるんだわ。

「終わりましたね」

声をかけてきたのが和也だった。

ええ、と玲子は頷いた。いつものように、相手の顔と、服と、靴を確認していた。

趣味がいいとは言えないけれど、堅実な感じがした。無理をしてないというか。

　和也はグラスを軽く上げた。それなりに洒落た仕草だったのを覚えている。

「お疲れ様でした」

「はい。お疲れ様でした」

　玲子も言って、グラスを上げた。ジンフィズに軽く口をつけた。それだけで、さらに頬が熱くなった。いつもなら、こんな薄いお酒はいくらでも飲めるのに。名刺を交換すると、相手はジョイントベンチャー参加社の中で、最大手だった。しかも企画部。エリート中のエリートというわけだ。見た目は冴《さ》えないけれど、そんなことなんてどうでもよくなった。太田という名字もいい。もし結婚したら太田玲子になる。おさまりのいい名前ではないか。数日後、姓名判断の本で調べてみると、主運という項目に〝大吉祥数〟という文字があった。

「友達ですか、彼女」

　彼はフロアで踊る静香に目をやった。

「同期なんです」

「派手ですね」

　ええ、と頷いておく。

「彼女はああいうタイプなので」

「あなたは違うんですか」

「無理ですよ、あんなの」

そして、いろんな意味を込めた苦笑い。わたしは違うんですよ。壁の花ですよ。地味なものですよ。不器用なんですよ。真面目《まじめ》ですよ。

「僕も無理だな。フロアの真ん中で踊るなんて」

「恥ずかしいですよね」

「僕たち、似てるのかもしれないな」

「そうかもしれないですね」

微笑《ほほえ》み合った。清楚《せいそ》を装《よそお》った。ありがたいことに、その日はたまたま、シックなドレスを着ていた。彼からプロポーズされたのは半年後だった。そこそこの大きさの石がついた指輪を渡された。給料の三カ月分のダイヤモンドというわけだ。マニュアル通りだけれど、しらけはしなかった。それこそが、玲子の求めていたものだったから。指輪をはめてもらったあと、涙がこぼれた。決して、決して、演技ではなかった。

やむなく、産婦人科に向かった。知り合いに見られたくなかったので、駅から離れたところを選んだ。それでもいちおう、病院の少し手前で辺りを見まわし、誰もいないことを確認した。早足で自動ドアをくぐった。中は案外混んでいた。

　玲子が住んでいるのは、東京の郊外だった。去年、一戸建てを買ったのだ。長期のローンを組んだけれど、繰り上げ返済を頑張って、どうにか夫の定年前には返し終えるつもりでいる。その辺のやりくりも妻の役目だ。郊外の産婦人科にいるのは、驚くほど若い子ばかりだった。玲子より年上を探すのが難しいくらいだ。十代だって珍しくなかった。夫同伴で来ている妊婦もいて、伴侶《はんりょ》に腰を支えられている彼女たちはとても幸せそうだった。

　敗北感ばかりが募る……。

　小一時間ほど待たされた末、ようやく名前を呼ばれた。診察室に入ると、そこにいたのは若い男性だった。ひどく恥ずかしかったけれど、相手は医者なのだと自らに言い聞かせ、この数年間の経緯を話した。

「なるほど」

　頷いて、彼はカルテを何度も眺めた。

「三十七歳ですね」

「いえ、まだ三十六です」

「失礼しました」

彼は丁寧に謝ってくれた。

「あと二カ月で三十七歳ですね」

「そうです」

これには反論のしようがない。事実なのだ。しばらく沈黙が続いた。看護師はずっとうつむいていた。やがて医者が言った。

「内診台にどうぞ」

「あ、はい」

いちおう準備はしてきたけれど、それでも慌《あわ》ててしまった。

なにもかもびっくりだった。

診察室のすぐ隣の、狭い空間に、それは置かれていた。テレビのドラマなんかで見たことのある分娩台《ぶんべんだい》そのものだった。看護師に言われるまま下着を外し、両足を大きく開いた。足を置く場所がちゃんとあった。看護師がマジックテープのようなもので、そこに固定する。ものすごく恥ずかしい。抵抗感の強さに、逃げ出したくなる。やがて医者がやってきた。男だ。いや医者だ。医者だけど男だ。頭の中が混乱した。彼はあっさり、しゃがみ込んだ。直後、中になにかが入ってきた。指だと悟ったのは、いくらかたってからだった。病院だ。医者だ。診察だ。頭の中で繰り返し言い聞かせたけれど、その途中でレイプという言葉が浮かんだ。さらに深く、指が入ってくる。かなり痛かった。そんなの、夫にもされたことがないのに。さらに、ひんやりした器具を差し込まれた。自分が今、なにをされているのか、まったくわからない。覚悟していたつもりだったのに、心の動揺は抑えられなかった。

どれくらい時間がたったのだろうか。

玲子にはわからなかった。

途中から考えることさえできなくなり、目を閉じ、拳《こぶし》を握りしめ、ひたすら耐えた。たまに鋭い痛みを感じた。終わりましたよ、と看護師が声をかけてくれたとき、すぐには反応できなかった。同じ女性の顔を見たことで、どうにか玲子は落ち着いた。彼女はけれど、あっさりとした口調で言った。

「下着をつけて、診察室にお戻りください」

「あ、はい」

「先生から説明がありますので」

診察台から降り、下着をつけ、着衣を直してもなお、体の違和感は消えなかった。むりやり奥にまで入られたという感覚があった。レイプという言葉がまた浮かんだ。

慌てて打ち消した。診察だったのだ。ここは病院だし。相手は医者なのよ。

「太田さん、どうぞお座りください」

診察室に戻ると、医者は言った。その医者はさっき、玲子の奥深くまで、指やら器具やらを入れた相手だった。

気にしすぎだと思いつつも、顔を直視できなかった。

「あるいは治療が必要かもしれません」

「え、治療ですか」

「太田さんがつけられている数値が正確であるという前提での話ですが、排卵自体は正常に行われていると思われます。こうしてデータ化されている努力は素晴らしい。適切なタイミングでの試みも行われている」

試みか。セックスのことだろう。うまく言い換えるものだ。

「それでもなお、二年近くも妊娠しないということは、なんらかの問題……いえ、失礼しました、なんらかの壁を疑う必要があるのかもしれません。いくつかの可能性が考えられますが、まずは現状を切り分けましょう」

「切り分ける、ですか」

「最初に男性の側、つまりご主人の状態を調べた方がいいと思います。実は多いケースなんです。ご主人は、規則的な生活を送られていますか？」

「いえ……」

「お酒は？」

「仕事の付き合いで、それなりに」

「年齢は？」

「わたしよりふたつ上です」

ふむと頷きながら、医者はカルテになにか書いている。やがて顔を上げた医者は、とても冷静な口調で言った。

「ある調査ですが、不妊の半分近くは、男性の側に問題があるという結果が出ています」

「半分も……」

「太田さんご自身は努力なさっているのに、二年近くも変化がないとしたら、男性の、つまりご主人の状態を疑ってみた方がいいかもしれません。男性に能力があるかどうかの検査は比較的簡単ですし。そこをクリアした上で、先に進みましょう」

「主人を連れてきた方がいいということですか」

「ええ、必要なことです」

「それは……」

はたして和也が来てくれるだろうか。そもそも、ここを訪れたことは、自分の独断なのだ。説得する自信はなかった。

ためらった玲子に、医者は言った。

「太田さんご夫妻は、お子さんを真剣に求めてらっしゃるんですよね」

「はい」

「ご主人の意思でもありますね」

「はい」

「そうであるならば、早めの対応をお勧めいたします。実のところ、たくさんの時間があるわけではないのです」

「時間……」

「ええ、そうです。この雑誌はご存知ですか」

「知ってます」

差し出された雑誌を見て、玲子は頷いた。それなりに有名な雑誌だった。ただ玲子はほとんど読んだことがない。もう少し年齢が上の、ばりばり働く女性が、格好をつけるために読むものというイメージだった。女性用のビジネス誌というか。

「出産に関する特集が組まれているんですが、わたしの恩師がデータを提供しております」

渡された雑誌には付箋《ふせん》がつけられており、手にすると、そこが自然と開いた。癖がついているらしい。雑誌をこうして渡されたのは、自分が最初ではないのだと、玲子は気付いた。はたして何人目だろうか。十人目？　それとも百人目？

妊娠力——。

そんな文字がまず目に入ってきた。実にわかりやすいグラフが、大きく描かれている。縦軸は妊娠力とやらで、横軸は年齢だった。三十五歳を境に、グラフは急角度で下りのラインを描いていた。崩落だ。一年ごとの下落幅がとてつもなく大きい。三十五歳と三十六歳では全然違ったし、三十六歳と三十七歳はさらに違った。

医者はしばらく黙っていた。

「これが現実です」

玲子が顔を上げてから、ようやく医者は口を開いた。宣告だった。

「余裕はありません」

「こんなに……」

「もし本当にお子さんを望んでいらっしゃるならば、早めに対応すべきです。ためらっているあいだに、貴重な時間はどんどん失われていきます。わたしの実感では、そのグラフ以上に、現実は厳しい。子供を産めるという意味にかぎるならば、女性が女性でいられるのは、三十七歳がぎりぎりです」

玲子は愕然《がくぜん》とした。自分はもうすぐ三十七になる。しかし、続けて投げられた言葉は、さらに厳しかった。

「実際は三十五歳と申し上げたいくらいです。時間は恐ろしく早く過ぎていくし、体はさらに早く老いていきます。そういった雑誌を見ると、よく四十代での出産が書かれていますね。テレビでも、それが美談のように語られる。ただ、わたしのように現場で働いている人間からすると、あれは明らかにミスリードです。レアケースと言って間違いない。タイムリミットは確実に存在します。あなたはその、タイムリミットの、細いラインの上に立っているんですよ」

タイムリミット、と玲子は思った。

いつも意識してきた言葉だった。

自分は今、踏み越えようとしているのだ。

知らぬ間に。

無知を罪だと思ったのは誰だろうか。タイムリミットに気付かぬ同僚たちを愚かだと笑ったのは誰だろうか。勝ち組になったつもりで、多くの同性を見下ろしていたのは誰だろうか。

どうやって家に帰り着いたのかわからなかった。駅前の、高級スーパーの中をうろうろ歩いたような気がする。駆け抜けていく幼い子供たちをぼんやり見ていた気がする。本屋に寄った気がする。妊婦雑誌を何冊も捲《めく》った気がする。そのそばにある不妊治療を扱う雑誌に手を伸ばしかけ、慌てて引っ込めた気がする。すべては夢のようだった。なにが本当で、なにが幻なのか、まったくわからない。とにかく横になろうと思った。今日は疲れすぎた。内診で受けた違和感がまだ、体に残っている。神経質になっているのはわかるけれど、思い返すのもおぞましい。家に入る前、郵便受けを開けた。ポストカードが入っていた。写真を印刷したものだった。映っているのは、なんと赤ちゃんだった。真っ白の布に包まれたその姿は、とてもかわいらしかった。

すっごく大変だったよ！
もう産みたくなーい！
でもかわいいから、また産むかも！

差出人は静香だった。小さな小さな子供を抱いて、彼女は笑っていた。とても幸せそうな表情だった。正しい道を歩んでいたはずのわたしに子供はできず、そんなことを考えなかった静香は子供を抱いている。彼女のなにが正しかったのだろう。自分のなにが間違っていたのだろう。運と言ってしまえば、それまでだけれど。あまりに冷酷ではないか。

カードを持ったまま、玲子は立ちつくした。破り捨てたいという衝動に耐えつつ。

打つものと響くもの

「ふむ──」

呟《つぶや》きつつ、篠原由佳子はマウスについているスクロールボタンを指で押した。記事が画面を流れていく。数枚の写真、それに文章。ネットメディアと、かつて由佳子が在籍した新聞では、その構成がまったく違う。大雑把にいって、画は二倍、文章は半分だ。そのバランスを崩すと、気まぐれな読者は読んでくれない。短文はともかく、長文を画面で読むのは、負担が大きいのだろう。書き手である由佳子からすると、もどかしい面もあるのだけれど、メディアの特性である以上は仕方ない。自分にできるのは、いい記事を書くことだけだ。

「ふむ──」

納得できる紙面……いや画面構成だった。むしろ恵まれすぎている方だ。編集長であり、編集発行人でもある嶋本京一は、その言葉通り、由佳子の提案に大きなスペースを割いてくれた。サイトのトップ画面に『特集─産む─』というバナーが配置されている。もっとも目立つ場所だった。『女たちの選択』という言葉が、その下に添えられていた。ロゴは鮮やかな赤で、真っ先にクリックしたくなる。そうすると特集画面が表示されるという仕組みだった。

「ふむ――」

特集の第一回目はトップページにそのまま掲載された。破格の扱いといえる。嶋本からそのことを告げられた由佳子は戸惑ったものの、期待に応《こた》えるため、取材を重ね、記事をひたすら直し、レイアウトにまで気を配った。掲載日の前日は徹夜だった。仮眠を取ってから――三時間で起きてしまった――自らが書いた記事を何度も読み返した。あえてプリントアウトはしなかった。画面でどう見えるかが勝負なのだ。

特集の第一弾、『誕生石』と題した記事で話を聞かせてくれたのは、体験を募集した際、真っ先に応じてくれた女性だった。

最後まで彼女は冷静で、涙など見せなかった。

「辛《つら》かったでしょうね」

声をかけた由佳子の声の方が、むしろ不安定だった。

彼女は頷《うなず》いた。

「一生、忘れられないと思います。ただ主人の言葉で救われました。あの子は確かに生きていたんです。妊娠しているあいだ、わたしはとても幸せでした。そんなのはホルモンの悪戯《いたずら》だと言われれば否定できないですけど……。本当に、本当に、幸せだったんです。産まれてはこなかったけれど、あの子が与えてくれたものはすごく大きかった。だから、今の辛さも、いつか乗り越えられると信じています」

「それではまた、お子さんを――」

ええと頷き、彼女は恥ずかしそうに笑った。その笑顔を見た由佳子は、人間という生き物の強さを感じた。辛いのは彼女自身なのに、こちらに気を遣って、わざわざ笑ってくれたのだ。重苦しい雰囲気を振り払おうとしてくれた。由佳子は驚いた。いや打たれた。

彼女が抱える痛みや辛さは、妊娠したことのない由佳子にも理解できた。女ならば、誰でもわかるはずだ。毎月やってくる生理。それは命を生み出すための準備だ。

生理のあいだは、ありとあらゆる変化が体に訪れる。痛みもある。面倒もある。辛さもある。心は不安定になる。その百倍ものことを……いや千倍ものことを彼女は体験したのだ。なのに彼女は今、無理矢理だけれど、笑おうとしてくれた。

ああ、と思う。人の心とは、なんて尊いのだろうか。

彼女はおそらく自分を責めたに違いない。自らの行動を思い返し、ああしなければよかった、こうしなければよかったと思ったはずだ。たとえ遺伝的要因で流産が避けられなかったとしても、理屈で割り切れるわけがない。どうしても揺れてしまう。それを乗り越えて、彼女は今、笑っているのだ。

由佳子はふと、思った。人はこうして、磨かれてゆくのではないだろうか。痛みも、苦しみも、そんな場所に至るための試練なのではないか。

ひたすら気楽に生きて、ただ笑っていられるだけの日々は、誰もが望むことだ。痛みなんて感じない方がいい。辛さなんて知りたくない。楽しい方がいい。けれど、そういう安楽な生き方からは、決して学べないことがあるはずだ。

カチャリ――。

そんなことを考えていると、小さな音がした。録音用のテープが切れたのだ。取材の際、同僚の大半は、今やICレコーダーなんてものを使っている。由佳子は、昔ながらの、テープレコーダーのままだ。扱いが簡単だし、テープのツメを折っておけば、操作ミスでデータを消してしまうこともない。機械オンチの由佳子でも、ちゃんと扱える。

「すみません。少しよろしいですか」

「どうぞ」

新しいテープをセットしようと思ったけれど、由佳子はそのままレコーダーをとめた。必要な取材は終わっている。聞くべきことは聞いた。この先は女同士の会話にすぎない。あるいは、そこに本質があるのかもしれないものの、記録すべきことではないと感じた。もしも、と由佳子は思った。もしも本当に必要なことならば、心のどこかに残るだろう。

いくらか沈黙が続いた。

彼女から話を聞いたのは、新宿副都心にあるホテルのラウンジだった。窓からは青い空が見えていた。彼女はその空に目をやった。いったいなにを見ているのだろうか。失った我が子のことだろうか。自らの未来だろうか。

沈黙を破ったのは彼女の方だった。

「こんな話でよかったんですか」

向けられた視線は、しっかりしていた。

由佳子は頭を下げた。

「ええ、ありがとうございました」

取材の終わりを示すために、手帳を閉じた。ブロック紙に勤めていたとき、上司から叩《たた》き込まれたので、要点は必ず書き取ることにしている。たとえテープレコーダーが壊れていたとしても、メモを元に記事を起こすことができるというわけだ。

「辛いことまでお伺いしてしまい、申し訳ありませんでした。感謝しております」

「わたし、誰かの役に立てますか」

意外な問いに、由佳子は戸惑った。彼女は一度だけ俯《うつむ》き、しばらくのあいだ、じっとしていた。今度こそ泣くのかと思ったけれど、上げた顔に涙はなかった。視線は今までと同じようにしっかりしていた。

「わたしみたいな体験をした女性は少なくないと思うんです」

「妊娠した女性の、二割近くが流産しているという事実には、とても驚きました」

実感が湧《わ》いてきたのは、言葉を吐いてからだった。女である由佳子は、いわゆる性教育を学校で受けてきた。けれど自然流産の確率がそこまで高いとは知らなかった。教わらなかったのか、あるいは教わったのに忘れてしまったのか。それさえも判然としない。

「わたしが話したことを篠原さんに書いてもらって、同じ経験をした……いえ同じ経験をするかもしれない人たちに伝えてもらえるなら、それって素晴らしいことだと思うんです。世の中を少しでもいい方に変えられるっていうか」

彼女は笑った。ひどく素直な笑みだった。

「あと、これはわたし自身の気持ちの問題ですけど、誰かに話したかったのかもしれないです。こういうことってなかなか口にできなくて……。ずっと胸の奥に溜《た》め込んでて苦しかった。篠原さんに聞いてもらって嬉《うれ》しかったです。これ、記事にしてもらえるんですか」

「ええ、そのつもりです」

「よかった。誰かに伝わるんですね」

「努力します」

由佳子は、頷いた。二度、頷いた。しっかり、頷いた。

「心を込めて書きます」

人の思いを文字にするのが役目なのだ。紙面の関係で、せっかくの取材を駄目にしてしまうことも多いけれど、今回は編集長から確約をもらっている。書かなければならない、と由佳子は思った。それこそがわたしの務めだ。果たせないなら、ペンを持つ資格などない。

会計は当然、取材側の由佳子が持った。支払いを終えたあと、新宿駅まで歩いた。彼女は京王線の沿線だという。

由佳子は都心のオフィスに戻るので、新宿駅で別れることになった。

「実はいるんです」

ＪＲの改札が見えてきた辺りで、彼女はお腹《なか》に手をやった。

「あ、もしかして」

「はい」

彼女の、はにかむような笑顔は、とても美しかった。その美しさに、由佳子はまたも打たれていた。全身が光に包まれているかのようだ。いや……確かに輝いていた。

「おめでとうございます」

「ありがとうございます」

「今、何カ月ですか」

「十七週です」

週数を言われても、とっさにはわからない。四で割って、どうにか理解することができた。

「四カ月ですか」

「いいえ、五カ月です。妊娠月は、そういう数え方をするんです。切り上げっていうか」

「なるほど」

四カ月と一週ならば、妊娠五カ月となるわけだ。改めて自分の無知を思い知らされた。女であるからには、妊娠のリスクは常にある。パートナーがいる以上、いつそういう状況に陥ってもおかしくない。なのに自分は妊娠月の数え方すら知らないのだ。

ああ、なんてことだ……。

由佳子は直後、自らの考え方に愕然《がくぜん》とした。自分は今、リスクと考えた。妊娠を。子供を授かるという自然の摂理を。自らの根本に宿る意識を突きつけられたようなものだ。妊娠はリスク。陥るもの。

ぼんやりしている由佳子に挨拶《あいさつ》し、彼女は歩き出した。去ってしまうのだろう。

「萱野さん」

その背中に、由佳子は声をかけていた。

「怖くありませんか」

彼女は振り返った。

「え、なんですか」

いくらか戸惑っているようだ。

由佳子は繰り返した。

「妊娠が怖くありませんか」

それはジャーナリストとしての問いではなかった。人としての問いでもなかった。ひとりの女としての問いだった。

駅に向かう人混みの中、彼女は首を傾《かし》げた。しばらく沈黙が続く。西口のロータリーを、サイレンを鳴らしたパトカーが走り抜けていった。うわんうわんうわん、という音が激しく響いたあとは、ひどく静かに感じられた。

「怖いです。すごく、すごく、怖いです」

でも、と彼女は言葉を続けた。泣いているようにも笑っているようにも見えた。

「産みたいんです。わたしと夫の子供を」

そこで初めて、由佳子は気付いた。彼女はヒールのない靴をはいていた。ロングコートに身を包み、冷えないよう気を付けていた。ああ、そうだ。さっきのラウンジは少し寒かった。由佳子はさして気にしなかったけれど、彼女はベージュのストールを途中で羽織った。飲んでいたのは、ハーブティ。カフェインを避けるためか。ありとあらゆる場面で、一瞬も気を抜くことなく、彼女は自らと、自らの子供をいたわっていたのだ。

由佳子は両手を揃《そろ》え、頭を深く下げた。

「ありがとうございました」

それは、心からの礼だった。


物語仕立てにしたのがよかったのかもしれない。アクセス数も多く、読者は大きな関心を持ってくれたらしい。コメント数はあっという間に膨れあがり、同じように流産を体験した人からの書き込みが複数寄せられた。女性限定掲示板の方でも、この特集は注目され、さっそく意見交換のためのトピックが立てられた。そちらはそちらで盛り上がっている。彼女たちが痛みを分かち合い、励まし合う様子に、若い女性社員は涙ぐみさえした。ただ残念だったのは、記事の方につけられたコメントの大半が、女性からのものだということだった。

子を持つということは、男女共通の営みのはずだ。けれど、実際にその責を負っているのは、一方的に女性なのだと思い知らされた。男性らしきコメントもいくつかあったものの、それらはどこか他人事《ひとごと》だった。

自らの記事を読み返していると、いろいろなことが気になった。助詞の使い方とか、句読点の打ち方とか。もう十数年、文章を書き続けているのに、納得できたことは一度もない。常に揺らいでばかりだ。インターネットメディアの特性で、今からでも書き直すことはできるけれど、一度出してしまったものに手を入れるのは抵抗があった。そんなことをする暇があるなら、次の取材に行くべきだろう。

「篠原さん」

迷っていたところ、後ろから声をかけられた。振り向くと、そこに立っていたのは、若い男の子だった。もう二十代も半ばなのに、由佳子はつい、男の子と感じてしまう。由佳子が年を取ったのか、あるいは今の社会だと二十代はまだまだ子供ということなのか。よくわからないまま、由佳子は応じた。

「なに、松本君」

「例の裁判の傍聴ですけど。なんとかアルバイトを十人集めました。ひとり五千円で、全部で五万円です」

経理は通せるだろう。それくらいの金額ならば由佳子の裁量の範囲でもある。長門太一が伝えてきた事件の公判が、三日後、N県地裁で開かれるのだった。もちろん被告人である産婦人科医は裁判に出廷する。遺族も傍聴するだろう。裁判そのものについて書くかどうかは決めていないけれど、嶋本に言われたように、一度は見ておくべきだった。なぜなら、そこが今、現場だからだ。おそらく、裁判所の席数を上まわる傍聴希望者が集まるに違いない。そうなると、限られた傍聴席を争ってのクジ引き抽選となる。由佳子と松本君が話しているのは、抽選券を手に入れるための、人数集めのことだった。

「なるほど十人ね。わたしたちを入れて十二人かしら」

「ええ、そうです」

裁判は、N県地裁の第一法廷で行われる。調べたところ、定員は九十名。そこから推測するかぎり、十二人もいれば、一枚か二枚は傍聴券を取れそうだった。

「それで進めて。任せていいかしら」

「はい。わかりました」

頷《うなず》いた松本君は、癖のない髪を伸ばしており、いまだ学生のような雰囲気を残している。背は高く、百八十をいくらか超えるだろう。顔はそこそこ整っているものの、見た目に気を遣わないタイプらしく、いつもいい加減な服を着ているし、眉《まゆ》なんかも整えていない。社内の女の子たちからは、まったく人気がなかった。もったいないわねえ。三十代も半ばになった由佳子は思う。この子って、磨けば、もっと光るのにな。下働きとしてはまだまだ頼りないかぎりだけれど、言われたことをきっちりこなすので、まだマシだと言えるだろう。いくらか背伸びしてる様子は、かつての長門太一を思わせた。

「アルバイトは学生？」

「いいえ、便利屋です」

「便利屋？　大丈夫なわけ？」

「え、どういうことですか」

「本当に来てくれるのかってこと。便利屋なんて商売をしてる人間には、いい加減な人もいるからね。その業者を前に使ったことはあるのかしら」

「いや……」

「その業者がもし来なかったらどうするつもり？」

松本君は目を瞬《まばた》かせるばかり。

言葉がきつくならないよう気を付けつつ、由佳子は言った。

「こういう場合は学生アルバイトを使った方がいいの」

「学生ですか……」

「地元の大学の学生課に頼めば紹介してくれるから。大学経由だと学生は律儀《りちぎ》に来てくれるわ。もしそれが無理だとしたら、業者はふたつかみっつにわけるべきね。リスクの分散って言えばわかるかしら」

ああ、と松本君は頷いた。

「ひとつが駄目でも、別のどこかが来てくれるってわけですね」

「そういうこと。今回はうまく行くことにかけましょう。ちゃんとタウンページとかに載ってる業者なんでしょう」

「はい。全国チェーンです」

「だったら、まあ安心ね」

記者なんていうと、華やかなイメージを思い浮かべる人もいるけれど、実際はこういう下準備が多い。下準備こそが仕事というか。松本君の手配した業者が、予定通りに動いてくれるとは限らない。わざわざN県まで行っても、傍聴券が手に入らないことさえあり得る。

「もう一度、確認を取ってきます」

慌《あわ》てた様子で、松本君は自分の机に走っていった。その背中は、かつての長門太一であり、かつての篠原由佳子だった。

特集の第二弾、『タイムリミット』と題した記事は、やはり募集に応《こた》えてくれたものだった。第一弾だった『誕生石』を読み、応募してきてくれたのだ。彼女を選んだのは、『誕生石』とは違うテーマにしたかったからだ。さまざまな視点、体験を描いてこそ、特集としての意味がある。

「よろしくお願いします」

名刺を渡すと、彼女はしげしげと、それを眺めた。

まるで値踏みされているみたいだった。

彼女が顔を輝かせたのは、嶋本京一の名前を出したときだった。

「知ってます。テレビのキャスターをしてる人ですよね」

「ええ、テレビには出てます」

嶋本は夕方のニュースでコメンテーターを務めている。もっとも、彼女には、キャスターとコメンテーターの違いはわかっていないようだけれど。

「うちは嶋本が個人的に始めた会社なんですよ」

「そうなんですか」

嶋本の名前が出てからというもの、明らかに彼女の態度が変わった。声がいくらか高くなり、表情が輝いた。

さっきまでの警戒感がすっかり消え失《う》せている。

「じゃあ嶋本さんもわたしの話に目を通してくれるんですね」

「もちろんです。彼が編集長ですから。うちの記事はすべて、彼が目を通し、許可したものしか掲載されません」

「そうですか。よかった」

「ええ」

頷いたものの、由佳子は戸惑っていた。よかったと彼女は言った。どういう意味なのか。目の前にいるわたしではなく、テレビに映る嶋本の方が、信頼できるということか。信頼されてない相手から話を聞くのは、とても難しい。

「お話を伺うことは可能でしょうか」

複雑な思いで、由佳子は切り出した。

「どうぞ」

嶋本京一の名前が、彼女の背中を押したらしい。すっきりとした表情で話し始めた。かなりの時間がかかった。三時間かそこらだろうか。由佳子はほとんど黙ったまま、彼女だけが口を動かす形になった。彼女は実によく喋《しゃべ》った。メモを取るのが大変なほどだった。

たまに黙り込んでしまう取材対象がいる。どんなに促しても、なかなか言葉が出てこない。ただ、そういう人が、最後にぽつりと漏らす一言には、とてつもない重みがあった。

彼女は対極だった。

たくさん喋ってくれるし、楽ではあるけれど、途中で愚痴に付き合わされているような気がしてきたのは否定できない。手帳が十数ページ埋まり、テープを何度も入れ替えし、コーヒーのお代わりを繰り返すうち、時間が過ぎていた。

最後は互いに話すことがなくなり、コーヒーを啜《すす》るしかなくなった。

「ありがとうございました」

由佳子は丁寧に言った。いつものように、取材の終わりを示すため、手帳を閉じ、レコーダーをバッグにしまった。会計を済ませてから表に出ると、前回の取材時とは少し違って、街路樹は小さな芽をつけていた。

まだまだ寒いけれど、確かに春が近づいている。

「今、わたし、不妊治療を受けているんです」

唐突に彼女が切り出した。

「積極的に行動してらっしゃるんですね」

「もう三十七ですから。わたし、黒田ミカコさんの教室に通ってるんです」

「え……」

「黒田ミカコさんです」

問い直した由佳子を、彼女はいくらか冷ややかな目で見た。

「有名なバース・コンシェルジュの」

知っているのが当然といった口ぶりだ。黒田ミカコという名前には、なんとなく覚えがあった。確か出産関係の書籍を何冊か出しているはずだ。ただ、その記憶よりも、バース・コンシェルジュという呼び方に違和感を覚えていた。そんな言葉は欧米にない。おそらく造語だろう。本人が名乗ったものなのか、マスコミが勝手につけたものなのか。

「黒田さんによると三十七は全然遅くないそうです」

「なるほど」

「今からでも、わたしはちゃんと子供を持てるんです」

彼女はじっと、由佳子を見てきた。視線は強く、瞳《ひとみ》がまったく揺らがない。由佳子は少しばかり怖くなった。以前、ある新興宗教を取材したことがある。その信者たちの瞳に宿っていたものと、どこか似ていた。

動揺しつつ、由佳子は頷いた。

「テレビを見てると、四十代で出産してる人もいますね」

「そうですよね。大丈夫ですよね。うまく行きますよね」

由佳子の中に、不安がただ渦巻く。

「わたしのこと、記事にしてもらえるんでしょうか」

「ええ、もちろん。そのつもりです」

「だったらいいです」

そんな言葉だけ残して、彼女は去っていった。人混みに紛れ、彼女の姿はすぐに見えなくなってしまった。尋ねられたことは、第一回目の、萱野さんと同じだ。しかし意味がまったく違うように感じられた。

彼女は自分を伝えたいのだ。自分のことだけを。


公判当日、由佳子は上野駅で松本君と待ち合わせた。新幹線に乗り、北に向かう。席が離れていたので、じっくり資料を読むことができた。逮捕された医師は本間修一、三十五歳。産婦人科医だ。N県立医科大学を卒業後、そのまま付属病院に何年か勤めたあと、県内のいくつかの病院を転々とした。それらの病院はおそらく、N県立医科大学の系列に属するのだろう。実に典型的なパターンだ。大学側はそうして各地に医師を派遣する。地方病院は医師を確保する。医師は自らの腕を磨く。

ブロック紙に勤めていたころ、病院の二十四時間をルポする企画に携わったことがあった。ずいぶん前のことなので、記憶はすっかりあやふやだけれど、医師たちのタフさや、激務に驚いたものだった。

医師免許を手にしただけでは、まだ医師ではない。持っているのは知識のみだ。飛び交う怒号、泣き叫ぶ患者、心配そうな家族の顔、床を真っ赤に染める血、そして救えなかった患者の死、無残な姿――。幾度も幾度もそういったことを体験し、医師はなにかを身につけていく。医師を鍛えるのは現場だった。記者と同じだ。現場で揉《も》まれ、本物になる。

長門君から送られてきた資料はよくまとめられていた。本間医師の出身地から経歴、事故の経過なども記されている。三十五歳という本間医師の年齢がまず気になった。社会的には立派な大人だけれど、医者としては一人前になるかならないかのころだ。科によって異なるものの、医者として独り立ちするには、十年前後の経験が必要とされる。本間医師に十分な経験があったといえるのかどうか微妙なところだった。ただ、彼が勤めていたN病院には、他に産婦人科医はいない。いわゆる一人医長だ。たったひとりで、なにもかもを診ている。派遣している大学病院側だって、当人の資質を見るはずだから、おそらく一定の信頼を置いていたのだろう。

すべては資料からの推測だが。

被害者となった妊婦が、N病院にやってきたのは、三年前の冬だった。緊急搬送ではなく、夫が運転する車で来た。妊婦は以前からN病院で診察を重ねており、予定通りの出産というわけだ。出産は帝王切開によって行われた。子供は助かったけれど、子宮からの出血が止まらず、母親は亡《な》くなった。幸せいっぱいの出産が、一転、悲劇になってしまったというわけだった。

新幹線は進む。その先にはたして、なにが待っているのだろうか。

裁判

「鴨《かも》せいろをお願いします」

注文を取りにきた店員に、由佳子はそう頼んだ。声に張りがなく、すっかり疲れているのが、自分自身でもわかる。

向かいに座る松本君も、やはり疲れているようだ。

「俺は天せいろで」

朝から始まった裁判は、夕方まで続いた。その傍聴はひどく重苦しいものだった。

注文を確認した店員が去ってしまうと、しばらく沈黙が続いた。ふたりがいるのは、N市の駅前にある蕎麦《そば》屋だ。N県は蕎麦の産地で、市内にはたくさんの店があった。この店は松本君が探してくれたものだ。地元でも名店として知られているらしい。

店内は混んでいた。

「よくこんな店を見つけられたわね」

「グルメサイトで検索かけたら、すぐに引っかかりました」

携帯電話を手にしつつ、松本君が言った。どうやら携帯電話でインターネットに繋《つな》いで調べたらしい。もちろん由佳子も携帯電話くらい持っているけれど、彼のように駆使するというレベルには至らなかった。今はネットメディアの記者なのに。篠原由佳子という人間の幹は、いまだオールドメディアに立っているのかもしれない。

「それにしても蕎麦屋がこんなに多いのはなんでですかね」

松本君の低い呟《つぶや》きは、質問というより、独り言に近かった。由佳子は頭に浮かんだことを口にした。

「きっと貧しかったのよ」

「貧しいって……どういうことですか」

「蕎麦は荒れ地でも育つの。米が取れない地域で栽培できる。江戸時代、貧しくて、米が取れないところは、蕎麦の栽培を奨励したわけ」

「おもしろいものですね。今は米といえば東北なのに」

「冷害に強い品種ができたのなんて最近よ。松本君、一九九三年の冷害を覚えてるかしら。ほら、タイ米を輸入したり、ヤミ米が出まわったりして、大騒ぎだったけど」

「ええと、なんとなく」

松本君の返事は曖昧《あいまい》だった。無理もない。当時、彼は小学生だった。騒ぎ自体は記憶に残っていても、深刻さを覚えていろという方が無理だ。北東北では、ひとつの水田から、一粒の米さえ取れない地域があった。さまざまな冷害対策が施され、品種改良も進んだ現代でさえ、冷夏がくればこうなのだ。コシヒカリにしろ、ササニシキにしろ、戦後に開発された品種だ。それ以前、東北で米を収穫するのは、ひどく難しいことだったに違いない。江戸時代は米本位制だった。農民たちはいつも、夏の寒さに、水の少ない日々に、怯《おび》えただろう。自らの水田で枯れていくのは、彼らの糧《かて》だったのだから。

「松本君は南の方の出だったかしら」

「ええ、和歌山です」

「温かい地域で育った人間は、東北の厳しさとか辛《つら》さは理解できないのかもしれない。わたしも南の出だから、そう思うんだけど」

「でしょうね。なんとなく感じます」

いくらか沈黙が続いた。まだ蕎麦は来ない。

「面倒な裁判になりそうね」

「はい」

互いに、ため息が漏れた。

裁判は真っ向勝負だった。検察官も、弁護士も、互いの主張をまったく譲らなかった。由佳子たちが傍聴したのは、七回目の公判だ。事件を追いかけるにしては、いささか遅すぎる参戦である。そのころになると、たいていの裁判では、ある程度の優劣がついているものだ。優勢な側はたたみかけるし、劣勢な側は巻き返そうと必死になる。戦術の練り直しや、論点の移行を試みるケースもあるだろう。ただ、傍聴した限りでは、そういった駆け引きはまったくなかった。互いが互いの主張を述べるばかりで、言葉が上滑りしている観さえあった。

認識のズレ——。

由佳子は法廷の様子を思い出した。検察側も、弁護側も、席についているのは、すべてスーツを着た男性だった。裁判官もまた男ばかりだった。

亡《な》くなったのは女だ。母親だ。

法廷の、裁く場には、女はひとりもいなかった。もちろん理屈上はそれでかまわないし、手続き上の瑕疵《かし》があるわけでもない。しかし、しかしだ。母親は子宮からの大量出血によって亡くなったのだ。はたして男にその恐怖がわかるだろうか。子宮という器官が、女にとって、どれほど大切なのか実感できるだろうか。安易な決めつけは、ジャーナリストとして戒めるべきことだけれど、どうしてもそんな思いを振り払えなかった。

やがて蕎麦がやってきた。

「あら、おいしいわね」

一口啜《すす》っただけで、そう感じた。手打ちであろう蕎麦は、角がきっちり立っており、芳醇《ほうじゅん》な香りが広がった。

「うまいっすよ、これ」

松本君は本心から驚いている。

「東京の蕎麦とは違いますね」

「新鮮って言えばいいかしら」

「ああ、そうですね。蕎麦みたいな加工品にも、こういう感じってあるんですね。新鮮ですよ、新鮮。本当にうまいです。すっきりしてます」

つるつると入る蕎麦のせいで、いくらか元気を取り戻した。

「松本君、今日の裁判、どう思った?」

「初めてなんです」

「いや裁判の傍聴って、今まで経験がなくて。テレビドラマなんかでは見たことあるけど、全然違うんですね」

「もどかしかったでしょう」

「そうですね。あと難しかったです」

アルバイトを動員して得た傍聴券は一枚だったけれど、だからといって席に座れるのはひとりではない。傍聴券は席を確保するためのものであって、その一枚を何人かで使いまわすことは認められている。最初の二時間は由佳子が傍聴し、途中で席を立って、松本君と交代した。それぞれがメモをしっかり取っていれば、あとで突き合わせ、裁判の流れを互いに摑《つか》むことができるというわけだ。本心では由佳子自身がすべて傍聴したかったけれど、せっかく連れてきた松本君にも経験を積ませるべきだった。いきなり法廷に放り込むのは、彼にとって荷が重かったかもしれない。しかし、それもまた、必要なことだ。至らないと知ることによって、人は成長する。

由佳子自身、そうして先輩に育てられてきた。

何度も叱《しか》られ、罵《ののし》られ、やめちまえと吐き捨てられたこともあった。悔しさと、自らの情けなさに、由佳子は何度も泣いた。人前では決して涙は見せなかったけれど、トイレの中でハンカチを濡《ぬ》らしたのは、一度や二度ではない。

そんな先輩たちを恨んだこともある。憎んだこともある。ただ、今もジャーナリストを続けていられるのは、彼らのおかげだった。

遠く離れた今、しみじみとそう思う。

「専門用語ばかりで、さっぱりわからないこともありました」

「メモ、見せて」

箸《はし》を置き、由佳子は手を伸ばした。松本君は慌《あわ》てた様子でバッグを探り、Ｂ5サイズのノートを差し出してきた。

この裁判のために準備したらしく真新しい。

「松本君、この字は君の癖なのかしら」

「癖って……」

「読みづらいわ。字は汚くてもかまわないけど、こうしてあとで突き合わせする以上、他の人が読めなきゃ駄目でしょう」

「あ、はい」

「次からはもっと気を付けて」

「すみません」

しょげかえる後輩を、あえてそのままにして、由佳子は取材メモを読み進めた。癖のある字に手こずったけれど、なんとか判読は可能だ。あちこちに二重括弧でくくった平仮名があった。どれもが専門用語だ。漢字がわからなかったので、そんなふうに書いたのだろう。『ぜんちたいばん』『せつにゅう、かんにゅう、せんつう』『じゅうもう』。下調べをしていた由佳子は、だいたいの意味を把握できた。前置胎盤、楔入《せつにゅう》、嵌入《かんにゅう》、穿通《せんつう》、絨毛《じゅうもう》——。前置胎盤とは、胎盤が子宮口を、つまり産道を塞《ふさ》いでしまうことだ。胎盤は絨毛によって子宮壁にへばりついている。そうして母と子を結び、血を、栄養を、あるいは愛情をやりとりしているのだ。楔入、嵌入、穿通は、胎盤と子宮の癒着程度を示す言葉だ。楔入、嵌入、穿通の順番で、程度がひどくなると考えればいいらしい。

医療裁判は難しいものだ。専門的知識を要するため、本当のところは、被害者にも、検察官にも、弁護士にも、また裁判官にもなかなかわからない。真に理解できるのは専門知識を持つ医師しかいないのだけれど、彼らのあいだでも意見が割れることは珍しくなかった。また、医師には独特の連帯感があり、同業者を批判することはまずない。たとえある医師が間違いを犯したと知っても、大半の医師は口をつぐむだろう。あるいは守ろうとするだろう。

「わたしがいたときと、雰囲気はだいたい同じだったみたいね」

そう言って、由佳子はノートを返した。

「いかにも全面対決って感じだったでしょう」

「ええ、妥協なしでしたね。あと、変な感じがしました」

「変な感じ？」

「同じ言葉を、ええと、これだ、この『かんにゅうたいばん』って言葉を、検察官も、弁護士も間違えたんです。どちらも一回じゃなくて、何度も間違えました。『せんにゅうたいばん』とか『かんつうたいばん』って言っちゃって、横にいる人から注意されたあと、言い直すことが何回かありました。俺、途中で、この人たちはなにもわかってないんじゃないかって気がしてきたんです。架空の国の、架空の事件について議論してるっていうか。誰も本当のことを知らないのに、真剣に議論してるのが、適切な言葉じゃないかもしれないけど、おかしく思えてきました。本当は台本があって、その通りに喋《しゃべ》ってるだけなんじゃないかって」

彼の素朴な感想は、この裁判の真実を、図らずも言い当てているのかもしれなかった。裁判官も、検察官も、弁護士も、真実などわかっていない。いくつかの仮定、あるいは想定のもとに、論を交わしているにすぎないのではないか。

「松本君が感じたことは、わたしも同じように感じたわ。でもね、それが人を裁くシステムなの。裁判って、そういうものよ。そして、遺族の思いも、本間医師の未来も、すべて法廷に委《ゆだ》ねられているの」

言ったあと、由佳子は蕎麦を啜った。松本君も、目の前の食事に手を伸ばした。しばらく沈黙が続いた。

「それで真実は証明されるんですか」

やがて松本君が真剣な顔で尋ねてきた。由佳子も真剣に答えた。

「もちろん証明されるわ。社会的に、という意味においてね」

「社会的ですか。でも、それって――」

なにか言いかけた松本君は、しかし黙ってしまった。言葉を探しているようだけれど、開きかけた口から、続く言葉は出てこなかった。

無言のまま、彼は蕎麦を啜った。ずるずると勢いよく。まるで怒りをぶつけるように。

由佳子もまた、蕎麦を啜りながら、松本君の言葉を思い出した。真実、か。そんなものはいったいどこにあるんだろうか。

たとえ真実なるものが見えたとしても、摑《つか》むことのできない幻なのではないか。

法廷の光景が蘇《よみがえ》ってきた。由佳子の席の左斜め前、傍聴席の最前列に、若い男性がひとりと、壮年の夫婦の姿があった。亡くなった妊婦の遺族だ。若い男性は旦那《だんな》さんで、壮年の夫婦は妊婦の父母だろう。彼らはきっちりした服を身につけていた。男性ふたりはスーツ、女性はダークグレーのツーピースだった。いくらか野暮ったいその姿が、ひどく哀《かな》しく感じられた。彼らは彼らなりの正装をして、この裁判に……いや、失った家族を弔う場に出ているのだ。

彼らにとっての真実は、はたして見つかるのだろうか。

帰りの新幹線はほぼ満席で、出張から戻るサラリーマンの姿が目立った。行きと同じように、由佳子と松本君の席は離れていた。

気が抜けたせいか、いつか由佳子は眠りに落ちていた。

在来線に乗り換えたころには、少し眠ったおかげで、体の疲れはいくらか取れていた。すっきりした頭で、裁判のことを何度も思い出した。検察側、弁護側、それぞれの言葉。裁判官の態度。最後にいつも浮かぶのは、傍聴席の一番前に座る三人の丸い背中だった。

「ただいま」

深夜になろうかというころ、由佳子はドアを開けた。

「おかえり」

良人《おっと》は笑顔で迎えてくれた。シロはソファで眠っている。

「今日はベシャメルソースだよ」

「階段を上っているときから、いい匂《にお》いがしてたわ」

「まあ座ってろよ」

「なんだか大変なことに首を突っ込んじゃったみたい」

ソファに腰かけるなり、由佳子は愚痴った。振動で目を覚ましたシロが、由佳子を一瞥《いちべつ》したあと、すぐに目を閉じた。

「どっち方面？」

「医療裁判」

「確かにそれは面倒そうだ」

狭いキッチンで動きまわる哲也の動きには無駄がなかった。そもそもが細かい性格で、家事に向いているのだろう。

「なんとかなりそうなのかい」

「わからない。努力はするけど」

「まあ、なんとかなるさ」

良人は飄々《ひょうひょう》と会話を続けている。立派な大学を出て、立派な会社に就職し、一時は気鋭のライターとして鳴らした。しかし今、哲也は主夫業に収まっている。彼なりの屈託だってあるはずなのに、それをまったく表に出さない心根を、由佳子はとても愛《いとお》しく思った。

哲也が耐熱皿に盛られたグラタンを持ってきた。まだぐつぐつと煮えている。ミネストローネと、自家製の黒パンが、その隣に置かれた。

実に立派な夕食が、みすぼらしい座卓に並んだ。

「いただきます」

「いただきます」

それぞれに手を合わせ、食べ物に手を伸ばす。グラタンの香りが、ミネストローネの色が、食欲を刺激した。蕎麦だけではやはり足りなかったのか、由佳子はもりもりと食べた。そして、こうなった経緯を、良人に話した。

「なんだ。長門から持ち込まれた話なのか」

「そうなの」

哲也と長門君は、大学の先輩後輩だ。学生時代に面識はなかったそうだけれど、由佳子を通じて知り合ってからは、すっかり上下の関係ができている。哲也は先輩として振る舞うし、長門君は従順な後輩そのものだ。

「まあ、ないだろうが、あいつが義理を欠くようなことをしたら教えろ」

「どうするの」

「シメる」

「やめてよ、そんなの」

「冗談だって」

もちろんわかっていた。哲也も、長門君も、誠実な人間だ。ゆえに、それぞれ、長く付き合ってきたのだった。不思議なことだが、哲也と長門君のあいだには、信頼関係のようなものができあがっているらしい。滅多に会わないのに、互いを気遣っている。

「ところで今日の裁判はどうだった」

「雰囲気は感じられたけど、専門用語だらけで半分もわからなかったわ」

「これから勉強だな」

「うん」

「いちおう俺、法学部だから、裁判のことだったら聞いてくれ」

言葉に甘え、由佳子はN病院事件と、その後の展開について話した。そして、今日見てきたばかりの、裁判の様子もまた伝えた。

すべてを聞いた良人は黙りこみ、首を傾《かし》げた。

「どうしたのよ」

「無理筋なんじゃないか、それ。罪状は業務上過失致死と、医師法21条違反だよな。大学でやったよ。もう細かい内容までは覚えてないけど。ただ、どっちにしろ、量刑はたいしたことないはずだ。これ、たぶん、警察の暴走だぞ」

「暴走って？」

「警察が勝手に走り出しちゃったってことだよ。押しつけられた検察は、困惑してるんじゃないかな」

由佳子は今まで、警察と検察がともに動いてきたと思っていた。しかし良人の言葉は、その前提を壊すものだった。

「検察と警察って、連携を取ってるものじゃないの」

「捕まえるのは警察だけど、裁判は検察の役目だよ」

「そんなにきっちり役割分担されてるものなのかしら」

「場合による。ただ起訴するかしないかの判断は、警察じゃなくて、検察の役目だ。

起訴してるということは、検察側にもなんらかの勝算があったと考えるべきだな。それか、ことが大きくなりすぎて、引くに引けなくなったか」

「警察が勝手に動いて、検察が引きずられた可能性もあるのね」

「可能性としてはね」

「さすがは法学部」

良人を褒め称《たた》えながら、由佳子はグラタンを口に運んだ。手製のベシャメルソースは滑らかで、口の中でとろけた。

「じゃあ、もう少し教えて」

「いいよ」

「もし起訴して、無罪になったら、検察の立場はどうなるの」

「まずいよ」

「出世に影響するかしら」

「もちろん」

本間医師の逮捕直後の様子が、地元テレビで放映されたことを、由佳子は告げた。警察か検察の手引きによるものだということを、哲也はもちろん、すぐに理解した。

「これは想像だぞ」

「うん」

「もっと大きなところが動いてるのかもしれない」

「大きなところって？」

「あくまでも想像だけど、地検レベルじゃなくて、検察のトップが指示を出している可能性がある。なんとしても、医者をひとり、捕まえろとね。逮捕の時期はいつだっけ。ああ、二年近く前か。それって医療費の抑制をするかどうか、首相直属の諮問《しもん》機関で審議されてた時期と重なるんじゃないか。医師のミスが何件か起きたころでもあるな」

哲也は思いついたことを口にしているだけなのに、その言葉が繋《つな》がっていった。ふたりの脳裏に、ある言葉が浮かんだ。

生贄《いけにえ》――。

構図に筋が通った。すべては偶然なのかもしれないけれど、あまりにできすぎているではないか。医療費の抑制論議が起きているまさにそのとき、医療ミスが大々的に報道され、医者が逮捕された。世論という風は当然、医者に強く吹くだろう。

「本間医師が生贄にされた可能性はあるかしら」

「否定はできない」

良人の言葉は慎重だった。

「肯定もできない」

グラタンの具は、マカロニと鶏肉《とりにく》、それにジャガイモだった。かすかに利《き》いている胡椒《こしょう》が、食欲をそそった。

「思っていたよりも、はるかに厄介そうね」

「原稿、どうにかなりそうかい」

「ならないと思うわ」

「そうか」

「でも、その、なんとかならない状況を描くことに意味があると思ってるの」

「まことに弱きもの、汝《なんじ》よ、その肩の担棒《にないぼう》の受け皿、それぞれに異なるものを乗せ、落とさぬよう気を付けるべし。汝の肩、いかに細かろうとも、二皿が釣り合うならば歩むことができるであろう」

熱々のグラタンを口に運びながら、伴侶《はんりょ》が恭《うやうや》しく告げた。

由佳子は当て推量で言った。

「カントかしら」

「はずれ。ゲームのオープニングメッセージだよ」

「担棒ってなんなの」

「俺は父親が九州出身だからわかるんだけど、あっちにそういう方言があるんだ。肩に乗せてさ、まあ要するに天秤棒《てんびんぼう》のことさ。ものをぶら下げるための器具がついたものを担棒って言うんだ。器具はカネって言ってたな。そういうカネがついてないものはボクトウって言ってた」

「木刀のこと？」

「漢字まではわからないけど、そうなのかもしれない。あの辺は武士と農民の区分けがはっきりしなかったから、いざとなったら武器にするためにボクトウを持ってたんだろうな」

言葉の意味を確かめた由佳子は、おもしろいと感じた。

本来なら抱えきれない荷物も、天秤棒……いや担棒という道具によって、運ぶことができる。そしてそれは、武器でもあるのだ。まるで言葉どおりではないか。良人とは少しだけ違う世界で生きているけれど、だからこそ学べることがある。今のような言葉は、まっとうなマスコミ人は知りもしないだろう。

ねえ、と由佳子は尋ねた。

「そのオープニングメッセージを考えた人、今はなにしてるの」

「きっと悠々自適なんだろう」

「どういうこと」

「ものすごく売れたからね。ゲームも、その二次、三次版権も」

告げられてみると、なるほど有名なタイトルだった。テレビドラマ化もされた。深夜枠ではなく、ゴールデン枠だった。人気脚本家と、彼に見いだされたという女優の人気もあって、常時二十パーセント以上の視聴率を獲得していたはずだ。

「おもしろいわね」

「え、なにが」

「現代において、そういう言葉を紡《つむ》ぎ出すのは、思想家じゃなく、ゲーム作家なのね」

食後、良人《おっと》は温かい紅茶を持ってきてくれた。チャイといった方が近いだろうか。小さなカップに、ミルクで煮出した濃い紅茶が注がれていた。なにかの香辛料を利かせてあるようだ。

「ありがとう」

啜《すす》りながら、由佳子は言った。

いや、と良人は応じた。

「あのさ、悪いんだけど、今月の家計に入れられるのは十万くらいだと思う」

「十分よ」

「まあ、そうなんだけど」

去っていく彼の背中を見ながら、由佳子はちゃんと理解していた。来月はその額に至らないかもしれないということだ。不安がないと言えば嘘《うそ》になるけれど、熱々のチャイが、その甘さが、不安を打ち消してくれた。ふたりいるのだ。どちらかがちゃんと働ければ、暮らしていくことはできるだろう。自分たちは別に栄達を望んでいるわけではないし、セレブを気取りたいわけでもない。今日と、明日と、明後日の幸せがあれば十分だ。

あとは、そう、子供か――。

今まで取材してきた女性たちのことが、頭にふと、浮かんだ。自らの子をトイレに流してしまった女性がいた。タイムリミットを迎えつつある女性がいた。

由佳子はもう、三十代も半ばだ。

まだ若いけれど、十分に若いというわけではない。今みたいな生活が、あと数年続けば、子供を諦《あきら》めるしかなくなる。なにより恐ろしかったのは、そのタイムリミットではなく、自らの覚悟のなさだった。

ああ、そうか……こうしてみんな、手遅れになってしまうんだ……。実感と自覚を持たないまま、ただ時が過ぎていく。そしていつか、タイムリミットがやってくる。焦《あせ》りだしたときには、もう遅い。運がよければ、ひとりは産めるかもしれない。しかし、ふたりめはどうだろうか。心がひりひりした。

皿洗いをする良人に、由佳子は声をかけたかった。

ねえ、子供、欲しい――?

定職を持たない彼に投げられる言葉ではなかった。

二章

お産難民

「三月はもう無理ですね」

医者から告げられた言葉の意味が、根本千紗《ねもとちさ》にはしばらくわからなかった。呆然《ぼうぜん》とする彼女に、若い医者はふたたび言った。

「この病院で三月に産むのは無理です」

「無理って、どういうことですか」

「いっぱいなんです」

「え……」

「うちが受け入れられる患者さんの数にも限りがありましてね。誠に申し訳ないんですが、そのキャパシティに達してしまっているということです。今からうちで産んでもらおうとしてもベッドが足りません。対応できる医師やスタッフもいないですし」

千紗にはまだ意味がわからなかった。

戸惑うばかりだ。

産めない？

どういうこと？

なぜ？

今は妊娠三十二週。ちょうど九カ月に入ったばかりだ。お腹《なか》はだいぶ大きくなり、電車などで立っていると、席を譲られることが増えてきた。妊娠している可能性に気付いたのは四カ月ほど前だった。仕事が忙しい時期で、そうなると生理が遅れがちになるため、いつものことだと勘違いした。さすがにおかしいと気付いてから検査薬で確かめたところ、ばっちりだった。

積極的に子供を望んでいたわけではないけれど、いらないと思っていたわけでもない。ここ数年、夫と関係を持つときは避妊をしていなかった。

もちろん素晴らしいことだ。

予想以上に嬉《うれ》しかったし、夫の浩二《こうじ》も喜んでくれた。互いに三十代になったばかりで、それぞれに仕事も安定しつつある。最初の子供を持つにはちょうどいい時期だった。

この病院を選んだのは、市内で一番大きな産婦人科だったからだ。大きいところなら安心だろうという漠然とした考えゆえだった。検査薬の精度が高いことは知っていたものの、それでも医者から妊娠を告げられたときはほっとした。夫である浩二に電話で結果を告げると、はしゃいだ声を出した。以後、医者に指示されるまま、ずっと診察を受けに来ている。だいたい一カ月おきだ。異常はなく、お腹の中ですくすくと育っていく子供の姿を見せてもらうたび、幸せがこみ上げてきた。

診察が苦だと訴える妊婦さんもいるらしいけれど、千紗はまったく気にならなかった。むしろ子供に会える貴重な機会だと思っていた。できるならば毎日来たいくらいだ。

そうして、ついに妊娠九カ月目になった。すでに産休に入っている。当然のように、この病院で産むことになるのだと思っていた。他の選択肢など、まったく考えていなかった。だからこそ、医者の言葉はショックだった。

「わたし、ずっとここに来てたんですけど」

医者の言葉に、千紗はただ混乱するばかりだ。

「ええ、そうですね」

「それでも駄目なんですか」

「診察と、出産の予約はまた、別ですから」

「予約ですか」

もちろんですと医者は頷《うなず》いた。診察室の端に立っている看護師がそわそわした様子を見せ始めた。おそらく順番を待っている患者がいるのだろう。待合室の、たくさんの妊婦の姿が、頭に浮かんだ。自分がこうして話せば話すだけ、彼女たちを待たせることになる。

ああ、早くしなくちゃ……。

そうは思うものの、頭の中は混乱するばかりだった。ずっとここで産むと思ってきたのだ。古くからの病院で、中庭には立派な桜の木が何本もある。子供が産まれるころは咲き誇っているに違いない。できれば中庭に面した病室にしてもらおうねと浩二と話し合っていた。すべて無意味な会話だったわけだ。

「どうして教えて下さらなかったんですか」

「教える、ですか」

今度は医者の方が困惑した顔になった。

「予約がいることです」

「いや、常識ですから。当然、ご存知かと」

「常識なんですか」

「ええ」

医者はあっさり頷いた。これ以上なにを尋ねていいかわからず、医者の貧乏揺すりと、看護師の視線に追われるようにして、千紗は診察室を出た。すぐにアナウンスが流れ、千紗よりいくらか年上の妊婦が立ち上がった。

「あの――」

「あ、すみません」

立ち尽くしたままだったので、入り口を塞《ふさ》ぐような感じになっていた。謝ってから、千紗は近くのソファに腰かけた。というより、へたり込んだ。なにが起きたのか、今もよくわからなかった。目の前を、小さな女の子が笑いながら走っていく。彼女がたどり着いた先には、若いお母さんがいた。第二子を身ごもったのだろうか。女の子の笑顔も、お母さんの優しそうな姿も、とても幸せそうだ。

あんなふうになれると信じていた。さっきまで疑いもしなかった。しかし今、自分は産む場所を失ったのだ。

夕食の際、浩二にそのことを告げると、彼はぽかんとした。

「なんだよ、それ」

わけがわからないという顔だ。なるほど。医者に告げられたとき、自分もまた、こういう顔をしていたわけだ。

野菜炒《いた》めをつまみながら、千紗は言った。

「無理なんだって」

「どうして」

「ベッドがいっぱいだから」

「おかしいだろう、そんなの。だって、俺たち、ずっとあそこの病院に通ってたんだぞ。当然、あそこで産むんだって、向こうもわかってるはずじゃないか」

「それが違うのよ」

「なにが」

つい喧嘩《けんか》をしているような口調になってしまう。夫婦で言い争うことじゃないのに。

「診察と出産は別なんだって」

「誰が言ったんだ」

「医者も言ったし、受付の人も言ってた。受付の人の方が詳しく説明してくれたけど。

ほら、里帰り出産とかあるでしょう。だから、ぎりぎりまで診察を受けても、その病院で産むとはかぎらないんだって。もし産むと決めたら、すぐ予約を取らないといけないって」

「予約かよ」

「そうなの。予約がいるの」

ああ、と浩二は声を出した。視線が宙をさまよっている。

「どうしたの」

「何度目かの診察のあと、そういえば、予約を取りますかって聞かれたんだ。会計を終わらせたあとにさ」

「え、本当に？　そんなこと聞かれた？」

「聞かれた聞かれた。だけど診察を受けたばっかりだったから、そこまで気がまわらなくて、もうちょっと考えますって答えちゃったんだ。そういう意味だったのか。あそこで予約を取っておかなきゃいけなかったんだ」

「そんなことわからないわよ」

「ああ、わかるわけないよな。不親切だ」

夫婦でぶうぶう文句を言いながら、ご飯を食べた。憤《いきどお》りのせいか、いつもよりペースが早く、あっという間に食べ終わってしまった。

空になった茶碗《ちゃわん》を眺めつつ、千紗はおかわりしたい気持ちを抑えた。

妊娠したあと、体重はすでに十一キロほど増えている。妊娠中の、目安とされる体重増加は十キロだから、すでに一キロオーバーというわけだ。これ以上食べ過ぎると、自己管理ができない母親ということになってしまう。

ぐっと堪《こら》えて、食器を流し台に運んだ。

「とにかく産む場所を探さなきゃ」

「まあ、どこかあるだろう」

「そうよね。あるわよね」

「もっと親切な病院を探そうじゃないか」

「病院って本当に不親切よね」

「まったくだ。医者も医者だよ」

病院や医者に怒りをぶつけつつ、ふたりで皿を洗った。共働きなので、結婚してからずっと、家事はイーブンだ。掃除、料理、洗濯、すべて交代でやっている。互いに独り暮らしが長かったので、最低限のことはできるようになっていた。料理は浩二の方がうまい。びっくりするようなものを、あっさり作ってくれる。千紗はそれほど料理はうまくないけれど、洗濯なんかはさっさとすませることができた。掃除も嫌いじゃない。夫婦とはよくできたものだと思う。

食事の後片付けはあっという間に終わった。浩二は料理をしつつ、鍋《なべ》やらフライパンやらをどんどん洗っていく。手際《てぎわ》がいいのだ。料理が終わったあとには、まな板も残っていない。食事の後片付けといっても、たいしたことなかった。

「明日、市内の病院に電話してみるわ」

「それにしても、まったく信じられないよな。あんな病院、こちらからお断りだ。病院ってのは、サービス業としての側面もあるわけだろう。やっぱり医者ってのは、どこかで思い上がってるんじゃないか」

「そうかもね」

「別の場所で、いい子を産もうぜ」

自分たちが、いかに甘い考えしか持っていなかったか、浩二も千紗もまったくわかっていなかった。

そんなに簡単な話ではなかったのだ。

ひとつめの病院にはあっさり断られた。

「え、駄目なんですか」

「はい。三月はもう埋まってます」

電話から聞こえてくる声は、実に素っ気なかった。

「どうにかなりませんか」

「難しいですね」


ふたつめも同様だった。

「そんな、いっぱいだなんて」

「申し訳ありません」

「まだ年を越えたばかりなのに……」

「恐れ入ります」

こういうのを慇懃《いんぎん》無礼《ぶれい》とでもいうのだろう。言葉は丁寧だけれど、あしらわれているのは明らかだった。

「他を当たっていただけないでしょうか」


みっつめも駄目だった。

「出産予定日はいつですか」

「三月十日です」

「少々お待ち下さい」

ようやく光が見えた気がした。電話に出てくれた女性は丁寧だったし、言葉にちゃんと心がこもっているように思えた。

保留音のモーツァルトを聴きながら、千紗は壁にかかったカレンダーを見た。上に今月のが、下に三月のがかかっている。その十日のところに、赤ペンで丸印がつけてあった。出産予定日だ。几帳面《きちようめん》な感じがする丸印は、浩二がつけたものだった。

ずいぶん待たされたけれど、苦にはならなかった。相手の対応がよかったせいだろう。

「あの、誠に申し訳ありません。駄目でした」

ところが、ふたたび電話に出た相手はそう言った。

「昨日まで空いてたんですが、今朝埋まってしまったそうです」

「今朝……」

時計を見る。昼の二時だ。妊娠してから、やけに眠くなることが多くなった。浩二を送り出したあと、ついうたた寝をしてしまったのだ。あのとき、うたた寝などせず、とりあえず掃除か洗濯でもして、すぐ電話をかければよかった。今さら後悔しても仕方ないけれど。

「お待たせしてしまい、申し訳ありませんでした。わたしの記憶ではなんとかなると思ったものですから。お詫《わ》びいたします」

「いえ、こちらこそ、無理を言って申し訳ありませんでした」

丁寧に挨拶《あいさつ》してから電話を置いた。顔を上げると、またカレンダーが目に入ってきた。三月なんて、あっという間にやってくるだろう。妊娠がわかってからの、この何カ月かもそうだった。

わたしはどこで産めばいいんだろうか……。

タウンページに載っている市内の産婦人科に片っ端から電話をかけたものの、どこも駄目だった。それどころか、産婦人科を謳《うた》っているくせに、ほとんどの病院は出産を扱っていなかった。診察と検査だけで、外来のみというところばかりだった。

「去年まではやっていたんですが」

何本目かの電話で、相手がぽつりと漏らした。

千紗は尋ねた。

「どうしてやめてしまったんでしょう」

「人が足りなくて」

「お医者さんですか」

「ええ。他にも難しいことがいろいろと」

声がどんどん低く、小さくなっていく。なんだか答えたくなさそうだ。これ以上、しつこく問い続けるのも憚《はばか》られ、千紗は礼を言って受話器を置いた。

千紗は呆然《ぼうぜん》とタウンページを眺めた。

「どうなってるの……」

近ごろテレビで見かける妊婦のたらいまわしが、他人事《ひとごと》だとは思えなくなってきた。

途方に暮れつつ、翌日、千紗は会社に出向いた。本当はあちこちの病院を当たりたいところだけれど、今日の出勤はすでに約束してあった。妊娠九カ月目の千紗は産休期間に入っている。ただ仕事にやり甲斐《がい》を感じている彼女は、月に二、三回は顔を出すことにしていた。スムーズに復職するための下準備であり、また社会から切り離されたくないという気持ちもあった。実際、千紗でないとわからない仕事も多く、たまの出勤の際にはいろんなことを相談されるし、そのたびに心が満たされる。

わたしは自立した大人なのだ。必要とされる存在なのだ。

大きなお腹《なか》を抱え、わざわざ会社に来ているのは、そういう気持ちを満足させるためなのかもしれない。オフィスに顔を出すと、さっそく馴染《なじ》みの女性社員が駆け寄ってきた。同期の、沢村朝子だ。

「お腹、また大きくなったんじゃないの」

「そうなのよ。息が切れて大変」

「今、何カ月だっけ」

「九カ月」

「もうすぐ産まれてくるのね。すごい。お腹、触ってもいいかしら」

「どうぞどうぞ」

ぽってりと膨れあがったお腹を触られると、妙に気恥ずかしいような、誇らしいような気持ちになる。

「なにかやることあるかしら。なければ邪魔にならないよう、さっさと帰るわ」

「来たからには帰すもんですか」

朝子は意地悪く笑った。いくらかわざとらしく。

「ばりばり働いてもらうわよ」

「手加減してよね。これでも身重なんだからね」

「電話に身重も身軽もないでしょう。悪いんだけど、何本かかけてくれないかしら。まずは市村商会の吉田さんと、テックの大村さん」

「どうしたの」

「間が悪いことに、納品切れなのよ。だけど、ほら、ふたりとも気むずかしいから納得してくれなくて。どうにかしろの一点張りなの。千紗ならうまくあしらえるでしょう。なんとか説得してみてよ」

「頑張ってみるけど、手強《てごわ》い相手ばかりね」

やれやれという顔をしてみせたものの、心は満足感に溢《あふ》れていた。わたしにしかできない仕事があるし、わたしにしか説得できない相手がいる。

千紗が働いているのは、計測機器を扱う卸の会社だった。インターネットなどの直販や、新興の勢力も現れてきたけれど、業績は安定している。そもそも市場規模が小さく、また信頼性が優先される業界であるため、価格競争に巻き込まれないですんでいるのがよかった。おたくじゃなきゃ駄目だという顧客が多く、そのせいか社長をはじめ、社員にも、どこかのんびりしたところがある。福利厚生の面も申し分ない。

千紗の机はそのまま、オフィスに置かれていた。

「こんにちは。石塚です」

「お、珍しい相手だな」

千紗が名乗ると、市村商会の吉田さんは嬉《うれ》しそうな声を上げた。結婚後の姓は根本だが、千紗は今も、仕事上は独身時代の姓である石塚を使っている。

「ご無沙汰《ぶさた》してます。吉田さん、お元気ですか」

「俺はね、もう元気すぎるくらい元気。どうだい、そっちは。もうずいぶんとでかい腹なんじゃないか」

「ええ、笑っちゃうくらいですよ」

「笑っちゃうのか」

「自分の体だと思えないいくらい変わるものですね。ところで、R社からの機器の納入の件なんですけど――」


午前中だけで五本の電話をかけた。千紗の新入社員時代からかわいがってくれた顧客ばかりだった。互いの近況を話し、お腹の子供のことを話し、業界の噂《うわさ》を話し、最後に仕事のことを持ち出すと、誰もがあっさり納得してくれた。

かつて上司に教えられた。人と人の繋《つな》がりこそが仕事なのだ、と。

注文を取ることや、納期を守ることだって大事だけれど、それがすべてではない。

あいつの言うことだったら仕方ない……、そう思ってもらえる関係を築いてこそ一人前の社会人、ビジネスパーソンというものだ。

　お昼は朝子が奢《おご》ってくれた。

「千紗が来てくれて助かったわ。わたしがどんなに言っても、あのオジサンたち、絶対に納得してくれないのよ」

「わたし、余計な口出ししてない？」

　いちおう殊勝な振りをしておく。女同士とはいえ……いや女同士だからこそ、こういった気遣いを忘れてはいけない。

　朝子はすぐ首を振った。

「ありがたいと思ってるから、ちゃんとしたランチを奢ってるんじゃないの」

「よかった」

「困ったことがあったら、千紗の家に電話して、自宅で仕事してもらおうかしら」

「勘弁してよ」

　笑いながら、おいしい食事を楽しんだ。会社のすぐ近くに、洒落《しゃれ》たイタリアンレストランがある。夜はけっこうな値段なので気軽に来ることは無理だけれど、ランチは千円台で食べさせてくれるのだった。都心のオフィスに出勤し、仕事をし、同僚とお洒落なランチ。ただそれだけのことが、どうして心を満たしてくれるのだろうか。しかも自分のお腹には今、子供がいる。仕事も、恋も、家庭も、すべて手に入れたという証《あかし》だった。

上品に盛られたパスタはいくらか足りなかったので、パンを手に取った。

「そろそろ産まれてくる子の準備を始めてるの？」

「実はそれどころじゃないのよ」

焼きたてのパンはとてもおいしい。

「どういうこと？」

「どこで産むのかまだ決まってないの。ほら、産婦人科の看板なんて、いくらでも見かけるでしょう。だから、どこでも産めるのかと思ったら、ああいうのって大半は婦人科系なのね。出産は扱ってないの」

「婦人科系って？」

「不妊治療とか」

「ああ、なるほどね」

「とにかく電話をかけまくってみたんだけど、市内で出産をまだやってる病院は四つしかないの。その四つとも予定日前後の予約はいっぱいなんだって」

「じゃあ、あてもないの？」

「そうなのよ」

ストレスのせいか、またパンを手に取ってしまった。バターをたっぷりと塗り、口に運ぶ。甘い香りが口に広がり、いくらか心が落ち着いた。

「朝子、どこか知ってる病院はないの？」

「あるわけないいじゃない」

呆《あき》れたように朝子は言った。彼女はまだ独身だった。いささか無神経だったと、あとになってから反省した。


午後もあちこちに電話をかけ続けた。大半は無駄話だけれど、それもまた仕事だ。

「それでは——」

受話器を置いたあと、母親のことを思い出した。妊娠九カ月目に入ったのに、会社に来てると知ったら、おそらく不機嫌になるだろう。目に浮かぶようだ。

母親は専業主婦だった。

面と向かって言ったことはもちろんないけれど、あんな生き方はしたくないと千紗は思う。旦那《だんな》によりかかるだけの人生なんて考えられない。わたしは働くのが好きなのだ。そもそも、今や女も働くのが当たり前ではないか。総合職とか事務職という言葉に拘《こだわ》っているのは、十数年前に入社した女性くらいのものだった。そんな区別など、千紗はいっさい気にしたことなどなかった。男であれ、女であれ、自らの能力によって生計を立てるべきだ。経済的に自立してこそ、一人前の大人というものなのだから。誰かに頼るなんて論外だった。

まあ、かつては違ったのだろう。男が働き、女が家庭を守った。しかし、そんなのは大昔の話だ。そう、昭和のこと。千紗には古臭い価値観としか思えない。

働くのを心底から嫌だと感じたことはなかった。もちろん仕事は大変だし、疲れ果てることも、うんざりすることもある。ただ、それは仕事にかぎった話ではないだろう。人生とは、そもそもそういうものなのだ。そして人生と同じように、仕事には楽しみがある。やり遂げたときの達成感、お客さんの輝くような笑顔、周りから認められる瞬間――。それらはすべて、千紗の生活に染みこんでいた。たとえ子供ができても、育休が終わったら、早々に復帰するつもりでいる。

そのことで、以前、母親と言い争いになったことがあった。子供を産んだあと、一年たたずに復職するつもりだと告げたときのことだ。

「子供がかわいそうじゃないの」

責めるように母親は言った。

「三歳までは母親が一緒にいるべきよ」

千紗はため息を吐《つ》いた。

「あのね、三歳児神話って言うのよ、それ」

「神話ってどういうこと」

「昔は三歳まで母親がついてないと子供の情緒が安定しないって言われてたの。だけど、いろんな調査で、その考え方は非科学的だって証明されたわけ。今はもう、そんなことを口にする医療関係者なんてゼロよ」

「でもね、やっぱり子供にとって母親の存在は大切でしょう」

「それはそうだけど」

「一歳にならない子を手放すなんて信じられない」

「手放すわけじゃないわ。預けるだけよ」

訴えたけれど、母親の耳には届いていないようだった。

「本当に小さいのよ。そんな赤ちゃんを置いて仕事だなんて」

「今は普通なの」

なにを言っても、どう説明しても、母親は決して理解してくれなかった。保育所に預けることによって、早めに社会性が身につくというレポートを紹介しても無駄だった。そうして責め続けられると辛《つら》かった。千紗にしたって、心のどこかには、できれば赤ちゃんと一緒にいたいという気持ちがあるのだ。ただ時期を逃すと、保育所の募集時期を過ぎてしまう。そうなれば次の募集まで待たねばならない。育休の期間は切れてしまう。仕事を辞めるという選択肢が迫ってくる。千紗にはとても耐えられないことだった。

「わたしの子供なんだから、わたしに育てさせて」

忍耐も限界に達し、千紗は突き放すように言った。

それでも母親は諦《あきら》めなかった。

「わたしにとっては孫よ」

「子供を育てるのはおばあちゃんじゃなくて、わたしなの」

「じゃあ、困ったとき、わたしを頼らないでね」

「ええ、そのつもりよ」

最後は口喧嘩《くちげんか》のようだった。思い返すだけでブルーになる。

結局、市内の病院は全滅だった。隣の市にまで手を広げてみたものの駄目だった。

ようやく受け入れを許可してくれた病院は、隣の隣の市だった。どうやって行けばいいのか、すぐにはわからない住所が記されていた。

浩二と一緒に地図を広げた。

「道は一本よ。まっすぐ走っていけばいいだけだわ」

ようやく見つけたという思いが強い千紗は、できるだけ肯定的な言葉を口にした。

ところが浩二は低い声で唸《うな》った。

「この道は混むぞ。ほら、去年だっけ、ショッピングセンターができただろう」

「ああ、そうね」

「休みの日なんて、ショッピングセンターの辺りまではずっと渋滞だ。産気づいたときに渋滞に巻き込まれたら洒落にならない。下手すると車の中で産むことになるぞ」

「嫌なこと言わないでよ。電車があるじゃない」

「ここは電車で行ける場所じゃない。車じゃないと無理だ」

確かにその通りだった。地図を見ると、電車はその病院から、どんどん離れるように走っていた。電車に乗って、バスに乗り換えて……どれくらいかかるだろうか。一時間では無理だ。二時間はかかる。

「あとさ、うち、車はないんだ」

去年、車を手放したのだった。家計のためだった。そろそろ家を買う準備を始めるべきだと話し合い、嫌がる浩二を千紗が説得する形で、売りに出した。保険代やら、ガソリン代やらで、月々の維持費が数万円に達していた。その分を、そっくり貯《た》められるというわけだ。最後まで浩二は気乗りしないふうだったけれど、家を買うためならばと納得してくれた。

「タクシーを使うしかない」

「この病院まで?」

「仕方ないだろう。電車じゃ余計に時間がかかるし、車はないんだし」

「タクシー代、どれくらいかかるかしら」

「たぶん往復で三万円ってところだな」

「三万円……」

車を手放して、せっせと貯めてきたお金があっさり飛んでしまう。呆然《ぼうぜん》とする千紗を慰めるように、浩二が言ってくれた。

「病院に行くのは月に一回だろう。出産も含めて、あと二回か三回だ。痛いのは痛いけど、こうなったら出すしかないよ。子供を産むんだ。十万円くらい仕方ないさ」

「違うの。臨月は毎週なの」

た。

「毎週？」

「臨月になると毎週検診があるの」

二回か三回どころではなかった。少なくとも五回。多ければ十回以上だ。これから、いろいろ物入りなのに、タクシー代だけで三十万円は、とても出せる金額ではなかった。

「車があったらな」

ぽつりと浩二が漏らした。その声に恨めしい響きはまったくなく、ただ途方に暮れての言葉だとわかったけれど、むりやり車を売らせた千紗は後ろめたい気持ちになった。こういう感情は理屈ではない。

その夜は夫婦とも言葉が少なかった。

さんざん捲《めく》ったタウンページをまた捲ってしまう。赤い線が引かれているだけだった。ここも駄目。あそこも駄目。電話でのやりとりを思い出すだけで気持ちが暗くなる。浩二はソファに腰かけ、ノートパソコンを操作していた。インターネットで病院を探しているのだろう。

「一回、タクシーで行ってみるか」

「え、どうして」

「案外、安いかもしれないじゃないか。往復二万円ですむかもしれない」

「二万円でもたいした出費よ。それに、駄目だったら、まるまる損になっちゃうわ」

「まあな」

「他を当たりましょう」

「あるのかよ」

即答できず、赤い線が引かれたタウンページを捲るばかり。やがて浩二が、おやと声を漏らした。いい病院を見つけたのだろうか。

「おまえ宛《あて》にメールが来てるぞ」

「メール？」

「沢村さんからだ」

ノートパソコンを渡された。浩二が通販専門業者から買ったノートパソコンは大きくて重い。ただ国産の一流メーカーに比べると値段は半額以下だった。お金を節約しているふたりにとっては、大きくても、重くても、そちらの方が大切だった。

「なにかしら」

呟《つぶや》きつつメールを開くと、簡単な挨拶《あいさつ》のあとにこんな文章があった。

病院は見つかった？　あのね、わたしの知り合いが千紗と同じ町に住んでるんだけど、助産院ってところで産んだんだって。すごくいいところらしいよ。そこの連絡先を書いておくね。どうしても病院が見つからなかったら、選択肢のひとつに入れてみて。

ああ、なんてありがたいんだろう。困っている自分のために、朝子はわざわざ探してくれたのだ。胸が熱くなった。

「俺、助産院ってよくわからないんだけど。安全に産めるのか」

そのメールを見せると、浩二が尋ねてきた。

千紗は首を傾《かし》げるしかなかった。助産院という響きにはなんとなく覚えがあるものの、せいぜいその程度だ。

「わたしもわからないの」

ただ、せっかく朝子が教えてくれたのだ。

「調べてみましょう」

翌日、本屋に行ってみると、助産院のことについて書かれた本がたくさんあった。

有名な女優やコメンテーターが助産院で産んでおり、とても幸せな体験談を綴《つづ》っている。どうやら、ああいった華やかな職業に就いている人たちのあいだで、ちょっとしたブームになっているらしい。お洒落で自主的な出産という感じだった。

千紗は乗り気になった。自分でもいくらか浮わついてるなと思ったけれど、他に選択肢がないのだから仕方ない。

電話してみると、朝子が教えてくれた助産院はいつでもどうぞと言ってくれた。病院とは違い、とても素朴で、フレンドリーな感じだった。不安そうな浩二と一緒に助産院を訪ねたのは週末だった。病院と違って、こちらの都合により、日曜でも診てくれるのだ。

その助産院は、病院という感じではなく、ただの民家だった。『伊島助産院』という看板があるだけだ。いくらか不安になったものの、中に入ってみると、ちゃんと機器が揃《そろ》っていた。助産師さんはどっしりしたお母さんタイプで、冷酷な感じがする医者とはずいぶん雰囲気が違った。

「順調ですね」

診察も丁寧だった。

「ほら男の子ですよ」

言葉にぬくもりがある。

「いい子ね」

お腹《なか》の子供にも優しく語りかけてくれた。

「あら動いたわ。聞こえたのかしら」

ちょっとした冗談だったけれど、緊張していた千紗と浩二はほっとし、笑ってしまった。ここで産もうと千紗は思った。有名人たちの幸せ体験が背中を押してくれたし、雰囲気のよさにも惹《ひ》かれた。なにより、この助産院は家から近かった。タクシーで十分といったところだ。タクシー代は千円かそこらだろう。市内なので抜け道はたくさんあるし、渋滞に巻き込まれる心配をしなくていい。車が通れない近道を使えば、歩いて来ることだってできる。

「ここで産めますか」

ところが助産師さんは即答しなかった。

「もしかして予約でいっぱいですか」

「それは大丈夫なの。助産師同士のネットワークもあるから、誰かは来てくれると思うし。三月に産まれてくれれば大丈夫。ただ、お子さんの成長具合からすると、四月に出産がずれ込む可能性もあるわ。そもそも初産《ういざん》は遅れがちだし。四月だと無理かもしれない」

わけがわからなかった。三月ならよくて、なぜ四月では駄目なのだろう。

「どういうことですか？」

浩二の問いに、助産師さんは悲しそうな顔をした。

「法律の改正があって、この四月から助産院は嘱託医療機関というものを確保しなくちゃいけなくなったの。簡単に言うと、産婦人科医と提携しろってことね。今のところ、うちはまだ見つかってないから、このままだと四月にはいったん閉めなきゃいけないの」

ごめんなさいね、と助産師さんは謝った。

見つかったと思った。

産めると思った。

だけど駄目かもしれない。

タクシーを呼ぶ気になれず、歩いて帰ることにした。助産師さんから歩くことが大切だとアドバイスされたのも理由のひとつだ。下半身全体を鍛えるには、歩くのが一番らしい。その方が出産が楽になるのだそうだ。国道を途中で曲がり、神社の脇《わき》を走る道に入った。竹が茂っており、風が吹くと、音を立てて揺れた。千紗も浩二も無言だった。いくらか息が切れたけれど、休み休み、歩を進めた。

やがて口を開いたのは浩二だった。

「俺たち、どこで産めばいいんだよ。ここはド田舎じゃないんだぞ。首都圏だし、東京のベッドタウンだ。なのに、なんで産めるところがないんだ。どうすればいいんだよ。国はいったい、なにやってるんだ。少子化少子化って騒いでるくせに、なんにもやってない。助産師さんが話してた件なんて、むしろ国が邪魔してるようなもんじゃないか」

憤《いきどお》り半分、諦め半分の声を聞きながら、千紗は大きくなったお腹を両手で抱えた。

わたしと、夫の子供――。

いったい、どこで産めばいいの?

おへその奥の、下辺り

勇気が必要な言葉だった。覚悟だっている。

「ねえ、つけないで」

薄闇《うすやみ》の中、高原美佳《たかはらみか》はそんな言葉を呟《つぶや》いた。窓から差し込むのは、満月の光だけだ。とてもロマンチックだった。

カーテンはしめていない。

美佳の住むマンションは杉並区にあり、お向かいさんとのあいだには川が流れている。川沿いには街路樹が茂っているので、誰かに覗《のぞ》かれる心配はまったくない。季節は夏の初め。気持ちいい風が吹き込んでくるので、本当は窓を開けっ放しにしておきたいくらいだ。とはいえ声が漏れるのが心配なので、今はきっちり閉めてある。

月の光にうっすらと照らされる恋人、直樹《なおき》の裸体は、三十代半ばのわりに引き締まっていた。高校時代は水泳部だったという彼は筋肉質で、とてもセクシーだと思う。盛り上がった背中の筋肉や、しっかりした腕は、美佳の鼓動をいくらか早めた。早く受け入れたいという気持ちが高まってくる。

「別にいらないから」

甘い声で、美佳は誘った。

「ねえ、早く」

けれど直樹は、ちょっと待ってと言い残し、立ち上がった。ベッドサイドにあるキャビネットを開けると、細長い箱を取り出す。恋人同士の夜ならば、お馴染《なじ》みの光景だ。大半の女性はその行為に安心を覚えるのだろうけれど、美佳はじりじりした。

「つけなくてもいいわ」

美佳はもう一度、早口で告げた。勇気が必要な言葉を。覚悟がいる言葉を。

けれど恋人は取り合わない。

「危ないだろう」

「いいの。かまわないの」

「なにが」

「だって――」

美佳は言葉に詰まった。具体的に説明することなんかできるものか。そのまま彼を受け入れたい。感じたい。子供ができてしまうかもしれないけれど、かまわないという気持ちになっていた。直樹の子供なら欲しいし、抱いてみたいと思う。

なぜ伝わらないのだろう。

結局、直樹はいつものように避妊具をつけ、美佳の中に入ってきた。いざそうして肌を接してみると、出会ったころよりも、いくらかふっくらしているのを感じた。鍛え上げた肉体も年齢には勝てない。筋肉が脂肪にうっすらと覆《おお》われつつある。

美佳も、直樹も、三十代になっていた。まだ十分に若いけれど、もはや子供ではない。社会的には立派な大人だ。

どこか醒《さ》めていたのかもしれない。直樹が終わったとき、美佳はまだ果てていなかった。それでも恋人を抱きしめ、甘い息を漏らす。いけたかと尋ねられたので、頷《うなず》いておいた。嘘《うそ》だけど、嘘ではない。どうして男たちは、こんなことに拘《こだ》わるのだろう。相手を受け入れ、抱きしめ、抱きしめられるだけで、女の気持ちは十分に満たされるのだ。心のこもったキスだけでも十分だ。

体を離した恋人は、避妊具を自ら取った。月明かりに浮かび上がるその後ろ姿は、いくらか愛らしく、とても寂しかった。

つけないでと言ったのに。

二度も。三度も。

どうして悟ってくれないんだろう。わたしはもう準備ができている。心も、体も、満ちているのは明らかだった。

わかるのだ。感じる。はっきりと。

女としての本能だろうか。

けれど彼はそうではないらしい。


直樹との付き合いは、ずいぶんと長い。

出会ったのが十年前で、ちゃんと付き合い始めてから五年になる。二十代後半での恋愛だったので、お互いに結婚を意識していたはずだ。少なくとも美佳はそうだった。とはいえ恋愛を楽しみたいという気持ちもまだまだ強く、結婚という言葉を互いに持ち出さないまま、互いの相性を確かめるように〝心〟と〝体〟を重ねてきた。そして〝時〟を。

美佳も直樹も、最近は仕事が安定してきて、大きな案件を任されるようになった。大手の精密機器会社に勤める直樹は、何百億という額の案件に関わったりしているらしい。小さな商社に勤める美佳はそれほどではないけれど、ちゃんとした仕事をしているという実感がある。誰にも恥じることなどない。いっぱしの社会人だ。

充実しているかと問われれば、もちろん充実している。

誇るべき仕事があって、愛する人がいて、忙しい合間を縫ってデートをしているし、週に一度は抱かれている。

こうなりたいと思っていた人生を確かに歩んでいた。

そのはずだった。


いくらかのずれを感じ始めたのは、ここ半年くらいだろうか。いや、もう一年になるか。体の真ん中、おへその奥……その下辺りだろうか、以前ならなんともなかった場所に、じんわりと熱を感じるようになった。それはたいてい、直樹と肌を接している時にやってきた。

なにかが足りない。なにかが欲しい。

昼間、彼とドライブしている最中、どうしようもない欲望を覚えることもあって、美佳は戸惑った。自分のことをひどく恥ずかしく思った。はしたない――。そんな言葉さえ浮かんだ。もちろん、はしたない感情はおくびにも出さず、いつものように振る舞ったけれど。

ああ、そうか。

気付いたのは、仕事の最中だった。キーボードを叩《たた》き、メールを書いている時だ。内容は実にお堅いビジネス文書で、八割方は定型文からの引用だ。その最後に、自分なりのアレンジを加えているとき、突然、わかったのだった。熱を感じているのは子宮だ。まさしく、おへその奥の、下辺り。そこにあるのは子宮ではないか。どうして、そんな当たり前のことに気付かなかったんだろう。

わたし、子供が欲しいんだ！

心の中で、あえて言葉にしてみた。そうすると、実にしっくり来た。理屈ではなかった。考えてのことではなかった。体が欲しているることだった。女の体には、男とは違う器官がある。子宮。記す字の通り、子供の宮殿だ。子宮はまた、子供を宿すだけでなく、さまざまなホルモンの影響を受ける器官でもある。三十代になっても、その宮をまったく満たそうとしない自分に、体がメッセージを送ってきているのだ。

よろしくご検討願います、と文章を打ち込んだあと、美佳はメールを送った。キーボードから手を離した途端、ため息が漏れた。

ゆるゆると、深いところから、出てきたものだった。

「どうかした？」

隣の席の、吉田君が尋ねてきた。ため息が聞こえたらしい。

美佳は慌《あわ》てて笑った。

「疲れたなあって思っただけ」

「もうすぐ三時の休憩だよ」

「あら、もうそんな時間なの。もう二通、メールを書いておかなきゃ」

「俺はあと三通」

吉田君とは同期で、まあまあ仲がいい。ただ彼の呑気《のんき》な顔を見ると、苛立《いらだ》ちを覚えることがあった。彼は三年か四年前に結婚し、すでに子供がふたりもいる。パソコンの壁紙は、ふたりの娘の写真だった。吉田君に似た、一重の下ぶくれ顔は、決して美人とはいえないけれど、子供特有の可愛《かわい》らしさがあった。

その写真をつい、じっと見つめてしまった。

「どうかした?」

同じ言葉をまた投げられた。

口調に注意しつつ、美佳は尋ねた。

「吉田君、やっぱり子供は可愛いものかしら」

「可愛いねえ」

いきなり顔が崩れる。細い目が、さらに細くなる。

「大きくなって恋人をつれてきたらどうする?」

「考えるだけで嫌だ」

「だけど、そういう時がきっと来るわよ」

「俺は認めないぞ」

「親馬鹿《ばか》ね。それとも馬鹿親って言うべきなのかしら」

「なんとでも言ってくれ」

嘯《うそぶ》きつつ、吉田君はそれでも幸せそうだった。実のところ、ちっとも気を悪くしてないようだ。娘の話をするだけで楽しいのだろう。からかった美佳は笑ったものの、心の中で、なにかがぐるんと動いた。いや、それが動いたのは、体の中だったのか。おへその奥の、下辺り。

それは、自分でも驚くほどの、黒い感情を宿していた。人に話せないほどのものだった。

男はいいと思う。いつだって子供を作れる。たとえ七十歳になろうと、受け入れてくれる女性がいれば、なんとかなる。けれど女の体はそうではない。年齢とともに体は衰えていくし、いつか閉経する時がくる。そこまで具体的ではなくとも、年を取ると産みにくくなることは、なんとなく知っていた。妊娠しづらくなるし、出産も若い時より辛《つら》いらしい。

どうしよう……。

美佳はひどい不安に襲われるようになった。ずっとではない。たまにだ。週に一回か、二回。ただ、そういう時は、耐えられないほどの焦《あせ》りも感じた。心がひりひりした。理屈から出たものではなく、奥深くから湧《わ》いてくるものだった。美佳は就職氷河期と呼ばれる世代だったけれど、どうにかまともな職を得た。孫会社とはいえ、いちおう大手グループだから、収入も立場も安定している。恋人である直樹との関係も良好だ。同世代の多くが非正規雇用という話を聞くと、いかに自分が恵まれているか実感する。なにも問題はないはず。ただ幸せを感じていればいい。なのに、しばしば訪れるこの不安は、いったいなんだろうか。焦燥感はなんだろうか。吉田君に感じた黒いものはなんだろうか。

立ち寄った書店で、ある雑誌が目にとまった。

あなたも母に――――!

オレンジ色の大きなロゴで、そう書かれていた。

迷いつつ、結局は雑誌を手に取った。会社の近くなので、いちおう周囲を確認してからだ。こんな雑誌を読んでいるところを見られたら、おかしな噂《うわさ》を流されかねない。焦っているとか。渇いているとか。

ああ、おかしな噂だろうか。本当に焦っているのではないか。渇いているのではないか。

最初は周りを気にしていたものの、いつしか記事に引き込まれていた。書かれている内容は、美佳が実際に感じているのと、いちいち同じことだった。相談コーナーもあって、そこでは三十代前半の商社ＯＬが、彼がその気にならないと訴えていた。わたしは産みたいと思っているのに、彼は絶対に避妊するんです、と。年ごろも同じだし、職種も同じだ。無意識のうちに自分が投稿したのかと思ってしまったくらいだ。

「お願いします」

その雑誌をレジに持っていくと、レジの女の子がありがとうございますと言った。そして、美佳のことを、ちらりと見た。

ひどく恥ずかしかった。

彼女はまだ若く、おそらく二十代前半だろう。

「――です」

「え？」

「四百八十円です」

　支払いの準備を忘れていた。慌ててバッグから財布を取り出した美佳には、小銭を並べる余裕はなく、千円札をカウンターに置いていた。

「これでお願いします」

　まだ若い彼女がうらやましかった。ぐるんと、なにかが動いた。心の中で。体の中で。


「高原さん、ちょっといいかしら」

　会社に戻ると、大崎課長代理が早足でやってきた。美佳の会社には、女子にも制服はなく、好きな格好で来ていいことになっている。外回りをする人間はちゃんとスーツを着てくるし、社内にいる人間はゆったりしたスカートにカーディガンなんか羽織っている。大崎課長代理……大崎さんは、外回りはほとんどないのに、黒のパンツスーツを身につけていた。

「なんですか」

「領収書の日付が抜けてるんだけど」

その口調にはいくらかトゲがあった。

確認した美佳は、頭を下げた。

「あ、本当だ。申し訳ありません」

大崎さんは美佳より七つか八つ年上で、いわゆる男女雇用機会均等法の第一世代だった。男と張り合ってきた人たちだ。彼女たちが男と変わらぬ仕事をしてくれたおかげで、美佳たちは楽をさせてもらっている。そういう意味では感謝していたし、尊敬もしていた。もし彼女たちが男以下の成績しか残せなかったら、ずいぶんと働きにくい職場になっていただろう。

「すみません。今から書いてもいいですか」

「本当は駄目なのよ」

「はい。わかってます」

「今回は特別」

許してやろうという高慢な態度にカチンと来たものの、美佳は愛想笑いを浮かべ、ペンを手に取った。

こんなのたいした問題じゃないのにな。

打ち合わせの席には大崎さんも来ていた。たまたま精算を済ませ、領収書を受け取ったのが、美佳だったというだけのこと。日付の有無を確認しなかったのは自分のミスだけれど、こんなふうに強く注意する必要があるだろうか。

大崎さんは今も独身だった。彼女に限らず、この世代は独身が多い。男に負けまいと仕事に励むうち、婚期を逃してしまったように見えた。彼女たちには独特の傾向がある。仕事熱心で、常に小綺麗《こぎれい》な格好をし、メイクもばっちり。いかにもできる女を装《よそお》っている。ただ、それが痛々しく思えるのはなぜだろうか。

日付を書きながら、大崎さんのスーツに目をやった。ブランドまではわからないけれど、上等のものであることはわかった。生地の質が素晴らしいし、ラインもきれいだ。あるいは、これが彼女たちの戦闘服なのかもしれない。

「大崎さん、なんだって」

上司が行ってしまってから、同期の愛美《まなみ》がやってきた。

「領収書に日付が入ってなかっただけ」

「そんなことでわざわざ来たの？」

「うん」

愛美はわざとらしくため息を吐いた。可愛らしい名前だし、外見も同様だけれど、同期でもっとも辛辣《しんらつ》なのは彼女だった。

たいていの人は、そのギャップに驚く。

「あの打ち合わせ、大崎さんだって来てたじゃない。日付はわかってるはずでしょう」

「領収書を取ったのはわたしだから」

「そうだけど、いちいち美佳に書かせる必要があるわけ？」

「仕方ないわよ」

いちおう当事者だし、ミスをした本人なので、言葉を選んだ。そして冷たい視線をオフィスの向こうにやった。フロアにはみっつ、シマがある。ひとつのシマの上手に、大崎さんの席はあった。それなりに出世しているということだ。オフィスウーマンの鑑《かがみ》といえるだろう。

「今日もぴっちりスーツね」

「メイクもばっちりよ。でもあの口紅の色、少し古いと思わない？」

「思う思う」

「濃すぎるよね」

「かなりね」

大崎さんの世代の特徴なのよ、と愛美は言った。

「バブルだから、ほら」

「ああ、なるほど」

納得し、美佳は深く頷《うなず》いていた。言われてみればそうだ。

「バブル経験者なんだ、大崎さんって」

「華やかだったころを今も忘れられないのよ。大崎さんだってさ、ずいぶんと遊んだんじゃないの。なんだっけ、ほら、ディスコの――」

「ジュリアナ?」

「そうそう! ジュリアナ!」

「前髪、立ててたのかしら?」

「立ててた立ててた! きっと立ててた!」

「お立ち台で踊ったりとか?」

「やってそう!」

ふたりで大笑いしてしまった。テレビであのころの映像を観《み》ることがあるけれど、たまらなく滑稽《こっけい》に感じられる。笑い声が聞こえたらしく、隣席の吉田君が怪訝《けげん》そうに見てきた。なんでもないと美佳は言っておいた。

「女同士の内緒話よ」

吉田君はしょうがないなという顔になった。

「どうせろくでもない話なんだろう」

「もちろん」

さっぱりした性格の愛美はそう言った。

「だから耳を塞《ふさ》いでおいて」

「はいはい」

吉田君は適当にあしらうような感じで仕事に戻った。真面目《まじめ》に画面を見つめ、キーボードを叩《たた》いている。

そろそろ噂話も切り上げ時だろうか。

「あの世代の人たちってさ、肩肘《かたひじ》張りすぎなんだよね」

そう言い残して、愛美は自分の机に戻っていった。


ちょっと前は、大崎さんだって、あんなふうじゃなかったのだろう。都心のきれいなオフィスに通い、それなりの収入を得て、仕事も恋も頑張っていたに違いない。その前の世代は、専業主婦が当たり前だった。人生を楽しむ新世代のわたしたち、というわけだ。自由な人生を謳歌《おうか》したはずだ。なのに、いつか楽しい時は過ぎてしまった。大崎さんには申し訳ないけれど、ああなりたくないと心底から思った。

だって痛々しいのだ。

仕事一筋という、その姿は。

ギスギスしてる。

ねえ大崎さん、と美佳は思った。大崎さんはそれで満足なんですか。今の自分でいいんですか。もう一度やり直せたとしたら、同じ道を歩みますか。恋人より仕事ですか。結婚はしなくていいんですか。子供は欲しくないんですか。

それはいきなりだった。いつものようにデートをしたあと、夕食のための店に入らず、直樹は自分の家に行こうと誘った。彼は郊外の一戸建てにひとりで暮らしている。彼の実家で、両親は離れた場所に移ってしまっているらしい。美佳の部屋に行くより二十分ほど余計にかかるものの、一戸建てならではのゆったりとした空間は嫌いじゃなかった。

「俺がスパゲティでも作るよ。ふたりでのんびりしようじゃないか」

「たまにはそれもいいわね」

美佳は頷いた。

「ビデオでも借りていきましょうか」

「世界水泳のビデオにしようぜ」

なぜか直樹は上機嫌で、そんな冗談を言った。もう水には何年も入っていないのに、水泳の中継がある時は、いつも熱心に見ている。腕の振りとか、体のこなしとか、いちいち説明してくれるものの、美佳にはさっぱりわからなかった。

「やめてよ。わたし、すぐに寝ちゃうから」

「本気にするなって。そんなビデオ、あるわけがないだろう」

「ふうん。ないんだ」

「マイナー競技だからな」

笑い合いながら、ビデオ屋の中を歩いた。週末のせいか、客の半分は自分たちと同じようなカップルで、残りの半分は子供連れの家族たちだった。美佳の目はつい、家族たちを追っていた。特に小さな子供たちを。脇《わき》を走り抜けていった男の子は、きれいな青色のパーカーを着ていた。とても可愛《かわい》らしい。一生懸命に背伸びしてアニメビデオを取ろうとしている女の子は、髪をきれいな編み込みにしていた。きっとお母さんがやったのだろう。彼女はまだ、五、六歳だ。あそこまでうまく編めるわけがない。

やがて、そのお母さんが現れ、女の子に話しかけた。背伸びをやめた女の子が、目当てのビデオを指さす。彼女を抱き上げたのはお父さんだった。なるほど。取ってあげるんじゃなくて、ああして自分で取らせてあげるんだ。美佳はつい、微笑《ほほえ》んでいた。

「どうしたんだよ」

ぼんやりと、その幸せな光景を見ていたら、直樹が話しかけてきた。

微笑みを残しつつ、首を振っておく。

「なんでもないの」

「これなんかどうかな」

「嫌よ。アクション映画なんて」

「そうか。駄目か」

呟《つぶや》いた直樹が、さっきの家族を見たことに、美佳はふと気付いた。ただ目をやっただけでなく、しっかり確認したというか。

どうしたんだろう。いつもと感じが違った。

「じゃあ、こっちにしよう」

「いいわね」

ヨーロッパの古い映画を借りた。ふたりとも甘ったるい恋愛映画は苦手なので、結局はこういう選択になる。

　支払いを済ませたあと、ビデオ屋の袋をぶら下げ、夜道を歩いた。

「あのさ、美佳」

「なに」

「この町のことをどう思ってるか聞いていいか」

　なぜそんなことを問うのだろう。恋人の姿を確かめたところ、直樹は空を見上げていた。少し考えてから、正直に、美佳は言った。

「かなり好きよ」

「雑然としてるぞ」

「きれいに整備されてるのなんて、都心の一部だけじゃない。ここは駅前が発展してるでしょう。ちゃんとしたデパートとか、おいしいお店もあるのに、少し歩けば緑がいっぱいで、とてもいいところだと思うわ」

「気に入ってくれてるのか」

「ええ、気に入ってるわ。緑がたくさんあるのって素敵よ」

　子供を育てるなら、こういうところがいい――そんな言葉が浮かんだものの口にはしないでおいた。

直樹はまだ、空を見上げたままだった。

「そうか」

ただ頷いただけだった。

美佳の友達は、男であれ女であれ、たいてい二十三区内に住んでいる。東急線か中央線が多い。ワンルームならば、それほど家賃が高くないので、あんな場所に住めるのだった。彼らに比べると、郊外の一戸建てに住む直樹は珍しいケースだ。建物は古いものの、敷地は南向きで、十分に広く、立派な庭もある。

その一戸建てにたどり着くと、直樹はドアを開けた。

「どうぞ」

先に入らず、促してくれる。今までにないことだ。

「ありがとう」

不思議に思いつつ、美佳は通い慣れた一戸建てに入った。都内の小さな一戸建てとは違って、玄関も廊下もゆったりとしている。さすがに古さは隠しようがないとはいえ、七〇年代の趣にはどこか懐《なつ》かしさを覚えた。

「どうぞ」

リビングに入るドアも直樹が開けてくれた。これも初めてだ。

「ありがとう」

　さすがに美佳は戸惑った。

　そんな彼女の顔を見て、直樹はなぜか笑った。

「ソファに座ってなよ。料理は俺が作るからさ。スパゲティでいいかな」

「ええ、もちろん……」

「のんびりしててくれ。すぐにできるよ」

　手伝うわと申し出たものの、かまわないからと言い残し、直樹はさっさとキッチンに向かった。最近の家はオープンキッチンとかで、リビングとキッチンが一体になっているものが多いそうだ。しかし直樹の家はキッチンが完全に分かれている。所在なく立っていたけれど、わざわざキッチンに押しかける雰囲気ではなく、言われた通りに、リビングに置かれているソファに向かった。直樹自慢のソファだ。百年ちょっと前に作られたというもので、色褪《いろあ》せた茶色の革がいい味を出している。かなり高価なものらしく、軽自動車だったら一台くらいは買える値段だそうだ。その自慢のソファに座ろうとしたら、なにかが座面に置いてあった。小さなピンク色の包装紙で、きれいにリボンが結ばれている。

　これはもしかして――！

手を伸ばし、箱を手に取った。体全体が少し震えたように思えたのは気のせいだろうか。リボンをほどき、丁寧に包装紙を取った。少しでも破ってしまってはいけない気がして、シールを剝《は》がす時も気を付けた。予想した通り、中身は指輪だった。透明な石がきらりと輝く。ただの贈り物でないのは明らかだ。美佳も女なので、アクセサリーの値段はだいたいわかる。数万やそこらで買える石の大きさではない。直樹の給料の一カ月分を軽く超えるだろう。あるいは……三カ月分か。頭の芯《しん》が痺《しび》れたようになった。

「できたよ」

きれいに盛りつけられたスパゲティの皿を手に、直樹がやってきた。

「うん」

「おいしいぞ」

「うん」

近寄ってきた彼は、とても神妙な顔をしていた。

「気に入ったか」

「うん」

まだケースに収まったままの指輪を、直樹は丁寧に取り出した。そしてさらに、美佳の左手をそっと握った。

背を伸ばし、ちゃんと向き合ってから、神妙な口調で言う。

「左手の薬指に指輪をはめていいかな」

「うん」

「僕と結婚してくれないか」

「うん」

馬鹿《ばか》みたいだ。ただ頷くことしかできない。


直樹が作ってくれたスパゲティはとてもおいしかったけれど、左手の指輪が気になって、それどころではなかった。ダイヤモンドがきらきらと光るたび、心の中にもまた、きらきらした光が満ちた。

食事のあと、直樹が打ち明けてくれたのは、夢のようなことだった。

なんとこの家は、直樹自身の持ち物といっていいそうなのだ。元は両親と一緒に住んでいたのだけれど、その両親は父側の郷里に戻ったという。向こうには祖父から引き継いだ立派な屋敷があり、定年後の生活を楽しんでいるらしい。以来、直樹はひとりでこの家に住むことになった。直樹の兄はすでに結婚し、マンションを購入済みなので、この家を直樹が相続することは確定的だった。もちろんローンの返済は両親が済ませている。建物が古いので、いつか建て替えるにしても、土地代は必要ないということだ。

「上物を建て替えるだけだったら、たいした負担じゃない」

直樹は言った。

「ローンはすぐ返せるし、余裕のある生活が送れると思う」

そういう話は聞かされていなかったのでびっくりした。いくらか焦《あせ》っていたし、せっつきもしたけれど、直樹は直樹でちゃんと考えてくれていたのだ。自らの幸運に、美佳は感謝した。どうやらわたしの旦那《だんな》さまは賢明らしい。建て直すとしたら、どんな家がいいか、しばらく語り合った。モダンにするか、和風にするか、洋風にするか。

「やっぱりリビングは広い方がいいよ」

「家族が集まる場所だものね」

「そうそう。個室があっても、みんなが自然とリビングに集まるような家がいいよな」

みんな、か。当然、美佳と直樹のことだけではない。これから生まれてくるであろう命、つまりは、ふたりの子供も含まれている。夢みたいなことを話してると思い、一瞬だけ怖くなったものの、すぐに振り払った。

夢じゃない。これは現実なんだわ。


直樹がトイレに行っているあいだに、バッグから手帳を取り出し、カレンダーのところを開いた。なにがあったか、美佳はこまめにつけることにしている。今日の日付には〝直樹〟という名前だけが記してあった。昔はこのあとに〝デート〟と付け足していたものだ。五年のあいだに、その文字を記すことはやめてしまったけれど。ただし今日は〝プロポーズ！〟と書くことができた。その文字の並びを見ていると、頭の芯がくらくらした。信じられないほど嬉《うれ》しかった。ついにこの日が来たのだ。

おへその奥、その下辺りにあるものが疼《うず》いた。ぐるんと。

それは、いつもとは違う感じだった。ちっともドス黒くはなく、暗いものを宿してもおらず、歓喜に踊っているかのようだった。

映画を見ている最中、彼が求めてきたので、もちろん美佳は応じた。ビデオ屋で目にした家族の姿が、頭に浮かんだ。わたしたちもああなるんだ。気持ちも、体も、熱くなった。結婚するとなれば、いちいち避妊する必要はない。ついに満たすことができると思った。そうすれば、たまにやってくる、あのどうしようもない苛々《いらいら》や、焦燥感を、すべて打ち消せる気がした。

「え、つけるの」

「うん」

「もういいのに……」

「いや」

けれど彼は避妊具を使った。どうしてと思ったけれど、今日一日の幸せが勝り、違和感なく彼を受け入れることができた。たっぷりと楽しみ、心も体もとろけるような思いを味わった。そうしてベッドでぼんやりしていたら、彼が言った。

「これからふたりでいろんなところに行こう」

「そうね」

「ふたりで暮らすのはきっと楽しいぞ。俺はすごく楽しみにしてるんだ」

「わたしも」

もちろん他人が一緒に暮らすわけだから、価値観の違いや、つまらないことで、喧《けん》嘩《か》をすることもあるだろう。けれど、それは誰もが体験することだし、乗り越えていくことだ。そのあとには、安らかな日々が訪れるに違いない。

「夏休みはずっと海外もいいな」

「贅沢《ぜいたく》よ」

「一回くらい、やってみたいだろう」

「まあね」

「とにかく、二、三年は、ふたりきりの新婚生活を楽しもう」

甘くとろけていた気持ちが、すうっと冷たくなった。しばらく？　ふたりきり？

それって、つまり――。

慎重に美佳は尋ねた。

「直樹、子供は欲しくないの」

「しばらくはいいかな」

ああ、なんてことだ。

「だって結婚するのよ、わたしたち」

「結婚したって、すぐに子供を作ることはないさ。俺たちはまだ若いんだし、生活を楽しむことも大切だよ。子供のことは、落ち着いたころ、考えればいい。それにさ、俺、けっこう大きな仕事を任されそうなんだ。そっちで頑張りたい。子供を作るのは、そちらが一段落してからにしよう。なんていうか、子供を持つ準備ができてないんだよな。俺自身が子供っていうか。だけど、その仕事を成し遂げたら、大人になれる気がするんだ」

　気持ちはわからないでもなかった。けれど美佳も直樹もすでに三十代半ばだ。男の人はいつまでも子供だとよく言うけれど、その本当の意味を、美佳はようやく悟った。確かに男は呑気《のんき》でいられるのだ。いくつになっても子供を作れる。けれど女は違う。老いる。

「どれくらいかかるの、その仕事」

「目処《めど》がつくまで二年か三年ってところかな」

「そんなに……」

「五千人が働く工場を、丸ごと作るんだぞ。地権者との交渉や、協力業者との調整もあるし、本当に大仕事だよ。だからこそ、俺は美佳と一緒にいたいんだ。妻として支えて欲しい。仕事を辞めろって言ってるわけじゃない。むしろ続けて欲しい。縛るつもりはないよ。ただいまって言える相手がいればいいなって、俺は思ってるんだ。おかえりって言える相手がさ。それだけでどんな疲れだって吹っ飛ぶよ」

　とても温かく、優しい言葉だった。気持ちは確かに伝わってきた。ただ、二年か三年というのは、あまりに長かった。そんなに待ったら、美佳は三十代後半になってしまうではないか。

「わたしは子供が欲しいわ」

ぽつりと声が漏れていた。

もっと率直に感じていることを言えば、心を、体を、満たしたかった。いや、心を満たすためには、体を満たさねばならないのだ。膨らんだお腹《なか》には、子供だけではなく、女のアイデンティティが詰まっている。

もう少し先にしよう、と直樹は言った。

「俺の気持ちもわかってくれないか」

優しく言われると、それ以上訴えることができなかった。自らの中の、この激しい感情を吐露できたら、どんなにすっきりするだろうか。しかし、それはおそらく、とても醜い姿だろう。愛する男、夫となる存在に、見せるわけにはいかなかった。

気が抜けたように、次の一週間は過ぎていった。幸せではあったし、直樹とも頻繁に連絡を取っていたし、仕事も順調だった。けれど、ぽっかりと、空いたままの場所があった。たまにそれがぐるんと動き、自分でもどうしようもない激情が溢《あふ》れた。

直樹との結婚は理想的だ。収入があり、家があり、土地があり、心から愛する相手だ。最高の条件。最高の相手。けれど、彼とこのまま結婚してしまったら、子供を産むことはできないかもしれない。なにより恐ろしかったのは、子供を産めない年齢になったと知ったとき、直樹が心変わりすることだった。あの容姿と、経歴ならば、言い寄ってくる女はいくらでもいるだろう。四十も間近になって捨てられたら……。プロポーズを受けたのに、美佳はだから、迷い続けた。あるいは、他の相手を探すべきなのかもしれない。心を、体を、満たしてくれる相手だ。たとえ未婚の母になったとしても、その方が幸せなのではないか。

ひとりでランチを食べているとき、バッグに入れっぱなしにしていた雑誌をふと、手に取った。可愛《かわい》らしい赤ちゃんの写真がいっぱいだった。その特集の終わりの方に、産むための十箇条なるコーナーがあった。とても具体的なことばかりで、読んでいて顔が赤くなる。その十箇条の中に、『できるだけ早く！』という言葉があった。

そんなのわかっている。

けれど、ままならないのが人生だ。

いつになったら、直樹の覚悟ができるのだろうか。彼があれだけ入れ込んでいるとなると、簡単には終わるまい。二年ならば、まだいい。しかし三年ならどうする？ さらに延びて、四年ならば？ わたしはただ、待たされるのか。この満たされない気持ちを、体を、どうすればいいのだろう。

ため息を吐《つ》いていたところ、店に愛美が入ってきた。向こうも美佳に気付き、手を上げて、こちらに近づいてくる。慌《あわ》てて雑誌をバッグに戻した。タイトルが見えないように、ハンカチをさらに、その上にかけた。

「ああ、お腹空《す》いた。十二時半までに資料をくれって言われちゃってさ」

席に着いた愛美は、いきなり愚痴った。

「誰に？」

「大崎」

周囲に誰もいない気楽さからか、愛美は上司を呼び捨てにした。

「なんなんだろうね、あの女」

「そんなにひどかったの」

「ちょっと入力ミスがあったんだけど、全部作り直せって怒鳴られたわ。単純なミスなんだから、そこだけ直せばいいのに。言っても全然聞かないの」

「ああ、たまにあるわね」

「最悪よ。ギスギスしちゃってさ。女もああなると駄目ね」

愛美はいつも通り、辛辣《しんらつ》な言葉を吐いているにすぎない。よくあることだ。けれど、その言葉のひとつひとつが、美佳の胸を乱した。

「今日の飲み会は楽しもうっと。大崎も来ないだろうし」

「ああ、大崎さん、こういう飲み会って出ないよね」

「居づらいんじゃないの。いたたまれないっていうか」

確かにそうなのだろう。大崎さんのようになりたくないと心底から思った。

「だから大崎の悪口をいっぱい言って、いっぱい飲むんだ」

「潰《つぶ》れないでよ。社内の送別会なんだからね」

「わかってるわかってる」

夕方から渋谷に繰り出した。道玄坂の上にある隠れ家的な店で、なかなか雰囲気がよかった。課の全員はさすがに揃《そろ》わなかったけれど、それでも十人以上いた。妙に寂しくなり、トイレに立ったついでに、美佳は恋人にメールを送ってみた。内容はたわいもないことだ。しかし返事がない。苛々した。結局、メールが返ってきたのは一時間近くたってからで、確認のためにまたトイレに立ったところ、『ごめん。仕事が忙しくて気付かなかった』と書いてあるだけだった。寂しさが余計に増した。

「どうしたのよ」

席に戻ったら、不機嫌を悟られたのか、愛美に尋ねられた。

「別に」

「話したくないわけね」

「うん」

「じゃあ飲もう」

愛美は杯を掲げた。仕方なく美佳も掲げた。近くにいた吉田君にも、愛美は強制した。

「あんたも、ほら」

乾杯と言って愛美が飲み干したのを見て、負けるものかという感じで吉田君も飲み干した。つられて美佳も杯を空けていた。その調子で飲み続け、場からいささか浮くような感じになったけれど、中心に愛美がいるのを見ると、誰もが仕方ないと笑った。

飲み過ぎた――。

お開きになってから、ふらふらと、ひとりで駅に向かった。めっぽう酒に強い愛美は、二次会に繰り出したらしい。頭がぼんやりするし、体の芯《しん》が熱い。

やがて後ろから声をかけられた。

「おい、高原」

吉田君だった。

「どうしたの。愛美たちと二次会なんじゃないの」

「あんな酒豪についていけるもんか」

道玄坂を下りながら、いろいろなことを話した。吉田君の話の半分は、家族のことだった。いつもなら辟易《へきえき》するその話が、今はひどく愛《いと》おしく感じられた。隣にいるこの男は、直樹ほど顔は整っていないし、体もいくらかだぶついている。けれど幸せな家庭をすでに築いた。

いや、うらやましいのはそこじゃない。

彼はすでに、女性の体を、おへその奥の、下辺りにあるものを満たしたのだ。二回も。

夜中だというのに、道玄坂は人で埋まっている。これだけの人がいれば、誰かに見られる心配は、むしろないだろう。あそこの角を曲がれば円山町だ。

美佳は、吉田君の右腕、その袖《そで》を掴《つか》んだ。

「ねえ――」

ぐるん、と動いた。心のどこかが。おへその奥の、下辺りにあるものが。

凪《なぎ》、あるいは嵐《あらし》

彼らの家は、東京の郊外にあった。壁は真新しく、植えられたばかりの木々はまだ人の背丈くらいしかない。周囲には同じような家が並んでいた。全部で二、三十戸くらいだろうか。まとめて開発された分譲地のようだ。そのあちこちには、色鮮やかな三輪車や、子供用の遊具が置かれていた。

由佳子と松本君が立っている家には、『根本』という表札。

「どうしたんですか」

松本君が尋ねてくる。

いいえ、と由佳子は応じた。

「世の中にはこういう場所もあるのね」

「はあ」

「東京の中心部にいると、マンションとか、アパートばかりでしょう。子供の姿もそんなには見ないし。むしろそっちが特殊なんだろうけど」

「ああ、そうですね」

ふたりで周囲の風景を確かめた。おそらく、どの家も、似たような年齢の、似たような家族が住んでいるのだろう。仕事が安定し、それなりの年になると、子供が欲しくなる。そして子供ができると、家を手に入れたくなる。そこにあるのは、幸せな光景だった。物珍しく感じる由佳子たちの方が、どこかずれているのだ。

「愛想よくしてね」

松本君に言って、由佳子はインターフォンのボタンを押した。音がかすかに聞こえてくる。二回、三回——。

やがて、はい、とインターフォンから声がした。

「篠原と申します。お約束通り、お伺いいたしました」

「ああ、どうも」

聞こえてくるのは、男性の、柔らかい声だ。

「すぐに開けますね」

待っているあいだは、やけに緊張する。やがてドアのロックがはずされ、男性が姿を現した。年は三十前後くらいだろうか。清潔な白のシャツを着て、ジーンズをはいている。シャツは綿で、洗いざらしたような質感だった。

「本日はよろしくお願いします。取材を受けていただき、ありがとうございました」

由佳子と松本君は、揃《そろ》って頭を下げた。

「いえ、こちらこそ」

特集がらみで、女性限定掲示板は出産の話題で盛り上がりを見せていた。やがて産む場所についてトピックがたち、そこに助産院のことを書き込んでくれたのが根本さんの奥さんだった。彼女の体験に、多くの読者が興味を寄せたため、由佳子は彼女に取材を申し込んだ。これもまた、出産に関するアプローチのひとつだった。

「どうぞ、入って下さい」

「では失礼します」

やはり新築で、壁も、床も、真新しい。そこでふと、松本君がなにかに気付いたらしく、廊下の途中でしゃがみ込んだ。

「あの、これって――」

しゃがんだまま、顔を上げる。

根本さんは恥ずかしそうに笑った。

「お気付きになりましたか」

「ええ」

「家族の手形なんです」

由佳子も覗《のぞ》き込んでみた。高さ一メートルくらいのところに、手形がみっつ、あった。ひとつはとても大きく、ひとつはやや小さく、ひとつはとてもとても小さい。

「この一番小さいのは、お子さんですか」

「そうです」

「可愛《かわい》らしいですね」

「ここ、建て売りなんですけど、無理を言って壁を珪藻土《けいそうど》というもので塗ってもらったんです。いわゆる自然素材ですね。湿度の調整をする機能があるらしいです。とはいっても、そういう機能じゃなくて、手触りが気に入っただけなんですけど」

「確かにいいですね」

　ご主人が着ている、洗いざらしの綿のようだった。独特の風合いがあり、柔らかい感じがする。そこに並ぶ、みっつの手形。お父さん、お母さん、赤ちゃん——。塗り壁だからこそ、できたのだろう。

「じゃあ、こちらへ」

「はい」

　促され、居間に入った途端、奥さんの姿が目に入ってきた。黒髪を後ろで結び、赤ちゃんを抱いていた。心が、視界が、急に明るくなる。なんだろう。この感じは。赤ちゃんというのは、ただそれだけで、場を幸せにしてしまう。

横を見ると、松本君も微笑《ほほえ》んでいた。由佳子と同じような気持ちらしい。

「どうぞ、お座りください」

赤ちゃんを抱きながら、奥さんが促してくれる。とはいっても、居間にはテーブルも、座卓も、椅子《いす》さえも置かれていなかった。ただ空間が広がっているだけだ。ちょっと迷った末、床にそのまま腰を下ろした。由佳子も松本君も、当然、正座だ。

「あ、はい。失礼します」

「ありがとうございます」

座ったふたりの前に、奥さんもまた、腰を下ろした。

「どうぞ。足を崩してください」

言われてようやく、そうすることができた。

夫婦の人柄が伝わる家だった。家具はすべて木製で、素朴な感じだ。なにより、ものがひどく少なかった。引っ越したばかりということもあるのだろうけれど、いろいろ溜《た》め込むタイプではないのだろう。カーテンは生成りで、外から吹き込んでくる風に、柔らかく揺れている。

奥さんはふわりと微笑んだ。

「眠っちゃったみたいです」

「あ、本当だ」

覗き込んだのは松本君だった。

「可愛いですね」

ちょっとおもしろい。松本君は二十代の男の子だ。子供なんて関心がなさそうな年代なのに、さっきからにこにこ笑って、赤ちゃんばかり見つめている。

「小さいですね」

由佳子の感想は、まずそれだった。

ええ、と奥さんが頷《うなず》く。

「まだ一カ月ですから」

「どれくらいなんですか、体重は」

松本君の方が先に尋ねた。

「まだ三キロ台ですね」

「あ、それ、うちの犬の半分くらいですよ」

「犬、飼われてるんですか」

「実家で。大好きです」

「わたしも犬は大好きなんです。その半分だなんて、びっくりしますよね」

「まったくです」

さっきから喋《しゃべ》っているのは松本君ばかりだ。会話に加わろうと思ったけれど、あまりに彼が楽しそうなので、ただ眺めておくことにした。ふと見ると、旦那《だんな》さんがお茶の準備をしていた。お湯を沸かし、カップをトレイに並べている。世の中には、いまだ女性にそういうことを任せる夫だっているけれど、どうやら根本家ではそんなことはないらしい。旦那さんの手つきはとても慣れていて、赤ちゃんがいるから仕方なくやっているというわけではないようだった。

とても自由な家庭、夫妻だ。

まるで風に揺れる生成りのカーテンのように。

「どうぞ」

やがてご主人がお茶を運んできてくれた。カップは全部で四つ、色も形も揃っていない。だいぶ長く使ったものもあったし、新しいものもあった。

四種類のカップが、床に並ぶ。

「すみません。ばらばらのカップで」

「いえ……」

「僕と彼女が独身時代から使ってたものを、そのまま今も使ってるんです。家を買うのに合わせて、いっそ揃えようかという話になったんですけど、ひとつひとつ選んできたという愛着があるから捨てられなくて。おかげで、みっともないことになってます」

「大雑把なんですよ、うちは」

奥さんが付け足す。光の中、ふたりはにこにこ笑っていた。

お茶はハーブティだった。とてもいい香りだ。素朴な味のビスケットを食べたあと、ようやく仕事に移ることにした。鞄《かばん》からテープレコーダーを取り出し、メモとペンを準備する。

赤ちゃんは眠ったままだった。

「じゃあ、始めさせていただきます」

「ええ、はい」

旦那さんが頷いた。奥さんはゆらゆらと赤ちゃんを揺らしている。病院で産めないと告げられたときのこと、予約の仕組みについて驚いたこと、産科探しに奔走したこと、それらを夫妻は事細かに話してくれた。やがて助産院のことが出てきた。

「あの帰り道は心細かったよな」

「そうね。竹が風に揺れて、よけいに不安を掻《か》き立てるっていうか」

「俺、歩いても歩いても着かないような気がした」

「わたしも」

しみじみと夫妻は言葉を交わした。そのやりとりを待ってから、由佳子は尋ねた。

「結局、助産院で産むことができたんですよね」

ええ、と旦那さんが頷く。

「提携病院を見つけたおかげで営業を続けられるようになったんです。まあ、うちのが生まれたのは二月なので、どちらにしろ間に合ったんですが」

「いかがでした。今は病院での出産がほとんどで、とても珍しいケースですよね」

「楽しかったですね。本当に楽しかった」

「楽しい、ですか」

意外な返事だった。

「あんなふうに子供が産まれてくるなんて思いもしませんでした」

「え、では、立ち会われたのですか」

「はあ、どういうわけか、そうなりました。こっちは全然、覚悟してなかったんですが、いざというときになったら助産師さんに呼ばれたんですよ。わけもわからずです。なにかあったのかとびっくりしますよね。そうしたら、なにもなくて、助産師さんがにこにこ笑ってるんです。見ておいた方がいいわよって。いろいろ手伝わされましたね。腰をさすったり、ペットボトルの水を妻に飲ませたり」

「それは……大変でしたね」

「ええ、そうですね。戸惑うことばかりでした。けれど、いい体験をしたと思っています。産まれたばかりの子供をね、抱かせてもらったんですよ。臍《へそ》の緒がついたままでした。へちゃむくれだし、ぬるぬるしてるし、ちっとも可愛くないのに、可愛いんですよね」

由佳子は奥さんにも尋ねた。

「いかがでしたか。旦那さんがそばにいて」

あはは、と彼女は笑った。

「ちょっと……いや、かなり恥ずかしかったですね。本当は見られたくなかったんですけど、苦しいときに彼が声をかけてくれたり、腰をさすってくれたりすると、すごく落ち着きました。今になってみると、いてくれてよかったと思います」

旦那さんと奥さんは、顔を見合わせ、笑った。そこに嘘《うそ》はなかった。

やがて赤ちゃんが起き、いきなり泣き出した。奥さんは立ち上がり、あやしたけれど、なかなか泣き止《や》まない。――と、彼女は胸をはだけ、乳房を赤ちゃんにくわえさせた。近くに若い松本君がいるのに、まったく気にしていないようだ。それはとても自然な行為だった。赤ちゃんは泣き止み、一生懸命、お乳を飲んでいる。

誰も喋らなかった。ただ微笑んでいた。風が吹き、生成りのカーテンが揺れた。

「あら」

やがて奥さんが言った。

「おしっこをしたみたい」

「じゃあ、替えなきゃな」

旦那さんは立ち上がると、奥の部屋から布オムツを持ってきた。白く柔らかい綿で、きれいに折りたたんである。

「布オムツなんですか」

「ええ、その方がいい気がして」

奥さんが、旦那さんに赤ちゃんを渡した。旦那さんの抱き方にぎこちなさはなく、慣れているのがわかった。どうやら彼もオムツ替えを普段からしているらしい。

赤ちゃんを抱いた彼は、松本君に目を向けた。

「どうせだから、やってみますか」

「え、なにをですか」

「オムツ替え」

「でも、僕、やったことないですし」

松本君は慌《あわ》てている。

その様子に、旦那さんは笑った。

「大丈夫。そんなに難しくないですよ」

取材は一時間ほどで終わり、まだ日が高いうちに、駅へ向かった。とても静かな住宅地だ。郊外の、のんびりした雰囲気が漂っている。路地の奥で、子供たちが遊んでいた。チョークを使って、道路に絵を描いているようだ。都心では見かけなくなった光景だった。

「いや、もう、本当に参りましたよ」

歩きながら、松本君は言った。

「まさかオムツ替えまでさせられるとは思いませんでした」

「手間取ってたわね」

「だって初めてですよ。わけわかんなかったです」

思い出すと、笑ってしまう。松本君は最初から最後まであたふたしていた。まあ、仕方ないか。彼の言うように、初めてなんだし。

もし由佳子が同じ立場だったら、同じように慌てただろう。

「ただ、おもしろかったです」

「そうなんだ」

「もう一回、やってみたい気もしますね。次はもっとうまくやりますよ」

「じゃあ、根本さんに頼んでみれば」

「本当にそうしたいくらいですよ」

松本君はなぜか、顔を上げた。青い空を眺めている。その顔はすっきりしており、唇には笑みがあった。

自分もオムツ替えをやってみたかったな、と由佳子は思った。

会社のパソコンに向かい、由佳子は掲載された記事を読んだ。『お産難民』として見出しをつけたそれは、産む場所がないことに焦点を当てるため、助産院での出産が危うくなるところで区切りをつけた。その掲載直後から、夫妻がどうなったか知りたいという声が、読者から寄せられた。まあ当然のことだろう。

「後日談って形で、根本夫妻の、その後の様子を書き足すのはどうかしら」

「あ、いいんじゃないですか」

由佳子の提案に、松本君は頷いてくれた。

「じゃあ、ついでに、松本君のおむつ替え体験も書いちゃおうかな」

「冗談でしょう」

「まあね」

「勘弁してくださいよ、もう」

松本君は笑いながら去っていったけれど、その背中を見ているうち、冗談を実行してみるのもおもしろいような気がしてきた。松本君に許可を取る必要は……ないか。いいや、書いてしまおう。根本夫妻が無事、助産院で産んだこと。その後の生活ぶり。取材に行った際、スタッフがおむつ替えを体験したこと。後日談として、それらを記事に書き足したところ、一気にコメント数が伸びた。助産院での出産はもちろん、布おむつや、母乳育児にも話題は広がっていった。特におもしろかったのは、男性のコメントが多かったことだ。

〈オムツ替えって楽しいですよね〉

〈途中でおしっこをされたことあります?〉

〈ありますあります〉

〈あれは焦《あせ》りますよね〉

〈女の子だといいんですけど、うちは男の子だから〉

〈あ、それは大変ですね〉

男性同士が、まるでチャット状態でコメントをやりとりしている。やがて、そこに女性たちも入ってきた。

〈おふたりともいいですね。うちの旦那なんかオムツに触ったこともないですよ〉

〈うちもそうです〉

〈なんか避けるんですよね〉

〈子育てって、本当は男女でやるべきなのに〉

〈旦那さんが働いてるから？〉

〈うちは共働きですけど、やっぱりそうですよ〉

ひとしきり女性たちが盛り上がったあと、最初の男性陣が加わった。

〈無理矢理やらせてみればいいんです〉

〈やってみると案外楽しいし、やみつきになりますって〉

〈ええ、そうですか〉

〈だって自分の子供ですから。可愛《かわい》いですよ〉

〈慣れてないだけってのはありますね〉

〈そうそう。だから何回かやらせればいいんです。僕もそうやって妻に教育されました。そのうち幸せを感じるようになりますよ〉

〈へえ、そんなもんですか〉

〈頑張ってください。応援しますよ〉

〈僕も応援します〉

〈じゃあ、やってみます〉

〈わたしもチャレンジしてみようかな〉

〈よし。わたし、今度、旦那にやらせてみます〉

今までにない展開に、由佳子はおもしろさを感じた。前回までは深刻なテーマを扱っていたせいか、まったく雰囲気が違う。この記事に対するコメントは、温かさが溢《あふ》れていた。ある種の連帯感のようなものさえ漂っている。彼らを結びつけられただけで、この記事には意味があったのではないだろうか。

やがて松本君もやってきて、画面を覗《のぞ》き込んできた。

「なんだか妙に盛り上がってますね」

「松本君も参加する？」

「え、なんでですか」

「だって君もオムツ替え体験者でしょう」

「一回だけですよ」

「貴重な一回だと思うけど。そうねえ。一般の人の振りをするわけにはいかないから、担当編集者だということを明かした上で、話題に入ってみればどうかしら。取材の際に、オムツ替えをしたことなんか書けば、みんな喜んでくれると思うけどな」

「本気ですか」

「うん。案外、いいかも、それ。よし。決まり。そうしましょう」

「嫌です」

「上司命令」

「嫌ですって」

「じゃあ、業務命令。編集長から指示書を出してもらうわ」

「勘弁してください」

さんざん逃げまわる松本君を捕まえ、パソコンに向かわせた。不用意な言葉を編集側が垂れ流すのは危険だけれど、今回は大丈夫だろうと踏み、あえて由佳子は事前のチェックもせず、松本君にコメントを書かせた。考えた末、ハンドルネームは『編集見習い独身男子』とした。これでだいたい、彼の立場が伝わる。現場での体験談を松本君が書くと、さらにコメント欄は盛り上がった。男オムツ替え隊——と編集部では名付けていた——は仲間の登場に盛り上がったし、女性陣は初めてのオムツ替え体験に興味津々《しんしん》だった。松本君のウブな書き込みが、彼女たちの母性本能を刺激したのか、コメント数は一気に伸びた。

「あの、篠原さん、どうにかしてください」

松本君が泣きを入れてきたのは、三日後だった。

「コメント欄への対応で仕事になりません」

「楽しそうじゃないの」

「誰がですか」

「読者が」

「僕はちっとも楽しくないです」

松本君はすっかり困り果てていた。男オムツ替え隊には教育され、女性たちには弄《もてあそ》ばれ、半ばマスコットと化している。編集者は本来なら黒子だし、むしろ〝目〟であるべきだ。その意味で、今の松本君の立場は、イレギュラーだろう。

ただ、こういう体験を、若い時期にしておくのは、悪いことではない。取材される側の気持ちがわかるようになるはずだ。

由佳子はあっさり突っぱねた。

「あと三日、君はコメント欄担当ね。それが仕事」

「ええ、冗談でしょう」

「しばらくしたら落ち着くわよ。それまでパソコンに張り付いてなさい」

『お産難民』とは、まったく違う展開になった特集もあった。まったく盛り上がらない記事もあった。いや、あれはあれで、盛り上がったといえるのか。ただ非難の言葉ばかりが並んだ。単発のコメントばかりで、罵倒《ばとう》の一言のみというのもあった。あまりにひどいコメントは削除しなければいけなかった。

普段は滅多にないことなのだけれど、秩序を保つためには仕方ない。

『おへその奥の、下辺り』と名付けた記事だ。

ひどい言葉が並ぶコメントを削除するたび、由佳子は思い出した。彼女は言っていたっけ。おへその奥の、下辺り。そこがぐるんと動くんです、と。わたしには動くのがわかるんです、と。我慢できないんです、と。

出勤するたび、すぐコメント欄をチェックするのが日課になった。

〈なにもかも手に入れたいなんて欲張りすぎです〉

〈ちゃんと彼と話し合った方がいいのでは。それができないんなら、身を引くべきです〉

〈身勝手って言葉、知ってますか？〉

〈彼氏がかわいそうです〉

〈発情してるだけなんじゃない？〉

〈僕はあなたと絶対に結婚しませんね〉

〈何様ですか？〉

これだけ強い言葉が投稿されるのには、理由があるはずだ。毒にも薬にもならないなら、放っておけばいい。実際、大半の記事には、それほど多くのコメントはつかない。大きな反応を引き出すということは、なにかしら、読者の心を動かす要素があるのだろう。


彼女と会ったのは、西新宿のホテルの、ラウンジだった。寒の戻りがあったころで、強い北風に誰もが身を縮めて歩いていた。何秒か沈黙が続いたときがあった。一通り、彼女の体験や、思いを聞いたあとだ。

彼女は質問を待っているのだと気付いた。由佳子はその希望に応《こた》えることにした。

「それでどうしたんですか。隣の席の彼とは――」

「ええ、まあ」

彼女は首を傾《かし》げ、困ったように笑った。完全な肯定ではないけれど、完全な否定でもない。おそらく彼女は聡明《そうめい》なのだろう。人と人の関係を、柔らかさと、図太さを駆使して乗り切るタイプだ。したたかとも言える。ただ、その姿には、いくらかの危うさを感じた。そう、まるでガラスのようだ。きれいだけれど、脆《もろ》い。由佳子とはまったく違うものを持っていた。

ええ、まあ、か。

コーヒーに口をつけつつ、由佳子は考えた。立派な婚約者がいるのに、他の男と関係を持ったのかと尋ねられたら、大半の女性は必死になって否定するはずだ。たとえ背徳が知人に漏れる可能性がないとしても、頷《うなず》いてしまったら、自分自身が事実と向き合わなければいけなくなってしまう。彼女の曖昧《あいまい》な笑顔は、そのすべてからうまく逃れていた。

由佳子は話を変えることにした。

「婚約者の方とは、どうですか」

「うまく行ってますよ」

「よかったですね」

いい加減なことを言って、由佳子は場をやり過ごした。聞くべきことは、実のところ、はっきりしていた。

おへその下の疼《うず》きはどうなったのか。彼に、自らの思いを、感情を、伝えたのだろうか。

「彼のお仕事は忙しいんでしょうか」

「ええ」

「会う時間を取るのも難しいですね」

「わたしが合わせるようにしています」

「大変ではないですか」

「仕方ないですから」

彼女の声は抑揚を欠いていた。まるで模範回答を読んでいるかのようだ。彼女はそうして、生きていくのだろうか。彼はきっと、これからも仕事一筋だろう。家庭よりも、そちらを優先させるかもしれない。かつてはそれでよかった。団塊世代の夫婦は、夫は仕事に励み、妻はそれを支え、うまくやってきた。しかし、今はもう、そういう時代ではない。

女にだって、人格がある。人生がある。ただ男を支えるだけではない。それで満足できる人もいるだろうけれど、目の前の彼女はそういうタイプだとは思えなかった。

由佳子はコーヒーを飲んだ。冷たく、苦い。

「今日はありがとうございました」

まだまだ聞くべきことがあると思った。突っ込むべきだった。しかし由佳子に自信がなく、なにより不安だったのは、彼女の揺らぐ瞳《ひとみ》だった。

踏み込んだとき、彼女は耐えられるだろうか。

取材といっても、いろいろだ。相手の心の奥底にまで進み、当人もはっきり意識してないような言葉を引き出すこともある。それは記者にとって、至福の瞬間だ。一方で、言葉をあえて求めず、曖昧なままにすることもあった。曖昧さが語り出すときは、明確な言葉はいらない。

記事に貴賤《きせん》はない——。

言ったのは誰だったか。今となっては覚えていない。聞いたのは新人のころだから、おそらくブロック紙の上司だったのだろう。デスクか、あるいは局長か。

まだ若かった。

特ダネを抜くことが、記者の仕事だと思っていた。

それが一流だと。

「仕事を下さい」

若くて鼻っ柱が強かった自分は、そう言ったのではなかったか。

一喝された。

叩《たた》きつけられたのが、先ほどの言葉だった。

「記事に貴賤はない。思い上がるな」

昔のことだ。

なぜ今、そんなことが頭に浮かんだのか。戸惑いながら、由佳子は伝票を手に取り、レジに向かった。

取材相手の女性はバッグを手に取った。鈍い由佳子も気付いた。

「それ、エルメスですね」

「はい」

「ええと、バーキンでしたっけ、ケリーでしたっけ」

「バーキンです」

はっきりと告げた。間違えてもらっては困るという感じだ。そのゴージャスなバッグは、彼女に似合っていた。

「彼からのプレゼントです」

「なるほど」

そこで少し、間があった。由佳子は待った。

「わたしたち、六月に結婚するんです」

「結婚プレゼントですね」

「ええ、はい」

いくらするのだろう。百万円か、二百万円か。

「彼と暮らしていくのですね」

「はい」

「お子さんが欲しいという件は、どうなったんでしょうか」

「なにも言っていません」

「では――」

「彼の気持ちに従います」

従う。その言葉に違和感を覚えた。由佳子の中で、なにかが切れた。いや決まった。

さっきまで、彼女の心に踏み込むことを恐れていたけれど、かまうものか。進んできたのは彼女なのだ。踏み込まれてもいいと思っている。いや願っているのかもしれない。


「従えますか」

「わかりません。でも、そう決めました」

「お子さんは今も欲しいんですね」

「ええ、はい」

「彼はしかし、そのことを知らない？」

「仕事に夢中です」

「それでいいんですか」

「はい」

「あなたは納得できたということでしょうか」

「することにしました」

由佳子は伝票を握りしめた。言葉が心に浮かんだ。口にすべきか、このままやり過ごすべきか。

五秒。それだけ悩んだ。由佳子は口を開いた。

「続けられますか」

「え……」

「結婚生活は長いですよ。日常です。特別な日が続くばかりではありません。あなたの抱えている思いが、その、おへその下辺りで動いているものが、黙っているとは限らない。もっともっと激しく疼くかもしれません。それに耐えられますか」

通路に立っている由佳子たちを、ウェイトレスが避けるように歩いていった。怪訝《けげん》そうに、こちらを見ている。

喧嘩《けんか》をしているわけではない。争っているわけではない。問うているだけだ。

「わかりません」

彼女の声は震えていた。

「どうしたんですか」

夜だった。そろそろ帰るころだ。

由佳子は自らのパソコンに向かいながら、ある文字を眺めていた。尋ねてきた松本君は、まだ仕事を続けるつもりらしく、レジ袋を持っている。匂《にお》いからして、近くの牛丼屋《ぎゅうどん》でテイクアウトしてきたのだろう。

画面には、投稿されたコメントが映し出されていた。

〈売女《ばいた》――!〉

このままにしておくのか、削除するのか、判断しなければならない。

迷うことはなかった。

内規で、こういった差別的な言葉は、放置しないことになっている。論理的な文章をちゃんと添え、その文脈の中でなら、まだ考慮の余地もある。しかしハンドルネームもなく、たった一言の書き捨てコメントである以上、見逃してはいけない。

一回だけ目を閉じ、開いてから、由佳子は削除ボタンを押した。コメントは消えた。

「わたしはもう、帰るわ」

「お疲れさまです」

「あとはよろしく」

上着を取る。彼女が最後に発した問い、それが心のどこかを駆けていった。

「わかりません。ただ……」

彼女の声は震えていた。じっと見つめてくる。

「なんでしょう」

「あなたは感じないんですか」

「え……」

「わたしと同じものを感じないんですか」

思わぬ問いに、由佳子は答えられなかった。

「だって、あなたも女なんでしょう」

長き一日

女性たちの取材をしながら、裁判の方も引き続き、調べていた。N病院で起こったことを、由佳子は、丁寧に、丹念に、追った。助手は松本君だ。いくらかぶっきらぼうな相棒は、寡黙《かもく》に、熱心に、大量の資料調べを手伝ってくれた。睡眠時間を削ることも厭《いと》わなかった。まだまだ至らないところはあるし、記者として最低限のリテラシーを身につけているとは言えないけれど、粘り強さはなかなかのものだ。徹夜で専門書を読み続ける姿には感心した。疲れ果てているはずなのに、ちゃんと右手にペンを持ち、気になるところにはラインを引き、付箋《ふせん》を貼《は》っている。ああ、そうなのだ。ネタに食いつく意欲さえあれば、他のことは勝手についてくる。大事なのは苦しいときに走れるかどうかだ。あっさり立ち止まってしまう人間は、そこで終わりだ。二度と先に進めない。よろよろになっても走り続ける人間は、いつか必ずゴールにたどり着く。

「松本君、悪いんだけど、この本を買ってきて」

由佳子は彼をこき使った。酷使した。

「電話で確認したら、六本木の店に一冊あるって」

「今からですか」

「ええ、もちろん。店は二十四時間営業だから」

「だけど電車が——」

いくら大都市東京とはいえ、夜も一時を過ぎれば、さすがにＪＲも地下鉄もとまっている。そんなことは承知の上だった。

あっさり由佳子は言った。

「ビルの裏口に、うちの会社の自転車があるわ」

自転車はもちろん、軽快なスポーツタイプなどではなく、いわゆる普通のママチャリだ。ろくに整備なんかしていないので、ペダルをこぐたび、どこかがキイキイと軋《きし》む。ブレーキは悲鳴そのものだ。乗りにくいので、普段は誰も使わない。

「あの自転車で六本木までですか」

「ほら、お願い。電話で取り置きをお願いしてあるの」

メモ用紙を、由佳子は押しつけた。早く行けと言うように。

「これを見せればわかるから。領収書、忘れないでね」

「あ、はい」

去っていく彼の背中を横目で確認してから、由佳子は医学書に目を落とした。前置胎盤について書かれたページを読みふけった。こうして生半可な知識をつけたところで、もちろん医者と同等の理解を得られるわけではないけれど、まったく知らないまま記事を書くわけにはいかない。

「なかなか厳しいんだな、篠原先生は」

通りかかったデスクの井上は、にやにや笑っていた。

「松本、一時間で帰って来られるかな」

「厳しいでしょうね」

「なんだ、わかってんのかよ」

由佳子にとっては上司に当たるけれど、年はひとつしか違わなかった。この業界は転職が多い。A新聞からB新聞に引き抜かれるというパターンもあるし、雑誌もあるし、独立した記者になることもある。そうして場を変えた場合、大切になってくるのは、経験、取材での駆け引き、それに文章で伝える才能だった。つまりは本人の力だ。大新聞社出身となれば、箔《はく》が付くことは付くけれど、そんなものは実際に仕事をすればば大きな意味を持たない。ただの薄っぺらい箔でしかないならば、すぐに剝《は》げ落ちてしまう。本物か、偽物《にせもの》か。冷徹に判断される。その点、井上と由佳子の関係はうまくいっていた。互いの力量を認めているせいだろう。

「学生時代、わたし、自転車で都内を走りまわったことがあるんですよ。そのころ雑誌でアルバイトをしてて、届け物をよく頼まれたんです。まだネットなんかなかった時代だったから、実際の原稿は物理的にやりとりするしかなかったんですよね」

「安いバイク便代わりか」

「ええ、そんなものです。最初は律儀《りちぎ》に電車でまわってたんですけど、先輩が自転車を勧めてくれたんですよ。いざ自転車を使ってみると、その方がはるかに早いんです。ああ、東京って狭いんだなと思いました。新宿駅から東京駅まで六、七キロくらいかしら。歩きで一時間かそこら、自転車ならその半分以下ですよね」

井上は少し考え込むような顔をした。地図を思い描いているのだろう。前は大手新聞社に勤めており、スポーツ担当を長くやっていた。身長百八十五センチの偉丈夫である。学生時代は柔道選手で、嘉納杯《かのうはい》に出たのが自慢だ。もっとも最近は、偉丈夫という言葉を使うには、いささかお腹《なか》が緩みすぎているかもしれない。かつては引き締まっていたであろう体はすっかりたるんでしまっているし、頭髪もだいぶ薄くなって、それを隠すためか短く刈り込んでいる。その頭を井上は何度も撫《な》でた。

「篠原、今日の仕事はあとどれくらいで終わりそうだ」

「二時間……いえ二時間半ですね」

「俺もそんなもんだ。じゃあ賭《か》けないか」

「賭け？」

「松本がいつ帰ってくるかだ」

「いいですね。賭けるものはなんですか」

「仕事が終わったら、一杯だけ引っかけて帰ろうと思ってるんだ。一時間も潰《つぶ》せば、始発が動き出すだろう。おまえと、松本も付き合えよ。その飲み代を、誰が払うかだ」

なるほど。悪くない提案だった。

「俺は二時四十分だな」

時計を見つつ、井上は言った。その針は今、一時二十分を指している。

「わたしは一時間ちょうど、二時二十分にします」

「一分でも近い方が勝ちってことで」

勝手にルールを決めて、井上は去っていった。のっしのっしという感じだ。由佳子はふたたび医学書に視線を落とし、文字を追った。難解な用語が多く、何度か辞書を調べたものの、専門用語は記されていないことが多かった。そういうときはインターネットで検索をかけた。おもしろいもので、誰かが必ず用語を解説してくれている。医学生の備忘録なのか、本業の医者が趣味でやっているのか。そうして時間を忘れ、集中していると、勢いよくドアが開いた。

「買ってきました」

松本君が、本と、レシートを差し出してきた。息が荒い。どうやら大急ぎで往復してきたらしい。あの古びた自転車で。受け取りつつ、時計を見た。二時二十八分。視線を移すと、大きな頭を撫でている姿が目に入ってきた。やられたよと顔をしかめている。

「ありがとう、松本君」

由佳子は丁寧に礼を言った。さらに繰り返す。

「本当にありがとう」

「はあ」

事情を知らない若者は、いくらか戸惑っているようだった。

松本君が買ってきてくれた専門書を開きつつ、由佳子は自分が集めた資料と、ネットのリンク集を、彼に与えた。ギブ・アンド・テイクというわけだ。

「読んでおいて。大変だろうけど、井上さんがご褒美《ほうび》をくれるそうだから」

「え、そうなんですか」

「たっぷりと飲ませてくれるらしいわよ」

　井上は一杯と言っていたけれど、あえて誇張した。まあ、実際、井上も本気で一杯だけなんて思っていないだろう。

　由佳子は立ち上がり、そうですよねと大きな声を張り上げた。狭いオフィスなので、声はもちろん井上の耳に届いた。由佳子と松本君の会話はさすがに聞こえていないだろうけれど、だいたいのニュアンスは伝わったはずだ。わかったわかったというように、井上は手を振った。おどけた様子で、財布の中身を確かめる仕草までしている。

　わざとらしい態度に笑いながら、由佳子はふたたび腰を下ろした。

「だから、まあ頑張って」

「はい。頑張ります」

　現金なもので、そう言う松本君の声から、疲れた様子はすっかり消え去っていた。つい笑ってしまう。

「わからないことがあったら……いえ、気になったことがあったら相談して。わたしが見逃してるところもあると思うし、話し合うことによって、互いの理解も深まるはずよ」

由佳子がまず松本君に渡したのは、N県による事故調査委員会の報告書だった。公開文書として、県のホームページに掲載されていた。もっとも、報告書にたどり着くためには、何回も何回もマウスをクリックしなければならなかった。はたして本気で公開する気があるのだろうか。リンク先を示す記号はひどく小さく、常に画面の隅に置かれている。よほど熱心に追いかけなければ、たどり着けないだろう。しかも報告書はＰＤＦという形式で、やけに容量が大きく、回線が細ければダウンロードに三十分くらいかかるはずだ。読まれたくない――。そういう意図を感じざるを得なかった。まあ、深読みしすぎかもしれない。ただ単に技術がなく、こうなってしまっただけという可能性もある。この段階で余計な先入観を持つべきではなかった。思いを心に置きながら、由佳子は丹念に文字を追った。

10月15日
前置胎盤の所見。患者は前回、帝王切開にて第一子を出産。

超音波診断により、前回帝王切開部に胎盤がかかっている可能性を考慮。

10月22日
切迫早産の兆候。帝王切開に移行。

前置胎盤の定義については、報告書の最後に記されていた。要するに子宮口、つまり子供が産まれてくる場所を、胎盤が覆《おお》ってしまっているわけだ。当然、通常の分娩《ぶんべん》は不可能なので、帝王切開となる。ここで問題になるのは、母親が前の子供を——要するに第一子だが——帝王切開で産んでいるということだった。帝王切開の経験がある場合、胎盤が子宮に癒着する確率が高くなる。胎盤が帝王切開痕《こん》にかかっている場合はなおさらだ。危険性はある程度、認知されていたわけだ。実際、本間医師は、先輩医師に相談を持ちかけている。その先輩、安田医師は、癒着胎盤を処置した経験があった。彼からアドバイスを受けた本間医師は、安田医師に応援を依頼していた。僕の手に負えなかったらお願いします、と。この時点での、医師たちの行動には、瑕疵《かし》はないように思える。必要な処置を取り、経験者へ相談し、応援の依頼もしている。準備万端というわけだ。報告書には手術の経過も詳しく記されていた。

10時00分　手術開始
10時25分　児娩出
10時50分　胎盤娩出
10時55分　輸血製剤10単位発注（1回目）
11時15分　全身麻酔に移行
12時35分　輸血製剤到着（1回目）
　　　　　輸血10単位
13時10分　子宮摘出術開始
13時25分　輸血製剤10単位発注（2回目）
14時20分　子宮摘出
14時50分　心室細動
16時00分　妊婦死亡確認
16時00分　輸血製剤到着（2回目）

手術の開始は午前十時。患者の死は午後四時ちょうど。六時間、と由佳子は思った。

このあいだに、ひとつの命が生まれ、ひとつの命が消えた。簡単な経過報告を見るだけでも、現場の混乱ぶりはよくわかった。本間医師の対応は後手にまわっているように思える。二回目の輸血製剤の到着は、患者の死亡後だ。さらに報告書を読み進めると、驚くような表現が目に入ってきた。術中、ベテランの看護師が、安田医師への連絡を勧めているのだ。なのに本間医師はまったく応じていなかった。看護師の提案に無言であった、と報告書には記されている。「はい」とも「いいえ」とも言わなかったのだ。目前の処置に追われ、それどころではなくなっていたのか。あるいは彼なりのプライドがあり、他者に頼るのを嫌ったのか。自分でどうにかできるという自信があったのか。

「篠原さん」

資料を読みふけっていると、松本君が声をかけてきた。

「なに」

「ネットに公判の傍聴録がすべて、公開されてました。本間医師を支援する団体があって、そこがやってるみたいです。プリントアウトしておいたので、どうぞ」

どさりと、紙の束が置かれた。

あまりの厚さに、由佳子はため息を吐《つ》いた。

「これで全部？」

「いえ、半分ですよ」

「けっこうな量ね」

とはいえ読むしかない。わざわざ資料を探してきてくれたのは松本君なのだ。自分が臆《おく》すわけにはいかなかった。そもそも記者とはこういう仕事なのだ。読んだ資料なんか、半分も使えない。政治家に張り付いても、記事にできることなんてわずかだ。

「これ、全部読まなきゃ駄目ですかね」

自分が持ってきたくせに、松本君は弱気な様子だ。

由佳子は頷《うなず》いた。

「もちろん」


「松本君、四回目の傍聴録は読み終わった？」

「はい。読みました」

「じゃあ、その十七ページ目を開いてみて。本間医師は一度、大学病院での手術を母親に提案してるわ。彼自身の証言よ。本間医師は、明らかに危険性を認識してたわけね」

「そうですね。自分の手に余る可能性も考えたんでしょう」

「けれど母親はN病院での出産を望んだ。そして本間医師は受け入れた。医師と母親、それぞれ、どんなことを思ったのかしら」

ううん、と呟《つぶや》いてから、松本君は考え込んだ。

「母親の方ですけど、危険性を完全には認識してたように思えないですね。N病院で大丈夫だと思っていたんじゃないですか。遠くの病院に行かなくてすんだと安心したとか。なにしろ素人《しろうと》ですから。とりあえず希望を言って、医者がいいと応じたら、それ以上は考えないですよ。本間医師には葛藤《かっとう》があったのかもしれないけど、実際のところは本人にしかわからないですね」

「医者がやれますって言ったら、信じちゃうわよね」

「普通はそうなんじゃないですか」

やがて、井上がやってきた。長時間の仕事のせいか、すっかり疲れており、顔は脂《あぶら》ぎっている。由佳子はトイレに行きたくなった。自分は今、どんな顔をしてるんだろう。

「そろそろ時間だぞ」

「ああ、そうね」

まだまだ検討すべきことはあるけれど、切り上げるべきだった。人間は機械ではない。飲むことも、休むことも、時には必要だ。松本君に、井上さんが奢《おご》ってくれるらしいわよと告げ、由佳子は席を立った。行くぞと井上が声をかけると、松本君もすぐに立ち上がった。

「焼き鳥でも食べていこうか」

「え、焼き鳥ですか」

井上の提案に、松本君は戸惑った顔をした。この世代の若者には、洒落《しやれ》たカフェやバーの方がピンとくるのかもしれない。

「松本君、時間はあるのかしら」

「あ、はい」

「朝帰りして、彼女に怒られない？」

「そんなのいないっすから」

「ああ、いないんだ」

「半年前に別れました。寂しいもんですよ」

「じゃあ、やっぱり焼き鳥ね。決まり。付き合いなさい」

上司の権限と、年上の横柄《おうへい》さを発揮して、由佳子は歩を進めた。慌《あわ》てて松本君が追いかけてくる。目当ての焼鳥屋は、まだ開いていた。雑誌に取り上げられるような小《こ》綺麗《ぎれい》な店ではないけれど、味は上等だ。店主の兄が秋田で地鶏《ぢどり》を飼っていて、月に何回か、潰《つぶ》したばかりの鶏を送ってくるとのことだった。この時間にやっているのは、同業者を相手にしているからだ。店を閉めたレストランや、飲み屋の店員が、一杯引っかけにきて、ついでに地鶏を食べ、腹を膨らませていく。プロ相手なのだから、味がいいのは当然だった。

「今日はまだ、地鶏はあるかい」

「あるよ」

井上の問いに、店主は答えた。隣に立っているのが店主の奥さんだ。旦那《だんな》さんより、ひとまわりは大きいだろう。

「じゃあ、どんどん焼いてくれ」

「おやまあ、由佳子ちゃんもいるのか。久しぶりだね」

「ご無沙汰《ぶさた》です」

由佳子は愛想笑いを浮かべた。ついでに、後ろにいる松本君を紹介しておくことにした。いい常連になるかもしれない。

「若手の松本君です。可愛《かわい》がってやってください」

どうも、と松本君は頭を下げた。

「由佳子ちゃんが若鮎《わかあゆ》連れか。だったら奥の座敷にしなよ。俺も嫁さんも半時間くらいは顔を出さないようにするぜ。井上ちゃんはカウンターで独り酒」

「おいおい、俺だけ除《の》け者か」

「大将、勘弁してくださいよ」

明らかな冗談に、井上と由佳子は笑った。意味がわからないのか、あるいはわかっているせいなのか、松本君はただ目をきょろきょろさせている。それにしてもおもしろい表現だ。若鮎連れか。大将の出身地では、そういう言い方をするのかもしれない。

お通しはインゲンの酢の物だった。

「あ、うまい」

いつもファストフードを食べている松本君が、驚いたように言った。

「これ、うまいっすよ」

彼ががつがつ食べるのを見つつ、由佳子もつまんでみた。確かにおいしかった。お酢の利《き》き加減が抜群だ。

最初に頼んだ生ビールで、まずは乾杯した。

「ここ、よく来るんですか」

「わたしはたまに。井上さんはしょっちゅう」

「俺、まったく知らなかったですよ」

「場所が悪いのよ。路地の奥だし、店構えも立派とは言い難いでしょう」

二秒か三秒、待った。その言葉の意味を、はたして彼は気付くだろうか。

「それでもやってけるんですね」

正解。

「うまいってことですよね」

正解。

「店主の人柄ですかね。奥さんの人柄ですかね」

正解。

お通しをさっさと食べてしまった松本君は、物足りなさそうだった。それで由佳子は自分の分を差し出した。どうもと松本君は頷き、素直に箸《はし》を伸ばした。背中を丸め、器に口をつけそうな勢いだ。いかにも若者らしい食べ方だった。井上と由佳子は、微笑《ほほえ》みつつ、その姿を眺めた。

「悪くないじゃないか」

ジョッキを傾けながら評したのは井上だ。

「まあね」

由佳子は応じた。もちろん、お通しのことではない。

生ビールを飲み、次々と運ばれる料理に手を伸ばした。秋田の地鶏は絶品だった。しっかり噛《か》むと、甘い脂が染《し》み出してくる。さらにお酒が進んだ。働き通しだったせいか、三人ともすぐにアルコールがまわり、顔が赤くなった。それぞれ手がけている仕事のことを口にするうち、N病院事件のことにも話が及んだ。経緯を聞いた井上は難しい顔をした。

「それ、結論は出るのか」

由佳子はちびちびと生ビールを飲んでいた。酔いつぶれるつもりはない。自らの酒量を把握する時期は、とうに過ぎている。

「無理でしょうね」

その時期に至らない松本君は、顔を真っ赤にし、上半身を揺らしていた。

「篠原さん、なんでこんなとこで働いてるんですか」

「どういうこと」

「前はN新聞に勤めてたんですよね。西日本でも有数のブロック紙じゃないですか。俺、東海と北陸の方だけど、似たようなところの採用試験を受けたんですよ。全部で三社。一次と二次は受かったけど、面接で全部落とされました。せっかくいいところに勤められたのに、辞めちゃった由佳子さんのことが理解できないっすよ」

ジョッキに残っていた生ビールを、彼は飲み干した。唇の端から黄金色の液体が漏れ、シャツの襟を濡《ぬ》らした。

「俺だったら、なにがあっても、たとえ左遷《させん》されても、採用されたらしがみつきますね。うまく行く時期ばっかりじゃないかもしれないけど、ばりばり記事を書いて、いつか全国紙に引き抜いてもらうよう頑張ります。たとえそれが叶《かな》わなくても、ブロック紙に勤めていれば、将来は安泰じゃないですか」

「県庁、地元テレビ局、ブロック紙だな」

焼き鳥の串を、みみっちく舐《な》めながら、井上が言った。そのみっつのいずれかに勤めていれば、地方ではエリート、特権階級として扱ってもらえる。いわば小王国の貴族のようなものだ。かつて由佳子はその一員であり、恩恵をたっぷりと受けてきた。ずっとブロック紙にいたら、今のような生活の不安はなかっただろう。

「なんで辞めちゃったんですか」

「難しいことを聞くのね」

「答えてください」

彼はだいぶ酔っているようだ。ゆえに、由佳子は生ビールを追加した。みっつ。井上と、松本君と、自分の分。

「おい、松本、そのくらいにしておけ」

井上が低い声で言った。

しかし松本君は、その井上にも嚙みついた。

「井上さんは全国紙でしょう。なんで辞めちゃったんですか」

「上司と揉《も》めたのさ」

「我慢できなかったんですか」

井上は新たに運ばれてきた生ビールのジョッキを傾けた。

「そうだな。我慢できなかったな」

「なにがあったんすか」

「おまえにそれを聞く資格があるのか」

「え……」

「篠原が聞くなら、俺は答えるよ。篠原は一人前だからな。だけど、おまえはそうじゃないだろう。半人前か？　それ以下か？　どうして、いちいち俺が答えなきゃいけないんだ。松本、おまえ、他人の面倒なことを聞く資格が自分にあると思ってるのか。

だとしたら、とんでもない思い上がりだな」

「井上さん、言い過ぎですよ」

とりなそうとしたけれど、彼は応じなかった。

「おまえはなにをしたんだ。どれだけの記事をものにした。大手紙が摑《つか》めてないネタをどれだけ抜いた。社内の面倒臭いことも、噂《うわさ》で知ってるだけだろうが。それに巻き込まれて、弾《はじ》き出された経験もないおまえに、なにがわかるんだ」

答えに詰まった松本君は、ジョッキの生ビールを、ごくごくと飲んだ。そして、そのまま潰《つぶ》れてしまった。

よほど疲れていたのだろう。あるいは精神的に打ちのめされたのか。

「俺、やりすぎたかな」

井上は頭を撫《な》でつつ、尋ねてきた。最近はこれが、彼の癖になっている。髪が薄くなり、頭にも汗を掻《か》くようになったのだろう。本人は気付いてないようだけれど。

確かに言葉はきつかった。ただ間違ったことを口にしたわけではない。

「まあ、いくらかは」

「罪滅ぼしに送っていくか」

「彼の家を知ってるんですか」

まさか、と井上は言った。

「会社の仮眠室だよ」

「それなら手伝います」

「頼む」

とはいっても、実際に松本君を抱えたのは、嘉納杯経験者の井上だった。由佳子が手伝ったのは、仮眠室のベッドに、彼を寝かせるときだけだった。それはただの反射反応だったのだろう。潰れている松本君をベッドに横たえた瞬間、強引に引き寄せられた。バランスを崩し、彼の上に倒れ込んでしまった。若い男の匂《にお》いに、濃密に包まれる。もし松本君がキスを求めてきたら、ごつごつした体で押さえつけられたら、わたしは拒むことができるだろうか。

取材した相手の言葉が、不意に思い浮かんだ。おへその奥の、下辺り。そんな言葉を使った女性だ。彼女は言っていたっけ。そこがぐるんと動くんです、と。わたしには動くのがわかるんです、と。我慢できないんです、と。

たっぷりの精気を漂わせている若い男を見ながら、由佳子は自分のお腹《なか》に両手を置いた。おへその奥の、下辺り。いつか、ここを満たすのだろうか。ぐるんと動くときが来るのだろうか。彼女の問いが突然、生々しさを備え、迫ってきた。ようやく由佳子は実感した。わたしは女だ。子供を産める存在なんだ。

「松本、どうした」

後ろめたさを抱えたまま、由佳子は仮眠室を出た。

「寝ちゃいました」

「まあ昼まで起きないだろう。俺は帰るよ。篠原はどうするんだ」

「もちろん帰りますよ。旦那とネコが待ってますから」

「律儀《りちぎ》なんだな」

「井上さんこそ。若い愛妻が待ってるんでしょう」

からかうような口調で由佳子は言った。こんな風貌《ふうぼう》のくせに、彼はまだ新婚なのだ。十も若い彼女は、とても可愛《かわい》く、料理上手らしい。井上はＪＲで、由佳子は私鉄だった。さっさと別れたあと、人気のない地下道を歩いた。どんなに無視しようとしても、体の疼《うず》きは消えなかった。松本君の……いや男の匂いを思い出すたび、体が熱くなった。満たされたいのだ。満たしたいのだ。心のどこかに、そんな自分がいることを、由佳子は否定しきれなかった。

取材した女性と、わたしに、どれほどの違いがあるのだろうか。

明け方、家に帰ったところ、シロが出迎えてくれた。治療のおかげでだいぶ良くなり、専用の療養食を与えなければいけないものの、それ以外は普通に暮らせるようになった。

「よしよし」

頭を撫でると、シロは一度だけ鳴き、奥の方へと歩いていった。一方、良人《おっと》は仕事中だった。パソコンに向かい、なにやら資料を調べつつ、原稿を書いていた。ただいまと言うと、お帰りと返してくれた。忙しいらしく、キーボードを叩《たた》いたままだ。由佳子は部屋の片隅に置かれているソファベッドに腰かけた。忙しいとき、良人が仮眠を取るところだ。

「ずっと仕事だったのか」

画面に向かったまま、良人が、哲也が尋ねてきた。

「最後は始発待ちで居酒屋。井上と、新人君と」

「お疲れさま」

「なんとか食い扶持《ぶち》を稼いできたわ」

「俺だって頑張ってるぞ」

良人は陽気に笑った。

「実は長いのが入ったんだ」

「え、単行本？」

「順調にいけばな。連載後にそうなる。まあ、今は口約束の段階だけど。こういうのは不確定だからさ」

「連載を取れたんだ。すごいじゃないの」

「おまえにだけ迷惑をかけるわけにはいかないだろう。俺も頑張るよ」

じん、とした。明け方に酔って帰ってきた妻のことを責めもせず、こんな言葉をくれる。確かに稼ぎは少ないけれど、自分はなんと素晴らしい伴侶《はんりょ》を得たのだろう。湧《わ》き上がる気持ちを抑えきれず、由佳子は立ち上がると、良人の背中を抱きしめた。体と体をぴったりくっつけた。

「なんだよ」

「ちょっとだけこうしてる」

「どうぞどうぞ。好きなだけ」

哲也は軽口を叩いた。

ねえ、と甘えた声で尋ねてみる。

「こうしてても邪魔にならないの」

「大丈夫。とてもいい気分だよ。原稿が進むね」

こんなふうに抱きしめられたら、自分はとてもキーボードを叩くことなんてできないだろう。男という生き物は不思議なものだと思う。良人の手は、由佳子にはとうてい真似《まね》できないスピードで、文字を紡《つむ》ぎ出していた。いくつかの思考をパラレルに走らせることができるのだ。うらやましくもあるし、悔しくもある。

「ああ、でも、そろそろ限界かな」

「え、なに」

「こういうこと」

いきなり抱え上げられ、さっきまで由佳子が座っていたソファベッドに連れていかれた。それからしばらくして、由佳子は、良人の裸の胸に顔を押しつけたまま、眠りに落ちていた。安らかで、満たされた眠りだった。

とても、とても、長い一日が、そうして終わった。

三章

停泊地

縋《すが》るような思いで、電話を手に取った。

「黒田ミカコ出産総合研究所です」

すぐに相手が出て、そう告げる。もちろん本人ではなく、受付の人間だろう。声が若い。二十代の、初めくらいか。ただ、黒田ミカコの名前と、出産という言葉を聞いただけで、都築《つづき》理恵《りえ》はすでに目頭を押さえていた。ここに至るまで、どれだけの道を……無駄な道をさまよったのだろうか。それらが一気に押し寄せてきた。

「ご相談したいことがあるんです」

「ええ、どうぞ」

「子供のことなんですが」

受付嬢は優しく待ってくれた。理恵は言葉を継いだ。

「できないんです」

「そうですか。お辛《つら》かったでしょう」

「はい」

「ぜひ、こちらにいらしてください。黒田がご相談に乗らせていただきます」

営業用の言葉と捉《とら》える余裕は、もはや理恵になかった。優しさと、ぬくもりだけを感じた。実際、いくつもの病院に通ったが、相手からこういう言葉をかけてもらったことは一度もなかったではないか。

もう我慢できなかった。両目から熱いものがこぼれた。


まず最初に行ったのは市立病院だった。三、四年前だけれど、病院の壁や、掲示板に貼《は》られていたポスター、スリッパの褪《あ》せた緑まで、記憶に残っている。よほど緊張していたのだろう。光景がすべて焼き付いてしまっていた。ところが、いざ検査を受け、医者と対面したら拍子抜けしてしまった。

あのころはまだ、理恵も若かった。

「わたし、大丈夫なんですか」

夫に黙ったまま、病院に通うことを、後ろめたく感じるほどだった。

今はもう慣れてしまったけれど。

理恵が持参した基礎体温表を、年配の医者は確認した。

「問題ないように思えますがねえ。いやいや、順調な方でしょう。低温期と高温期がはっきりしてるんで、傾向としては悪くない。高温期への移行が緩やかだけど、十日前後持続している以上、まあ気にすることはないんじゃないかな」

「でも体温陥没期がないんです」

「誰でもあるわけじゃないから、それ」

「わたし、どうすればいいんでしょう」

実のところ、それがもっとも口にしたかった言葉だった。

答えが欲しかった。

「まあ続けるしかありませんな」

「はあ」

「この調子で行くことです」

医者は哲学者の言葉を引き、込められた意を語った。最初はどこに話が行くのかわからず戸惑ったものの、傍らの看護師の様子で、すぐに悟った。彼はいつも、同じ話をしているのだろう。努力すれば報われる。努力を放棄したものは神から見放される。安心したけれど、物足りなくもあった。理恵が欲していたのは、答えそのものだった。

「わたし、妊娠できますか」

最後に尋ねた。

医者は困ったような顔をしたあと、ぼそりと言った。

「あのね、奥さんだけが抱え込まず、ご夫妻で努力してください」

はぐらかされたのか、本質を突かれたのか。考え過ぎだと悟りつつ、いろんな意味を見つけようとしていた。

努力、か。

支払いを済ませたあと、ハンドバッグを提げ、ぶらぶらと川沿いの道を歩いた。病院に行くのには、かなりの勇気が必要だった。子供が欲しいと思い始めたのは一年近く前で、それは突然、やってきた。まるで流行病のようだった。そう、理恵は感染したのだ。

町で子供を見かけると、つい笑うようになったし、ベビーカーに収まった赤ちゃんをこっそり眺めた。それまでは子供の姿を見るたび苛々《いらいら》していたので、なにより理恵自身が、自らの変化に戸惑った。自分はいったい、どうしてしまったのだろう。この変化はなんなのか。生き物として、そういう時期に達したのかもしれない。自らの血を繋《つな》ぎたいという気持ちは、自然なことだ。仕事やら、お金やら、社会的な生活を送っていると見過ごしがちなことだけれど、人とて生き物なのだ。その軛《くびき》から完全に逃れられるわけではない。

思い当たることはいくつかあった。

夫の洋平が昇進したので生活の不安がなくなった。

三十代に至ったせいか、社会的なことに興味を持つようになったし、若くないと感じることが増えた。

自らを社会の一員と感じ、少しでもよきものにしたいと思い始めた。

どれもこれも、ほんの数年前までの理恵なら考えられないことばかりだった。かつては、もう少し、お気楽に生きていた。自分のことしか考えない日々だった。いつだったか、酔った際に、深く考えもせず、言ったことがある。

「最近、ひどいことばかり起きるじゃないの。嫌な事件とか。誰もが自分勝手に生きてるだけよ。こんな社会で子供を産むなんて、むしろ無責任なんじゃないかしら。子供を地獄に放り込むようなもんでしょう」

深く考えていなかった。ただ聞いたようなことを口にしただけだった。

相手も同様だったのだろう。

「そうよね。こんな社会で子供なんか作れないわ」

「むしろ無責任よ」

「子供がかわいそうだわ」

今になって思い出すと、恥ずかしくなる。自分はどうしようもなく幼なかった。言葉のすべては傍観者のそれで、自らが社会をよくしていこうという思いは欠片《かけら》もない。ただ文句を言っているだけの子供だ。

社会が悪い。世界が悪い。大人が悪い。

かつてはそう言っていればよかった。しかし今の理恵は違う。自らが社会の一員であり、世界に関わっている存在だと実感できる。果たすべき役割を、誰かに押しつけることなどできない。自分がまず行動しなければ。ただ世を嘆き、文句だけを並べるのは、あまりに無責任だ。

要するに、理恵は大人になったのだろう。

地域活動に参加するようになったし、ボランティアにも協力した。大人として、女として、最大の社会貢献は子供を産むことなのではないだろうかと思うようになった。やがて基礎体温表をつけるようになり、いけそうな日は、洋平を誘った。案外単純な彼は、理恵が甘えた声を出すと、たいてい願いを叶《かな》えてくれた。翌日、上機嫌で出社する夫を見送るとき、理恵はわずかな罪悪感を抱いた。欲していたのは彼なのか。子供なのか。かつて働いていたころ、畑と種と表した上司がいた。わたしが畑ならば、彼は種だ。そう、畑が種を欲した。豊かな実りを。

夫を見送ったあと、理恵はお腹《なか》に両手を置いた。

授かりますように――。

ただ願った。その思いこそが贖罪《しょくざい》だった。

自分は夫を欺《あざむ》いているのかもしれないけれど、子供ができれば洋平だって喜ぶだろう。子供を持つのか、持たないのか。そういう話をしたことはほとんどなかった。洋平と理恵は同い年だ。とはいえ、男と女では、年の重ね方が違う。子供を持ちたいという切実な思いは、夫にはまだないようだった。昇進し、大きなプロジェクトを任されたばかりなので、仕事に夢中だ。

「革新的な技術なんだ。うまく軌道に乗れば、歴史を変えられる」

誇らしげに夫は語り、家でも図面を広げた。専業主婦である理恵は、そんなことよりも、まず家庭を大切にして欲しかった。いくつかの記念日がなおざりになっていたし、外食の約束も果たされないままだ。どんなに念押ししても、いざその日になると、なんらかの用事が舞い込んでくるのだ。

「ああ、はい。わかりました。行きますよ。いえ、大丈夫です」

電話口で話す夫を、何度見たことか。

それでも謝ってくれるだけ、洋平はマシなのだと思う。

「悪いな。本当にごめん。仕事なんだ」

「仕事じゃ仕方ないわ」

「すまん。いつか埋め合わせはするから」

いつかなどない。わかっていたけれど、理恵はただ頷《うなず》いた。のんびり専業主婦をやっていられるのは、洋平が稼いでくれるからだ。同じ大学出身の上司が目をかけてくれているおかげで、順調に出世している。年収は悪くない。いや、かなりいい。びっくりするほどだ。福利厚生も素晴らしく、その充実ぶりに驚いた。東京二十三区内の、分譲型の賃貸物件を借りているけれど、払っている家賃は半分弱だ。家賃補助のおかげだった。社内預金制度を利用すると、市中銀行より、一パーセントは高い利率を得られる。景勝地に保養所がいくつもあり、格安で利用できた。財閥系ゆえの特権だろう。ある種の貴族だ。夫はしかし、それらを当たり前だと思っていた。他の会社で働いたことがないのだから仕方ない。そもそもの基準が違うのだ。

理恵自身に不満はなかった。

外でばりばり働くタイプではないし、野心も持っていない。社会的な成功よりも、家庭を大切にしたかった。たとえば、季節ごとに、玄関のディスプレイを変えている。春には花を、夏には青葉を、秋にはススキを、冬には南天の赤を。たまには夫も気付いてくれた。

しっかりした妻でありたかった。母でありたかった。

日常の買い物の際、雑誌が置かれているコーナーに行く。つい手が伸びるのは料理雑誌だけれど、その近くには育児雑誌があった。それらも細分化が進んで、旧来のものがある一方で、『働くママのために』と書かれているものがあった。いくらかの反感……いや違和感を抱きつつ、読んでみたことがある。

バラ色だった。

彼女たちは立派な会社で、素晴らしい仕事をし、都心の高層マンションに住み、子供をもうけ、優雅に暮らしていた。子供のお稽古《けいこ》ごとはバレエ、ピアノ、バイオリン。そんな人はほんの一部だろう。たまたま才能と運に恵まれただけだ。うらやんでも仕方ないと悟りつつ、理恵は雑誌を荒っぽく棚に戻した。角が少し折れてしまったけれど、そのままにした。

こんな雑誌、誰が買うのよ。虚飾の宴じゃない。

ただ、心の底では、わかっている。

上を見ればきりがない。下もまた、そうだ。

自分は十分に恵まれている。

満足すべきだ。

望みすぎるのは罪だろうか。求めすぎるのは間違いだろうか。立派な夫を得て、さらに子供を欲するのはおかしいのだろうか。


夫の検査に踏み出したのは、理恵が三十六歳の時だった。それまでの一年間は、理恵自身の努力に徹していた。

さすがに抵抗があったのか、洋平はためらった。

「お願い」

「いや、でも」

「なに」

「俺の検査ってさ、要するにさ」

洋平はそこで言葉を切った。察してくれという目をしていた。察するもなにも、まさしくそれを理恵は要求しているのだ。

夫の、いや男のプライドを考えれば、確かにためらうだろう。

この点に関しては、手間こそかかるものの、女性の方が心理的障壁が少ないかもしれない。ほとんどのことは、自分でできるからだ。ちゃんと体温をつけ、グラフにしていけば、自分が排卵しているかどうかわかる。排卵さえしていれば、妊娠は可能ということだ。夫に精神的苦痛を強いる以上、理恵もまた、改めて検査を行った。卵管閉塞《へいそく》、卵管癒着、子宮内膜症、子宮筋腫《きんしゅ》、多嚢胞性卵巣症候群《たのうほうせいらんそうこうぐん》、高プロラクチン血症、不育症――。いろんな病気の可能性を考え、覚悟もした。ふたつの病院に通い、それぞれから、問題ないという言葉をもらった。

わたしは産める。産めるんだ。

検査には辛《つら》いものがあったし、痛みに耐えなければいけないこともあった。いささか屈辱的な思いもした。ただ子供を産むためだと思えば我慢できた。通過すべき儀礼だ。こちらの問題をすべてクリアしてからでなければ、夫にはとても切り出せなかった。

夫を説得できたのは、そのおかげだろう。ともに産婦人科の門をくぐった。

「どうぞ」

案内してくれたのは若い看護師で、薄いピンクの制服を身につけていた。少しスカートが短い気もするけれど、それは彼女の背が高いからだ。派手な顔をしており、美人といってもいい。夫は何度も頭を下げた。どうも。すみません。いえ。ありがとうございます。いつもより多弁だ。少し引っかかったけれど、病院に来てくれたことだけでも感謝した。神経質になっているのは自分自身の方だ。

通されたのは小さな部屋だった。

「あの、どうすればいいんだ」

洋平が尋ねてくる。途方に暮れた顔。わかっているはずだけれど、改めて確かめたいということか。

そこでふと、理恵は気付いた。なぜ自分もここに通されているのだろう。一定の貢献……いや役割……協力……どの言葉にも違和感があるものの、それを期待されてのことなのか。もしかすると、深い考えなど、病院側にはないのかもしれない。ふたりで訪れたから、ふたりでここに通されたのか。

考えは巡るものの、答えはわからなかった。

「どうしようか」

理恵は腕を組んだ。夫はベッドに腰かけている。

「ええと、あれだろ」

「うん」

「ちょっと厳しいよな」

夫はあえて笑ってくれた。この場の緊張というか、違和感をいくらかでも和らげようとしたのだろう。

女性誌なんかを見てると、女の方が空気を読めると書かれていることが多い。男は硬直的で、自尊心が高く、ただ主張を繰り返すだけだと。そんな記事に接したとき、頷くことが多かったけれど、考えを改めた。

思いのまま夫を連れてきた自分に、余裕はなかった。周りが見えていない。

しかし夫は、そんな状況でも、笑うことができるのだ。

理恵もまた同じように笑ってみようとしたものの、うまくできたかどうかわからなかった。唇の端が引きつっただけという気もする。

改めて見まわすと、ひどく実利的な場所だった。広さは三畳ほどで、奥にベッドが置かれ、入り口の脇《わき》に棚がある。そこに積まれているのは、セクシャルな雑誌だった。表紙はいかにもという感じだ。若い女性が足を広げ、赤い唇に指を置いている。下着は赤だ。レースがたっぷりなので、アンダーヘアがかすかに見えた。女性は瘦《や》せているものの、胸は不自然なほど大きく、唇は肉感的だった。とろんとした視線は、誘っているのか。理恵は目を背けたくなったけれど、むしろ凝視した。こういうタイプ、格好が、男の性欲を刺激するのだ。

考えだけがどんどん先走る。夫の洋平を信じてはいるものの、彼もまた男だ。

「手伝おうか」

妻としての意地が、そう言わせたのか。

手伝う？ なにを？

ひどく醜悪な言葉だが、他の表現が見当たらない。

ああ、うん、と夫は頷いた。

「頼む」

あっさり頷いてくれたことで、むしろ理恵はほっとした。席を外してくれと言われたら、どうだったろうか。夫はあの雑誌を手に取ったかもしれない。理恵はたぶん、傷ついた。仕方ないと知りつつ。自分の身に置き換えてみればわかることだ。マスターベーションを見られる……いや、してると知られるのは、とても恥ずかしい。だったら、いっそ、パートナーに協力してもらう方がいいに決まっている。行為を共有できる。

賢明な夫だ。これが一番の方法だと、最初から悟っていたのではないか。

「待ってね」

夫に近づくと、理恵はズボンのボタンに手を置いた。事務的に進めては、夫を萎《な》えさせるかもしれない。

それは困る。

実際、理恵自身も、恥ずかしかった。頰が染まる。

「照れるわね」

「まあな」

「大丈夫かしら」

「俺？　おまえ？」

「両方」

互いに笑った。そうして緊張を和らげた。ズボンのボタンを外し、ジッパーをゆっくりと下げていく。ジジ、ジジ、ジジ――。演出しているつもりだったけれど、理恵もまた鼓動が速くなっていた。外にはたくさんの人がいる。なにをしてるか、みんな知っているはずだ。醒《さ》める人もいるだろう。しかし理恵も、洋平も、そこまで繊細な人間ではなかった。

「じゃあ」

「うん」

最後の言葉は少なかった。時間もかからなかった。

「あのさ」

「そこの容器、取ってくれないか」

「うん」

頷いたものの、すぐには動けなかった。どうしようもない。こんなことをして、平気でいろという方が無理だ。

理恵もまた、女なのだ。生き物だ。

「早く」

急《せ》かされ、ようやく手を伸ばした。サイドテーブルにある容器はプラスチック製で、細かな目盛りがついている。多ければ多いほどいいのか。はっきりとはわからない。少ないよりはいいのだろう。だから理恵は焦《じ》らした。結婚してから七年。恋人時代を含めれば九年。傾向はわかっている。

そこでふと、疑念がよぎった。

案内してくれた看護師は、若い女性だった。派手な顔つきで、化粧もばっちり。制服のスカートは少し短かったように思える。もし自分がここにいなかったら、夫は彼女のことを思い浮かべたのではないか。下らない。つまらない。邪推だ。わかっている。なのに気持ちは収まらない。理恵の動きは、いつか激しくなっていた。

おい、と夫が告げる。

「もうそろそろ」

「うん」

しかし、やめない。

「おい」

「うん」

「理恵」

「うん」

「だから」

「うん」

夫はぎりぎりまで我慢したらしい。

さらに恥ずかしいことをしなければいけなかった。容器を、例の看護師に渡した。お疲れ様でしたと言われた。ベッドに座った夫はぼんやりしていた。理恵はひたすら愛想笑いを浮かべた。ここでなにがあったのか、彼女は当然、知っている。現物が目の前にあるし、そうでなくても、なにしろ狭い個室だ。匂《にお》いでわかる。

「少々、お待ちください」

容器を手にした彼女は言った。微笑《ほほえ》んでいた。営業スマイルなのか。

「すぐわかるんですか」

「いえ、数日後になると思います」

営業スマイルは張り付いている。

理恵は頭を下げた。

「お願いします」

去っていく彼女は、ちゃんとドアを閉めてくれた。払うであろう金額を考えると、当然だと思うけれど、感謝と苛立《いらだ》ちが交錯する。夫の態度も気になった。何度か彼女をこっそり見たような気がする。それがなによと強がる。男が美人に目を奪われるのは仕方ないじゃないの。妻はわたし、わたしなの。いろんなことが、まったく脈絡なく浮かぶ。

こちらの希望を叶《かな》えてくれた夫のそばに行こうとして、理恵は戸惑った。

実におかしな話だ。無理矢理連れてきたのは自分で、夫は従っただけだ。それも渋々だった。男である洋平にとっては、決して楽しいことではなかっただろう。感謝こそすれ、拒否感を抱くなんて間違ってる。

なのに体は動かない。

もし彼が、その瞬間に、看護師のことを思い浮かべていたら？　ここにいるわたし、妻であるわたし、実際に協力したわたしではなかったら？

割り切れない一方で、割り切っている自分もいた。

そんなものだ。

たとえ、どんな経緯があったにせよ、看護師のスカートが短かったにせよ、とにかく目的は達した。上出来ではないか。

夫の隣に腰かけた。

ズボンはもちろん上げている。普通の様子だ。

「煙草《たばこ》」

「え――」

「吸いたいな」

ヘビースモーカーだった夫が禁煙をしたのは、もう五年も前だ。今さら言い出すなんて、まったくの予想外だった。

「今すぐ買ってこようか」

いや、と夫は呟《つぶや》いた。

「そんな気がしただけだよ」


言われた通り、その日はすぐに帰された。しばらく、家の中は、変な感じだった。夫はよそよそしいし、こちらも似たような態度を取ってしまう。それでもさすがに長い付き合いだ。籍を入れて七年、付き合い始めて九年。これだけ長く続いた相手は、理恵にとって、初めてだった。おそらく洋平も同じだろう。その、積み重ねてきた時間が、すべてを解決してくれた。三日目には、いつも通りの日々が訪れた。

「はい、お弁当」

「ありがとう」

毎日のことなのに、優しい夫はいつも、礼を言ってくれる。大きなプロジェクトで成果を上げた彼は、実績を買われ、もっと大きな仕事を任された。役職はそのままだが、部下が何人か増えたらしい。ボーナスも増額された。

なにもかも順調だ。

理恵は自らを、中途半端《はんぱ》だと感じていた。高校は中くらい。大学も中くらい。就職先はいちおう上場しているとはいえ、東証二部だった。そんな彼女にとって、常に成功を収めてきた夫は、ただそれだけで尊敬できる相手だった。なにより誠実で、優しく、真面目《まじめ》だ。

「検査結果が出るのはいつだっけ」

お弁当を鞄《かばん》に入れた夫が尋ねてきた。そこそこの収入がある彼は、店でランチを摂《と》ってもいいはずだ。昼食代はお小遣いに含まれている。夫に恥を搔《か》かせたくないので、それなりの額を渡していた。

「明後日《あさって》よ。平日だから、わたしが行ってくるわ」

「俺も行きたいな」

気持ちはわかったけれど、どうしようもなかった。

「土日は病院も休みなの」

「有給を取ればいいだろう」

「そうね」

実際、この前の検査の時は、有給を取ってもらった。

「取れそうな日はあるかしら」

「調べてみるよ」

おそらく無理だろう。会社からは、年に二週間ほどの有給を与えられているが、消化できたことは一度もない。

この前、取ったばかりなのだから、なおさらだ。

夫に無理をさせたくなかった。結果を彼が知りたいと思うのは当然だけれど、だからといって有給を強引に取り、夫に、会社に、負担をかけたくない。

理恵はとっさに浮かんだことを口にした。

「お弁当、邪魔じゃないかしら」

「え、なんで」

「ほら、パワーランチって言い方があるでしょう。ランチをしながら、先方と打ち合わせるっていうか」

「そんなことを気にしてたのか」

「ちょっとだけ」

夫は優しく笑った。

「うちの営業所は僻地《へきち》なんだよ。川崎と横浜のあいだで、建物ばかりでかいものだから、周りにはなにもないんだ。社食はあるし、安いけど、油物が多くて参る。おまえの弁当が一番だよ。煮物とかたっぷり入ってるだろう」

「栄養のバランスは気を付けてるわ」

「ありがたいよ」

夫が顔を寄せてきた。自然と理恵は顔を上げた。ずっと繰り返してきたことなので、自然と体が動いている。

唇と唇が重なった。

よその家庭はわからない。知りようもない。ただ、結婚して七年、朝のキスを欠かしたことはなかった。なんという幸福だろうか。唇を合わせている瞬間は、すべてが消え失《う》せる。抱擁よりも、セックスよりも、理恵はキスを好んだ。そうして唇を合わせているうち、体の芯《しん》が疼《うず》いた。彼の子供を産みたい。体に宿したい。洋平の血を引いているならば、それだけで子供を大切に思えるだろう。愛する男の子供を得たいというのは、どうしようもない欲望、思いだった。

血は、思いは、確かに繋《つな》がっていくのだ。

「問題はありませんね」

診察結果は理恵だけで聞きにいった。洋平はやはり休みを取れなかった。とても具体的な数字が印刷された紙を渡された。量、濃度、運動率、形態が正常であるかどうか、生存率――。

「あとはタイミングですよ」

夜、夫に数字の内容を説明した。ほっとしていたのは、理恵ではなく、むしろ洋平の方だった。それまで、さんざん、脅していたせいだろうか。

不妊の半分近くは、男性の側に原因がある。ある調査では、女性側に原因がある不妊は五十二パーセントで、男性側が四十八パーセントだ。統計の誤差を考えると、ほぼ同じといっていいだろう。そのことを、多くの男性は認めたがらない。彼らはセックスさえできれば、自らに生殖能力があると思ってしまう。しかし、実際には、そこまで単純ではないのだった。どんなに体を重ねても、男性の側に問題があれば、子供は授からない。当たり前のことだった。

洋平も、自分も、まったく問題はない。

となれば、あとは時間だけだ。

適切なタイミングで、適切な行為を重ねれば、自然と授かる。確信があったわけではない。むしろ願いだった。

そうあって欲しいという思いだ。


一年が過ぎた。

夫は大丈夫だと言った。

二年が過ぎた。

夫はまだまだと言った。

三年が過ぎた。

夫はただ、黙り込んだ。


理恵は三十九になった。

「ごめんなさい」

謝ったのはいつだったろうか。

正月だったか。

お節《せち》を食べていた。

「え、なにが」

悟りつつ、夫は呑気《のんき》な顔をしてくれた。

それが嬉《うれ》しく、また辛《つら》かった。

「あなたの子供を産んであげられなくて」

「気にするな」

「うん」

夫は栗《くり》きんとんを口に運び、黒豆を食べ、それからカニに手を伸ばした。苦労しつつ、身をほじっている。

「おまえとふたりきりでもいいじゃないか。そうだろう」

「うん」

「実際、俺はなんの不満もないよ。おまえにはすごく感謝してるし、毎日が楽しいし、これ以上望むのは身の程知らずってもんだ。俺もおまえも努力して、それで今のままなら、神様の意志って奴《やつ》だよ」

「うん」

ただ頷《うなず》くことしかできない。下手に動けば、いろんなものが溢《あふ》れそうだった。夫は気付かぬ素振りをして、うまいうまいとカニを食べていた。

「理恵」

「なに」

「十分だよ」

「どういうこと」

「おまえを得ただけで、俺は十分だ」

夫は擦り切れたセーターを着ていた。羽織っているのは実家から持ってきた和服で、ものはいいのだろうけれど、虫食いがひどい。普段の防寒着にちょうどいいというわけだ。虫食いに気付かなければ、それなりに品良く見える。

「うん」

理恵は頷いた。涙がこぼれた。だから思った。

この人の子供を産みたいと。

調べてみれば、いろんな手があった。排卵誘発剤の使用。卵子を取り出し、体外受精した上で、体に戻す。ただ、いずれにしても、夫に断りなく、進められることではなかった。彼は自然な妊娠を望んでいる。急《せ》かせば、むしろ醒《さ》めるだろう。理恵はだから、自らの体調を整えることに集中した。日々の食事にも気を遣った。

いつか、いつか、授かる。

最後に頼ったのは、黒田ミカコという名前だった。四十歳を過ぎた著名人が、彼女のコーディネートによって、子供を得ていた。体験をそのまま、本にした人もいた。理恵はそれらを貪《むさぼ》り読んだ。

自分はまだ産める。終わりではない。洋平の血を繋げられる。

電車を乗り継ぎ、いざ訪ねてみると、そこにあったのは普通の住宅だった。南欧風の趣だが、格別豪奢《ごうしゃ》でもなければ、大きな看板を掲げているわけでもない。玄関の脇《わき》に真鍮《しんちゅう》製のプレートがあって、地味に『黒田ミカコ出産総合研究所』と刻まれているだけだった。

受付を済ませたあと、いろんな検査があるのかと思ったら、すぐに名前を呼ばれた。通された個室には、あの有名な女性が、穏やかな顔で腰かけていた。確か自分より年上のはずだけれど、とても若々しく、エネルギーに満ちていた。どうぞと席を勧められ、これまでのことを尋ねられた。

言葉は自然に溢れた。

どれだけ話し続けたのだろうか。言葉は次から次へと湧《わ》いてきて、留めることができなかった。さすがに迷惑かと思い、ためらいもしたけれど、顔を上げると黒田さんは穏やかな顔をしていた。どうぞと先を促してくれた。

思うままに、理恵は訴えた。

「都築さんはしっかり努力をなされていると思いますよ」

やがて黒田さんは頷いた。

「お辛いこともあったでしょう。よく来てくださいましたね」

「わたし、どうすればいいんでしょうか」

「続けることです。都築さんはすでに、十分に頑張ってらっしゃるんですから」

「あとは運なんでしょうか」

「そうとも言えますが、運というのは必ず巡ってくるものなんです。実際に関わっている人間が諦《あきら》めず、日々の努力を重ねていれば、届かないことはまずありません」

「では――」

「大丈夫ですよ」

黒田さんは微笑《ほほえ》み、ゆっくりと頷いた。そのあとの行動に、理恵はびっくりした。黒田さんは両手を伸ばし、理恵の手を包んでくれたのだ。とても温かかった。その瞬間、理恵の両目から、熱いものが溢れ出た。ここに来るまで、いったいどれだけの時間と手間を要しただろうか。市立病院、駅前の産婦人科をいくつか、隣町の新しい病院にも行った。そのたびに、同じような検査を繰り返された。思い出したくもないことばかりだ。屈辱的な思いもしたし、痛みに耐えなければいけないことも多かった。

医者の心ない一言に傷つきもした。

「ああ、三十八歳ですか」

ぽつりと漏らしたのは誰だったか。

「なかなかねえ」

ショックだった。

理恵も馬鹿《ばか》ではない。それなりの教育を受け、社会で揉《も》まれ、理不尽な思いをし、セクハラ紛《まが》いの行為を笑ってやり過ごすことを覚え、大人になった。たまたま専業主婦に収まったけれど、それは夫が望んだからで、決して理恵自身が甘えたわけではなかった。

しかし……しかし、だ……。

子供を得るという思いに関しては、どんな難交渉よりも、心を振りまわされた。右へ、左へ。上へ、下へ。上った直後、叩《たた》き落とされることもあった。それはまるで嵐《あらし》のようだった。

ここならば大丈夫だ。ようやく停泊地を得たと思った。

ここで駄目ならば、諦められる。

「一緒に頑張りましょう」

「はい」

「わたしもお手伝いします」

ただ涙した。温かい手に握られながら。縋《すが》った。

漂泊地

目覚まし時計が鳴り続けている。何度かスヌーズボタンを押し、さすがにまずいと思ったころ、都築洋平は体を起こした。カーテンの隙間《すきま》から漏れる光は白々としており、寝不足の目に染みる。理恵の姿はなかった。先に起きて、食事の準備をしてくれているのだろう。結婚して十年、今年中には十一年になる。家庭に入った彼女は、よくやってくれていると思う。立派な妻だ。賢い女を選んだと誇りに思ったこともあった。いや、その思いはまだ、変わらないのだが。

パジャマのまま、居間に入ったところで、悪い予感がした。

「今日か明日、早く帰ってこられる?」

理恵に尋ねられた。ああ、いきなり的中だ。

婦人体温計を覗《のぞ》き込んでいる妻は、ひどく真剣な顔で、緊張感がぴりぴりと伝わってくる。自動でデータ処理してくれる高級機種だが、彼女はノートに数字をわざわざ書き写していた。几帳面《きちょうめん》な数字が並び、グラフも手書きだ。そうしている理由は、以前に聞いている。

黒田さんに勧められたから——。

この半年ほど、妻の口からは同じ名前が何度も漏れた。やがて洋平は問うことをためらうようになった。その名前を聞きたくなかったからだ。焦《あせ》っているのは知っていたが、黒田とかいう女に会って以来、妻はすっかり変わってしまった。

理恵がじっと見てきた。

先ほどの返事を待っているのだろう。ざわりとした違和感を背中に覚えつつ、洋平はどうかなと曖昧《あいまい》に応《こた》えた。会社に行って、確認しないと。

視線を逸《そ》らすため、壁の時計を確かめた。午前六時十七分。六時間近く眠れたから、マシな方だ。すぐに準備をし、駅に向かえば、七時十七分の準急に間に合うだろう。さっさと食事を胃に収めようとしたところで、ようやく気付いた。テーブルの上にはご飯もパンもなかった。

真剣な顔の、妻の姿だけだ。そして婦人体温計。一冊のノート。

「あれ、食事は？」

ようやく理恵も気付いたらしい。

「ごめんなさい。まだなの」

慌《あわ》てて立ち上がり、キッチンに走っていく。流行《はや》りのオープンタイプなので、妻の慌てる様子が丸見えだった。

早口で彼女は言った。

「昨日の残りでいいかしら」

「ああ」

頷《うなず》き、洋平は洗面所に向かった。まず顔を洗って、着替えてしまおう。食べ終えてから着替えるのがいつものことだが、そんなことをしていては準急を逃してしまう。鏡に映った自分がため息を吐《つ》いた。成り行きがすべて、想像できたからだ。妻はおそらく、起きてすぐ基礎体温を測ったのだろう。そうしたら、望む数字が出た。慌ててノートを引っ張り出し、数字を記入し、グラフのラインを伸ばした。彼女にとっては最優先だ。夫の朝食の準備よりも。そうこうしているうちに、洋平が起きてきたというわけだ。

ネクタイまで締めてから、テーブルに向かった。

「いただきます」

昨日の残りのハンバーグ、それに野菜のソテー。ご飯と、味噌汁《みそしる》。洋平も三十九歳になり、朝から肉はきつくなってきた。ソテーはしっかりバターが効いていて、夕飯ならばおいしいのだろうが、今はくどく感じる。

そんなことを言える雰囲気ではなかった。理恵はまた、婦人体温計を見ている。

「ねえ、洋平」

「なんだ」

聞かれることはわかっている。味噌汁を啜《すす》った。

「今日か明日だけでいいの」

やはり、さっきの繰り返しだ。

「努力してみるけど、スケジュール次第だから」

「チャンスかもしれないの」

ハンバーグをすべて食べるのは諦め、ご飯と味噌汁、それに漬け物に箸《はし》を伸ばした。そろそろ、こういうもの中心の食事に変えるべきかもしれない。

いつまでも若くはない。油がきつくなってくるころだ。

「こんなサイン、なかなかないの。逃したくないわ」

「俺の一存でどうにかなることじゃないから、会社で確かめてみるよ。打ち合わせとか食事が入ってなければ、できるだけ早く帰ってくる」

「お願い」

「わかった」

「もしお酒の席があっても飲まないでね」

心の中では、そんなに簡単じゃないんだぞと愚痴っていた。洋平は去年の冬、課長になったばかりだ。一部署を任された。もし酒席があれば乾杯の音頭を取ることもあるし、取引先が注いでくれるビールを断るわけにはいかない。

なぜ妻がこんなことを求めてくるのかはわかっていた。

きっと低温期が終わりかかっているのだろう。あるいは、例のタイオンカンボツキとやらが現れたのかもしれない。

すっかり食欲が萎《な》え、洋平は早めに箸を置いた。

「ごちそうさま」

十七分の準急には間に合いそうだった。

満員電車に揺られながら、妻がつけているグラフのことを思い出した。わざわざ鉛筆で数字を書き込み、定規でラインを引いている。黒田ミカコという女のことをよく知らなかったころ、洋平は言ってみたことがあった。

「エクセルを使えばいいじゃないか」

理恵も社会人経験がある。ワープロや表計算など、簡単なビジネスソフトくらい使いこなすことはできた。

リビングにはインターネット用も兼ねて、ノートパソコンが置かれている。

「手で書いた方がいいって言われたの」

「誰に?」

「黒田さん」

あのころはまだ、友達かなにかだと思っていた。

「ソフトでやれば、データをしっかり管理できるんじゃないか。グラフなんか自動で起こしてくれるし、予測データや、過去データだって簡単に呼び出せる。紙のデータやグラフが必要なら、印刷すればいい」

「心を込めて、一筆一筆が大切なんですって」

「書くことに意味があるのか」

「パソコンでのデータ管理は便利だけど、味気ないでしょう」

「なるほどな」

受験勉強でも英単語をパソコンで打ったりはしないだろう。ノートに繰り返し、ペンを走らせるはずだ。子供がいない洋平には、今の受験勉強がどうなっているのかわからなかったが、そういう基本的なことは変わらないに違いない。

「書いていくことで、自分の体に言い聞かせることができるらしいわ」

「それで、どうなんだ。実感はあるのか」

「ある気がする」

しっかり頷かれると、洋平も納得するしかなかった。女の体は、男よりも、いろんな影響を受けるのだろう。単純にそう思った。

洋平だって人並みに経験を重ね、女というものをまったく知らないわけではない。ただ、それでも、わからないことはたくさんある。いや、むしろ知りたくないというべきか。甘い幻想かもしれないが、女はきれいな存在であって欲しかった。表も裏も知ってしまったら、いろんなことが崩れてしまい、大切に思えなくなるかもしれない。知らないからこそ、男は女を愛せるのだ。そうではないか。

もういい年になったというのに、洋平は妻の生理用品もできるだけ見ないようにしていた。それがある場所は知っているが——洗面室の吊《つ》り棚だ——何気なく顔を上げないようにして、通り過ぎることにしている。

本当のことを言えば、こうして目の前で基礎体温をつけられるのも嫌だった。低温期とか、高温期とか、聞きたくもない。

それは生理の周期を把握するためのものだ。

ただまあ、いちいち文句を言うほどでもないと感じていた。妻が真剣に子供を欲しがっているのは知っていたし、気持ちに応えてやりたい。理恵ほど思い詰めてはいないが、洋平もまた、子供を欲しいと感じるようになっていた。いや、そこまで強い気持ちではないが。そろそろ子供がいてもいいのかな……、というところだ。

真剣な顔でノートを見つめ、ラインを引く妻に、洋平は言った。

「まるで受験生みたいだな」

「そんな気分よ」

「傾向と対策とかあるのか」

「ええ、あるわ。あなたにも協力してもらうから」

ようやく妻が笑った。

心が軽くなり、洋平の口からも冗談が出た。

「もちろん頑張って協力するぞ。たっぷり協力するぞ」

「なによ、もう」

妻はそう言って、恥ずかしそうな顔をした。まだ男であり、女だった。ふたりで笑うことができた。思えば、あのころはまだ、呑気《のんき》だったのかもしれない。結婚生活は楽しかったし、仕事も順調で、互いにうまく年を重ねていると感じていた。新聞を読むとき、折り込みに入っている新築マンションの広告が気になった。理恵も同じだったらしく、チラシを眺めていると、いくらなのと尋ねてくることもあった。

生活が安定すれば、家が欲しくなる。子供も欲しくなる。

人間にとって……いや生き物にとって、それは当然のことなのだ。洋平と理恵は家庭を築き、暮らしをともにし、日々を重ねていくうち、自然と心構えができる時期に入ったのだろう。決して嫌なことではなかった。むしろ誇らしく感じた。

先に進む時期が来た。素直にそう思うことができた。

ただ——。

思いに影が差したころ、アナウンスが流れ、電車はホームに滑り込んだ。ぎゅうぎゅうの電車の中、洋平は体をドアの方に向けた。

ハンバーグのせいか、胃が重かった。

洋平が勤めているのは財閥系のデベロッパーだ。本社ではなく、都心を少し外れた拠点施設で、設計から、ジョイントベンチャーとの折衝まで、手広く行っている。三十九歳になった洋平は、シマの頭に、自分の席をもらっていた。部下は年下ばかりで、男が七人に、女が五人。

「おはよう」

シマの頭から言って、席についた。部下たちが口々におはようございますと返してくれる。十分に早い昇進だ。同期のトップではないが、それでも上の十パーセントには入っているだろう。図体《ずうたい》が大きい会社なので、満足感も大きかった。

ただ、人の管理は、思ったよりも大変だった。

さりげなく、坂本明と、井村早紀《いむらさき》の姿を確認した。数分で事情がわかった。真向かいの席なのに、目をまったく合わさないし、言葉も交わさない。

ふたりが付き合っているのは、公然の秘密だ。

うまく行っているならいい。

洋平の会社は、社内恋愛を禁止していなかった。むしろ奨励しているようなところもある。かつて女性が総合職になる前は、社内は一種の見合いの場だったそうだ。男性社員は気に入った女性社員を探し、女性社員はこれと思う男性社員から誘われることを願う。寿《ことぶき》退社の際は、社が金一封まで出していたと聞いた。外で男が働き、家を女が守るという価値観が生きていたころは、それでよかったのだろう。ところが男女雇用機会均等法が施行され、職務の壁がなくなると、様相は一変した。

女性社員はもう、ただの花嫁候補でない。

「おい、西岡」

部下を呼び出し、洋平は窓際《まどぎわ》に向かった。

「なんですか」

入社八年目の中堅で、一通りの仕事はできる。課の中で、洋平がもっとも信頼を置いている社員だった。

「今日は、坂本と井村が、武田物産へ出向く予定だったな」

「ええ」

「おまえもついていけないか」

「ふたりでは不足ですか」

「いや、そういうわけじゃないが……」

曖昧《あいまい》な言葉で、西岡は察したようだった。

「僕も心配はしてます」

「うん」

「さすがに他社でどうこうっていうのはないと思いますが」

「そう願いたいな」

「まさか、本気でそこまで心配してるんですか。だったら大丈夫ですよ。あのふたりも大人だし。取り繕うぐらいはしますって」

「完璧《かんぺき》にやれるか」

「え……」

「取り繕うくらいはできるだろうが、気配まで完璧に隠せるか」

西岡はさりげなく、シマを確認した。洋平からは、ずっと見えている。ふたりはまだ、一言も話していない。目も合わせないままだ。特に、井村の方は、顔が強《こわ》ばっていた。昨晩、なにかあったのかもしれない。顔を戻した西岡は、自信なさそうに呟《つぶや》いた。

「確かにちょっと気配までは……」

「うちとしては、一切、先方に悟られたくない。よくあることだし、ささいなことだ。気にしなくていいという奴《やつ》もいるだろう。だがな、うちと先方の格を考えてみろ。向こうはたぶん、こっちを見上げてる状態だ。なのに男女の醜態なんかさらしてみろ。坂本と井村が引き揚げたあと、会議室で失笑が漏れるぞ」

「どちらか外して、別の奴をつけましょうか」

「あのふたりで進めてきた事案だ。理由もなしに、外すわけにはいかんだろう。だったら、いっそ、ひとり足してやった方がいい」

「あ、なるほど」

「だから、おまえに聞いているんだ」

他の部下の予定は、ほぼ摑《つか》んでいるが、西岡はある程度自由にさせていた。信頼しているからこそ、遊軍として動いてもらっている。

好きにさせておけば、それだけの結果を持ってくる男だ。

「すみません。午後は予定があります」

「なんだ」

西岡は辺りを見まわし、顔を寄せてきた。

「三の件です」

「おい、あれ、行けるのか」

「もしかすると」

半年ほど前、南青山三丁目で土地が出た。いささか奥まった場所だが、それゆえ静かで、町並みがきれいだ。なにより土地の来歴がよかった。元は華族の屋敷だった。マンションが売れなくなってきているとはいえ、これだけの土地となれば、話は別だ。建築基準の厳しい土地だが、それを逆手にとって、品のいい低層マンションにすればいい。そう計算していたところ、別の業者に攫《さら》われた。丸富という新興グループだった。

「なんで今ごろなんだ」

「ベルジャン・トムスの件、聞いてますか」

外資系の投資会社だ。

「ああ、聞いてる。かなり広範囲にやられたらしいな。うちも巻き込まれたそうだ。もしかして、丸富も関わってたのか」

「だいぶ突っ込んでたみたいですよ。丸富は今、キャッシュがいる。あれだけの物件に、ぽんと出せるのはうちくらいでしょう。だから、あえて放っておいたら、連絡が来ました」

「横島か、田崎か」

「横島さんです」

デベロップメント事業で、実務を取り仕切っている男だ。

「今回、俺は行かない方がいいな」

「ええ、はい。それはたぶん——」

次だろう。もし話が進めば、あっという間に、洋平のところも過ぎていく。役員まで上るのに十日とかかるまい。これだけの案件を扱っているとなると、西岡を頼るわけにはいかない。しかし、他の部下の予定もまた、埋まっている。

悩んだ末、洋平はフロアを横切った。次の次のシマにいる、粕屋《かすや》の元に向かった。同期入社で、名前の通り、粕漬けの老舗《しにせ》の十三代目だ。本来なら跡取りだが、それを嫌って、会社勤めをしている。

悪いな、と洋平は声をかけた。

「お、なんだ」

洋平と違い、豪放磊落《らいらく》な性格の粕屋は、飲むのも打つのも買うのも上等というタイプで、見事なビール腹だった。まったく違うタイプだが、入社以来の友人だ。

「粕屋、おまえのところ、新人がいただろう」

「ああ、いる」

「予定は埋まってるのか」

「中堅どころにつけて、得意先をまわらせてるだけだよ」

「どんな奴だ」

「できる」

「空気は読めるか」

「大丈夫だ」

「じゃあ、今日の午後、貸してもらえないか」

「いきなりだな」

簡単に事情を話そうとした。無理を頼む以上、黙っているわけにはいかない。しかし、粕屋はろくに聞くことなく、もういいもういいと手を振った。

「おまえが困ってるんだろう」

「まあ、そうだ」

「だったら、わかった。貸そう。あいつにとっても、営業の付き添いやってるより、勉強になるかもしれん」

「すまんな」

「いや、その代わり、条件がある。今日、一杯奢《おご》れ」

「わかった」

「奢りなんだから、いい店に行こう。銀座か赤坂だな。きれいなお姉ちゃんがたっぷりのところだ。思いっきり飲んでやる」

「勘弁しろ」

もちろん冗談だ。実際は駅前の焼鳥屋だろう。自分の部署に戻り、坂本と井村を呼んだ。入社したばかりの若手を、勉強のためにつける。他社との折衝や、仕事ぶりを、しっかり見せてやってくれ。ふたりで話しかけて、仕事を教えてやれ。そう言うと、坂本と井村は、ほっとした顔になった。思った通り、彼らもふたりきりはきついと感じていたのだろう。若い奴がひとりいれば、教えたり、からかったりで、時間が流れていく。

携帯電話が鳴ったのは、ふたりを帰したあとだった。

「どうなの、今晩は」

理恵だった。すっかり忘れていた。

さっき粕屋と約束したばかりだ。飲みに行く。

嘘《うそ》を吐《つ》くしかなかった。

「すまん。打ち合わせが入ってた」

「どうして昨日のうちにわからなかったの」

「先方の判断待ちだったんだ。流れる可能性が大きかったから、あまり考えてなかった。ただ、若い連中が頑張って、アポを取ってくれたらしい。こちらからお願いした案件なんで、いまさら断れない。俺が出ないわけにはいかないし」

嘘を吐くなら、徹底的に吐いた方がいい。理恵もまた、働いたことがある。会社の仕組みというか、論理は、当然わかっているはずだった。

「わたしが――」

「え、なんだ」

妻の語尾が曖昧《あいまい》になった。尋ねたけれど、黙ったままだ。仕方なく、洋平はもう一度、できるかぎり穏やかに言った。

「どうしたんだ、理恵」

「チャンスなの」

「なにが」

「タイオンカンボツキのサインがはっきり出てるの」

例の、魔法の言葉だ。

洋平は黙るしかなかった。

「こんなの滅多にないの。今日と明日がチャンスなの」

「すまん」

長い沈黙……。

「じゃあ、明日は」

「大丈夫だと思う」

そう言うしかなかった。電話を切ったあと、ホワイトボードを確かめた。ありがたいことに、なんの予定も書き込まれていなかった。もしかすると……妻は泣いていたのかもしれない。どうしてこんなことになってしまったのだろう。わかりやすく言えば、早く帰って来いというのは、セックスをしろということだ。酒を飲むなというのも、そのためだった。洋平とて年を重ね、ただロマンだけで生きているわけではないが、男女の営みに計算やらグラフやらが介在するのは、どうしても受け入れられなかった。

そろそろ子供を持ってもいい。妻と似た気持ちはある。

しかし、こんなふうに扱われるのは、納得できない。妻が必要としているのは自分なのか。愛情なのか。それとも——。


思い出したくもない記憶がある。三年くらい前か。

ある日のこと、理恵が予約を取ったと言い出した。なんの予約かと問うと、しばらく黙り込んだ。普段は多弁な妻だけに、洋平は戸惑った。悪い予感がした。いろんな言葉で促すと、ようやく理恵は口を開いた。

「検査よ。不妊治療の」

「不妊治療？　誰の？」

妻は黙った。それが答えだった。

「俺が受けるのか」

「わたしはもう、受けてきたから。それで、お医者さんが言うには、わたしだけ受けても駄目なんだって。旦那《だんな》さんも受けて下さいって」

「だって、俺、できるぞ」

思い浮かんだのはＥＤという言葉だけだった。だから、そんなことを言っていた。

「できても駄目なときがあるの」

「そうか」

「いろいろ足りないとか、ほら——」

「いや、わかるよ」

なんとなく聞いたことがあった。たとえ行為ができても、十分ではないのだ。極端に精子の数が少なかったり、まともに動かなかった場合、妊娠には至らない。

「お願い」

妻の切実な目を見ると、嫌とは言えなかった。

病院に向かうと、妻は慣れた様子で診察券を差し出した。問診票を渡され、洋平はそれに記入していった。ひどく具体的な質問が並んでいた。月にどれくらいセックスをしているか。毎回、射精はあるか。セックスに満足しているか。ここまで聞かれるのかと思いつつ横を見ると、理恵は細い指を絡《から》ませ、俯《うつむ》いていた。正直に書くしかなかった。

やがて個室に通された。理恵も一緒だった。

「あの、どうすればいいんだ」

途方に暮れ、尋ねる。なぜ自分はこんなところにいるのだろう。どうしてこんなことになってしまったのだろう。

妻は、理恵は、なにを望んでいるのか。

子供を欲していることは、いちおう察していた。洋平自身もまた、いつできてもかまわないと思っている。

しかし、できるのと、作るのとでは、大きな違いがあるのではないか。

「どうしようか」

理恵は腕を組んだ。すっかり覚悟を決めているふうだ。

「ええと、あれだろ」

「うん」

「ちょっと厳しいよな」

笑ったのは、自らの緊張を和らげるためだろうか。それとも、このおかしな状況に、つい頬が緩んでしまったのだろうか。理恵は変な顔をした。泣いているのか、笑っているのか、まったくわからない。なにを考えているのかも。それから、視線を外すように、辺りを見まわした。放っておかれたような気分になり、洋平は俯いた。ここから逃げ出したかった。

もしかすると、自分が悪かったのだろうか。子供を持つということに対し、真剣に話し合ったことはなかった。

なんとなくできるだろうと思い、日々を過ごしてきた。

確かに時間はかかっているが、まだ三十六だ。焦《あせ》る時期ではないだろう。もう少し様子を見てもいいのではないかと思ったが、そんな理屈を述べている場合ではなかった。個室の、ベッドに座っている以上、逃げることなどできない。

「手伝おうか」

やがて理恵が言った。

頷《うなず》く。自信はないが、こうなったら仕方ない。

「頼む」

「待ってね」

近づいてきた理恵は、ズボンのボタンに手をかけた。そのとき洋平は入り口に積まれた雑誌に気付いた。女性が足をいっぱいに開いている。派手な下着だ。目の前にいる妻のことを思うと、とても直視できず、目を逸《そ》らした。

「照れるわね」

「まあな」

「大丈夫かしら」

「俺？　おまえ？」

「両方」

理恵もまた、不安なのだ。だから笑った。緊張を和らげた。

妻がズボンのボタンを外し、ジッパーを下げる。それから先は、いつものことだった。互いに慣れていた。妻の手つきも、舌の感触も、そのままだ。妻の健気《けなげ》さが急に愛《いと》おしくなり、洋平はいつものように身を任せた。

時が訪れた。昂《たか》ぶった。単純なものだ。スイッチを押せば動く機械のようなものだった。

「その容器、取ってくれないか」

「うん」

頷いたくせに、理恵はそのままだ。洋平の我慢も、そろそろ限界だった。ここを過ぎれば、途端に萎《な》えてしまいそうだ。失敗するわけにはいかない。こんなこと、二度としたくない。

「早く」

理恵は容器に手を伸ばしたが、それからが長かった。

「おい」

「うん」

「理恵」

「うん」

「だから」

「うん」

射精したあとは、すっかり力が抜けた。なにもかもが、途端に色褪《いろあ》せた。ひどく疲れた。早く家に帰りたい。看護師がやってきて、容器を持っていった。

なあ、と洋平は言った。

「煙草《たばこ》」

「え――」

「吸いたいな」

ショートピースがいい。できれば缶に入った奴《やつ》だ。高校生のころ、粋《いき》がって、先輩に吸わせてもらった。フィルターのない両切り。強さにくらくらした。今でも、あの藍色《あいいろ》の缶には、ちょっとした憧《あこが》れがある。煙草をやめて久しいというのに。

気を遣ったのか、理恵が尋ねてきた。

「今すぐ買ってこようか」

いや、と洋平は言った。

「そんな気がしただけだよ」

電話が鳴ったのは、夕方だった。

「どうした?」

応じる西岡の声は、高かった。

「行けそうですよ」

「そうか」

「先方はやる気です。というか、追い詰められてるんじゃないですかね。例のベルジャン・トムスの件、こっちが思ってるよりきついのかもしれません」

「相手がそう言ったのか」

「いえ、感触ですが」

洋平はしばし、考えた。現場にいる人間は雰囲気に流されがちだ。西岡は冷静な方だが、なにしろ相手が相手だ。丸富グループの横島といえば、業界では名の知られた存在だった。乗せるのがうまいし、ブラフも一流だ。

自身が何度も痛い目にあってきたので、洋平は慎重になった。

「提示額まで行ったか」

「なんとなくは」

「いくらだ」

西岡の口から漏れた数字を聞いて、洋平は高いと感じた。もし資金繰りに困って、慌《あわ》てて手放そうとしているのなら、もっと現実的な数字を出してくるはずだ。

「それじゃ飲めないな」

「どうしてですか。物件が出たとき、こっちが提示した落札額より低いですよ」

「前とは経済情勢が違う。同じ額を出せるわけないだろう。この半年で相場は変わったんだよ。だから向こうも手放そうとしてる。そこを考えろ。あれだけの土地だ。すぐに買えるのはうちくらいだろう。もっと叩《たた》ける。横島は明日、俺に会いたいと言ったんじゃないか」

西岡は驚いた声を出した。

「なんで明日だってわかったんですか」

「週末までに資金繰りのアテをつけたいんだろう。売却先と額が決まれば、上に報告できる。うちとの約束なら確実だ。一気に話を進めたいのさ」

実のところ、ネタはあった。丸富が持っているカードはすべて、わかっていた。信用会社に手をまわし、情報を引き出したのだ。丸富に余裕はない。一刻一秒を争っている。焦らせれば、もっと安く手に入れられるかもしれないが、困った丸富が格安でどこかに売ってしまう可能性もある。できるだけ早く決めてしまうべきだ。

「明日は何時だ」

「午後七時に、渋谷です」

「わかった。進めろ」

逃がした魚が戻ってきた。今度こそ、釣り上げなければ。

思った通り、粕屋が選んだのは、駅前の焼鳥屋だった。新人時代から通っている。安い割りに味がよく、特に皮がうまい。

その皮を囓《かじ》りながら、粕屋が言った。

「参っちまったよ」

「なにが」

ビールを飲む。目の前では、ジュウジュウと音を立てて、串に刺されたレバーや腿《もも》が焼かれていた。

「お袋がどうも、俺に戻ってきて欲しがってるらしい」

粕屋は本来、老舗《しにせ》の跡取りだ。

「どうして今ごろなんだ。実家はもう継いでいる奴がいるんだろう。ほら、妹の旦那《だんな》が、婿《むこ》に入ったって」

それさ、と粕屋はため息を吐《つ》いた。

「ボンクラで、ものにならないらしいんだ」

「なるほど」

「職人にも嫌われて、居心地が悪くなったんだろう。今度、自分で会社を興《おこ》すって息巻いてやがるらしい。洒落《しゃれ》たブランド名をつけて、東京のデパ地下に進出しようって腹さ」

「ツテはあるのか」

粕屋は苦虫を嚙《か》み潰《つぶ》したような顔になった。

「丸富が声をかけてきているらしい」

「商事部門か」

「ああ、担当者の口がうまくて、やっこさん、すっかりその気だ。東京の大学に通ってたし、二、三年は働いてたから、こっちのことをわかったつもりでいやがる。一旗揚げて、厄介者扱いした田舎者を見返してやろうってことなんだろうよ」

「丸富はやばいぞ」

友人とはいえ、すべて教えられるわけではなかった。

「すぐに引いた方がいい」

「おい、なんだよ」

「とにかく早くだ。今日にでも電話を入れろ」

これで伝わるはずだ。

粕屋はちゃんとわかったようだったが、なぜかため息を吐いた。

「俺が出ていくと、やっこさん、意地になる」

「妹にさりげなく話してみたらどうだ」

「それどころじゃないんだ」

「なにが」

「あいつは俺よりふたつ下なんだが、子供が欲しいらしい。そっちに必死さ。産み分けやら、体質やら、口から出てくるのはそればかりだ。俺からすると、ちょっと病的なくらいだよ。親父《おやじ》たちも孫は欲しいから協力してる。不妊治療の金なんかも、たいてい出してるそうだ。体外受精とかだと一回、百万くらいかかるらしいぞ。何回かしないとうまくいかないんで、車一台分ですめば御《おん》の字だとさ」

ようやく理恵との約束を思い出した。

今日は駄目になった。

明日も埋まった。

大きなビジネスチャンスを前にして、忘れてしまったのだ。

どうする……。

焦ったが、粕屋の話にも胸がヒリヒリした。

「一回、百万か」

最近、理恵が不妊治療のことを口にするようになった。例の、黒田という女にそそのかされているのだろう。出産研究所と名乗っているが、洋平は怪しいと感じていた。
一回百万。車一台分ですめば御の字。どこの話だ。誰の話だ。
洋平はジョッキのビールを飲み干した。まったく酔えなかった。

答えなき答え

コールはきっちり三回だった。

「黒田ミカコ出産総合研究所です」

落ち着いた声が受話器から聞こえてくる。もちろん本人ではなく、受付の女性だろう。あるいは電話応対専門職がいるのかもしれない。通常の中小企業なら、そんな人間を置く余裕などないはずだけれど、なにしろ女性相手、しかも出産に関する会社だ。まずは最初の応対が重要になってくる。商売なのだから、十分にわかっているはずだ。

そんなことを由佳子が考えているあいだに、先方から次の言葉が届いた。

「ご用件を承ります」

実に見事だった。急《せ》かすわけでもなく、押しつけるわけでもなく。もし由佳子がすぐ言葉を発していたら、彼女は耳を澄ましただろう。不自然な沈黙を察し、促したのだ。心遣いともいえるし、よく訓練されてるともいえる。

これは手強《てごわ》そうだ——。

身構えつつ、由佳子は社名と、自らの名前、取材に応じて欲しいという要請、それに目的を伝えた。相手は実に適切なタイミングで相づちを打ち、適切な言葉を発し、まったく隙《すき》を見せなかった。やがて、お待ちくださいという声とともに、オルゴール調のモーツァルトが流れ出した。これもまた、いかにもだ。『フィガロの結婚』か。

ただ、と思う。

はたして、本来の意味を理解して、使っているのだろうか。この場面は、伯爵《はくしゃく》の細君、つまりは他人の妻に若者が恋い焦《こ》がれ、その思いを歌いあげるところだ。情熱的だけれど、同時に不貞への企《たくら》みである。

わかった上なのか、わかっていないのか。

ずいぶんと待たされた。

おそらくは研究所の主宰者である女性と打ち合わせているのだろう。『フィガロの結婚』の繰り返しを聞きながら、由佳子はマウスを操作し、黒田ミカコ出産総合研究所のサイトを眺めた。

まず映し出されるのは、黒田女史のバストアップだ。薄いピンクのグラデーションを背景に、彼女は穏やかに笑っていた。髪の長さは肩くらい。感じるのは優しさ、あるいは癒《いや》し。四十を越えているはずだが、とてもそうは思えない。ピンクのグラデーションの中、白抜きの文字で、『Birth Concierge』とあった。『Birth』は簡単な英語だけれど、『Concierge』にはフランス語の趣がある。ホームページには『楽しいマタニティライフのために』という文字も見受けられた。ここに潜んでいるのはなんなのか。

　やがて由佳子は気付いた。

　先方もまた、同じことをしているのではないか。こちらの社名は、すでに告げてある。有名な全国紙でもなければ、権威ある雑誌でもない。それなりに責任を負う人間ならば、どういう会社で、なにを目的とするのか、把握しようとするだろう。なにしろ、ただのゴシップ紙の可能性もあるのだ。

　まず検索サイトに社名を入力し、こちらのホームページを探しだす。開く。

　自分なら、と由佳子は考えた。ざっと見た上で、会社概要を確かめるはず。出資者、編集発行人、本社所在地など。明記されているならば、資本金も当然、チェックの対象だ。やがてホームページに戻り、各記事の論調へと、確認の対象が移る。ゴシップなのか、お堅いのか。右か、左か。やがて、由佳子が扱っている出産特集に気付くはずだ。特集用のバナーはいまだ、目立つところに配置されている。

互いに互いを探っているのかもしれない。

考え過ぎだろうかと思いつつ、ホームページを眺めていた由佳子は、物品販売のコーナーがあることに気付いた。

そのバナーをクリックすると、ずらりと商品が映し出された。

目に入ったのは『オーガニック』という文字だ。オーガニックコットン、オーガニックフード、オーガニックドリンク——。さらにクリックすると、セミナーという文字が現れた。由佳子からすると、ちょっとびっくりするような料金がついている。

『体を自然の状態に整えるため』という言葉が何度も繰り返されていた。改めて確認すると、コーナーの一番上には『授かるためには、まず母体の健康からです』とあった。ばらばらに表示されているけれど、縋《すが》るような思いでここにたどり着いた人たちは、当然、言葉を繋《つな》げるだろう。そして、そこには、高額商品が並んでいる。

見事なものだ。

定石通りだけれど、よくもまあという気もする。

隣にいる松本君が、たまにこちらを見ていた。成り行きを窺《うかが》っているのだ。さて、あっさり断られるのか。取材を受けてもらえるのか。

五分ほどして、『フィガロの結婚』が途絶えた。

「取材の件ですが、お受けさせていただきたいと黒田は申しております」

「ありがとうございます」

「いえ、お礼を申し上げるのは、わたくしどもです」

やはり完璧《かんぺき》だ。

それから取材の日時を摺《す》り合わせ、十分ほどで電話を切った。思ったより早く時間を取ってくれた。来週の火曜日だ。厄介な注文はつけられなかったし、いちいち取材内容を確認されたわけでもなかったし、不快な言葉もなかった。

なのに、受話器を置いたとき、まず漏れたのはため息だった。

「どうでしたか」

キーボードを叩《たた》きながら、松本君が尋ねてくる。

由佳子は事実だけを告げた。

「来週火曜日、午後三時」

「はあ」

彼の聞きたいことが、ただの取材予定でないことはわかっていた。だからこそ、無言のまま、マウスを操る。黒田ミカコ出産総合研究所のサイトには、さまざまなプランが〝提案〟されていた。ヨガセミナー、二時間三回、五万二千五百円。骨盤マッサージ、一時間五回、三万一千五百円。リフレックス、二時間七回、七万三千五百円。DVDや、教材なども売られていた。それらもなかなかの金額だ。由佳子にはとても手が出ない。さらにクリックを続けると、オーガニックコットンの布ナプキンが表示された。布で、オーガニックコットン。しかも、この値段なのだから、当然使い捨てではなく、洗って使い続けるわけだ。驚いた。小さな画像をクリックすると、実物が画面いっぱいに表示された。松本君にはとても見せられない。由佳子自身、心理的な抵抗があった。こういったものを異性に見せるのはためらわれる。

「ちょっと面倒かもしれないわね」

慌《あわ》ててサイトを閉じ、由佳子は告げた。

ブロック紙に勤めていたころ、広告部へ修業に出され、いろんな会社を巡った。出稿主はさまざまで、地方に本社を置く大企業もあれば、社員十数人の中小企業もあった。世界に名だたる大企業の広報部は、もちろん見事な受け答えを示した。出稿主、つまりはスポンサーでありながら、傲慢《ごうまん》さをいっさい見せず、由佳子を温かく迎えてくれた。さぞや厳しい訓練を受けたのだろうと思ったものの、広告部の在籍が半年を過ぎたころ知った。そんなものはないのだと。大企業同士のやりとり。出稿を求めるさまざまな媒体。取材にやってくる記者、アナウンサー、ライターたち。そんな相手に接するうち、自然と身につけるものらしい。

さらに奥深い真実を悟ったのは、編集部に戻ったあとだった。件《くだん》の大企業の実質的なオーナーであり、創業者でもある会長にインタビューする機会を得た。七十を超えて、いまだ瞳《ひとみ》は強く輝き、声には張りがあった。最初は竦《すく》んだけれど、先輩記者と一緒に質問を重ね、話を聞くうち、当たりの柔らかさに驚いた。自ら会社を興《おこ》し、わずか半世紀。五人だった社員は、今やグループ企業まで含めると八万人に膨らみ、全世界での売上高は一兆五千億円に達する。それだけのことを成した人間なのだから、さぞかしアクが強いのだろうと思ったけれど、そんなことはまったくなかった。広く、深く、また温かい。いたく感銘を受け、ひとりの人間として魅せられた。

気付いたのは、インタビューが終わったあと、帰路のタクシーの中だった。

「ああ」

つい声が漏れた。

隣にいた先輩記者が尋ねてきた。

「どうした、篠原」

「よく似てると思ったんです」

「似てる？」

「あの会社の広報部と。うちが出稿してもらう立場なのに、まったく傲慢じゃないし、腰も低いですよね。温かいというか」

「広報部だけじゃないぞ。あそこの社風だ」

「会長の人柄そのままですね」

「なるほど」

先輩記者は頷《うなず》き、感心したように由佳子を見つめてきた。

「おもしろいところに気が付いたな。ああいうオーナー企業は、創業者の思いが端から端まで伝わるものなんだ。普段の、あの社の人たちの振る舞いを思うと、世界的な企業に登り詰めた理由がわかる気がするよな」

「はい」

以来、初めてコンタクトを取るとき、電話を取る人間、受付の対応を、注意深く観察することにしている。それで、だいたいわかるからだ。実際、社長や役員、部長などに話を聞いても、最初の印象が変わることは滅多になかった。

先輩記者がかつて評したように、端から端まで行き渡るのだ。

当日はもちろん、電車で移動した。

大手ならば、山手線環内くらいはタクシーを利用するのだろうけれど、そんな余裕は由佳子の会社にない。使える経費は悲しいほどで、ブロック紙に勤めていたころと比べても……いや比べるのが悲しいくらいだ。

今回も松本君が同行していた。

由佳子の会社からはさして遠くなかった。地下鉄を使えば、乗り換えは一回で、歩く時間を考慮に入れても二十分ほど。黒田ミカコ出産総合研究所のオフィスは、広尾の、落ち着いた住宅街にあった。ビルを予想していた由佳子にとっては意外なことに、見た目は普通の家だ。とはいえ、なかなか洒落《しやれ》ている。敷地はおそらく、五十坪ほどだろう。外観は南欧風で、見事なバラが咲き誇っていた。ドアは無垢《むく》の一枚板。インターフォンはないので、そのまま入っていいらしい。客商売なのだから、当たり前か。

松本君と顔を見合わせた末、由佳子は真鍮《しんちゆう》製のドアノブに手をかけた。

受付にいたのは、おそらく電話に出た女性だった。

「こんにちは」

笑いながら、そう言う。いらっしゃいませ、ではないわけだ。

由佳子は用件を告げた。

「お約束をいただきました篠原と申します」

「お待ちしておりました」

「時間の方は大丈夫でしょうか」

「ええ、もちろんです」

あえて不要な言葉を重ねてみたけれど、まったくブレがない。

「こちらへどうぞ」

黒田女史のオフィスに案内されるのかと思ったら、彼女は階段を上り始めた。内装も凝っており、手すりには美しい装飾が施されていた。鋳鉄《ちゅうてつ》製だけれど、端が渦巻になっていたり、魚を象《かたど》ったりしている。渦巻は永遠を意味し、魚はもっと広い意味がある。豊穣《ほうじょう》。出産。キリスト。そして女性器。由佳子はまたも戸惑いを覚えた。『フィガロの結婚』のときと同じだ。こういう意匠に込められたものを、はたして彼女たちはわかっているのか。

二階は広間になっていた。床は無垢《むく》材で、壁は珪藻土《けいそうど》だ。暖かみを感じさせるヨーロッパ風の照明がいくつもぶら下がっている。

壁際《かべぎわ》に並んでいるのは北欧製の家具か。

ただしアンティークというわけではない。骨董《こっとう》業界でアンティークと呼べるのは、少なくとも百年を越えるものだけだ。ふさわしい風格はなかった。それっぽいだけだ。

「少々、お待ちください」

言い残し、受付嬢は去っていった。

フロアの真ん中に、由佳子と松本君は残された。

「なかなか凝ってるわね。凝ろうとしてるっていうか」

「してる、ですか」

「ええ、床は無垢材でしょう。これ、たぶん北欧のパインね。壁は珪藻土。ただ床材は節が多いし、珪藻土の塗りが荒いわ。窓はウッドサッシだけど、ペアじゃないし、Low-Eガラスでもない。見た目重視ってところかしら」

由佳子が並べた言葉の数々を、松本君は理解できないようだった。当たり前か。節が多いか少ないかで、床材のグレードは大きく変わる。もちろん値段も。窓がペアサッシであるかも同様だ。赤外線を遮断する効果があるLow-Eガラスだと、単価は跳ね上がる。

それらの知識は、ブロック紙に勤めていたころ、身につけたものだった。建材メーカーを何社かまわり、叩き込まれた。

見た目はお洒落だけれど、少しでも知っている人間が見れば、すぐにわかる。

「こんにちは」

やがて甲高い声が響いた。

由佳子も、松本君も、同時に顔を上げた。そこにいたのは、トレーニングウェアに身を包んだ女性だった。サイトで写真を見ていたので、黒田女史だとわかった。笑いながら近づいてきた彼女はすぐ、由佳子に手を伸ばした。握手だ。由佳子もまた手を伸ばし、軽く握った。黒田女史はもちろん、松本君とも握手を交わした。

「ちょっとやってみましょうか」

名刺を出そうとして、もたもたしていたところ、先手を取られた。

「体を整えるためのストレッチです」

「今からですか」

「そうです」

黒田女史は、エネルギーの塊という感じだった。現れてから、今に至るまで、テンションがまったく同じだ。緩急がない。

「篠原さんでしたね」

「ええ」

「背を伸ばしてください」

「あ、はい」

指示に従うと、彼女はすぐさま言った。

「体が左に傾いてますね」

「左……」

「骨盤です。利《き》き足が右なんですね。つい右足に力が入ってしまう。長年、そういう状態が続くと、右側の筋肉ばかり強くなるんです。体のバランスが崩れてしまう。なにより大事なのは調和です。少し歩いてもらえますか。あそこの壁まで行って、戻ってきてください」

やられたなと思った。いきなり主導権を取られた。由佳子とて、それなりの期間、記者として仕事をしてきた。

取材される側の対応はよく知っている。

いきなり踏み出してくるものもいれば、ただこちらの質問に答えるだけのものもいる。どうやら黒田女史は前者の、さらに強気なタイプらしい。

言われた通り、壁に向かって歩いている自分の状態が、それを示している。

「やはり左に傾いてます」

黒田女史は言った。

「生理が遅れ気味ではないですか」

「ええ、まあ」

「人間の体にとって、なによりも大切なのは軸です。その軸がぶれてしまうと、いろんなところが狂います。最初は体ですが、その不調はやがて精神に影響し、ふたたび体に返っていく。悪循環ですね。失礼ですが、月に二回か、三回、不正出血がありませんか」

その通りなので、頷くしかない。ただ、ひどく恥ずかしかった。すぐ隣には松本君がいる。男の子だ。

不正出血の意味がわかるか、わからないか。

「はい、あります」

「それはサインですよ」

「サイン……」

「体があなた自身に訴えているんです」

黒田女史はじっと、由佳子を見つめてきた。とても真剣な目だ。圧倒されながらも、由佳子の心の奥底、記者としてのなにかが、別の思いを生み出した。何度も何度も、先輩記者から言われたこと。由佳子自身が感じてきたこと。

おまえは〝目〟なんだぞ――。

取材対象に近づくためには、ぎりぎりのところまで踏み込まなければいけない。しかし相手と同一化してしまったら、記す文字はただの広報になる。とても難しいことだ。相手の心根に近づきながらも、どこかに自らを残さねばならない。もちろん矛盾だ。完全に成し遂げられる人間などいない。近づけば取り込まれる。離れれば読み取れない。

抗《あらが》うべきか、従うべきか。

迷った末、由佳子はあえて、従うことにした。向こうがこちらを振りまわすつもりで挑んできたのならば、企《たくら》みに乗ろうではないか。それが彼女のやり方、姿勢なのだから。思惑通り振りまわされることが、もっとも効果的な手段だ。黒田女史に指示されるまま、由佳子はひたすら歩き続けた。フロアの端まで歩き、今度はもう一方の端へと。途中で、黒田女史の声が響く。

「体の芯《しん》を意識して」

「まっすぐ、まっすぐ」

「そう、そんな感じ」

いきなりのレッスンだった。まずは立ち方、そして歩き方を矯正された。男である松本君は眼中にないのか、まったく相手にされず、フロアの端に追いやられた。彼には彼の考え方があるのだろうが。

たっぷり一時間のレッスンが終わったころには、汗だくになっていた。

「ずいぶんよくなりましたよ」

「はい」

「同じように歩き続けるだけで、体の調和は、自然と整っていきます。自分の体をまず、意識することが大切なんです」

「はい」

なんということだ。どこか疑ってかかっていたというのに、彼女の言う通りに歩き続けるうち、体が軽くなっていた。

「どうですか」

「楽になった気がします」

「そうでしょう」

サプリメントをもらい、言われるままに飲み干した。渡されたのはミネラルウォーターのボトルだった。こんなところにまで気を遣っている。体はすっかり汗だくだった。シャワーを浴びたいと思っていたところ、着替えますかと尋ねられた。

「いえ、そんなもの、持ってきてないですし」

「うちでお貸ししますよ」

「でも……」

「シャワールームもありますし、すっきりなさってください」

　黒田女史はにっこりと笑う。決して押しつけがましくない。これはある種の形式……メソッドだ。方程式といってもいいか。相手をいきなり、自分のペースに巻き込み、そのまま取り込んでしまう。同じことを、彼女はいつもやっているのだろう。自分だけではない。子供のことで思い詰めた女性が――たとえば『タイムリミット』や『停泊地』で取り上げた女性が――こういうふうに扱われたら、抗うことさえできないだろう。

　彼女たちは縋《すが》るものを求めている。

　さすがに着替えは断ろうとしたけれど、ここまで乗せられたのならば、いっそという思いになった。体験してこそ、わかることもあるだろう。

　ええ、と頷いた。

シャワーはとても気持ちよかった。すべてが清潔で、女性が好む色調に統一されている。まさかこんなところで裸になるとは思いもしなかった。溢《あふ》れるお湯に打たれながら、由佳子はゆえに、気を引き締めた。黒田ミカコを甘く見てはいけない。自分が思っていたより、十倍も、百倍も、したたかだ。シャワーのコックは真鍮製で、きれいに磨き上げられていた。右にまわすと、お湯はとまった。

トレーニングウェアを借り、受付をしてくれた若い女性に案内されながら、廊下を歩いた。シャワーを浴び、新しい服を着たので、心も体もすっきりしていた。そして同じだけ心地の悪さも感じている。そう、この違和感を抱くために、黒田女史の誘いに乗ったのだ。

ずっと待っていた松本君は押し黙っている。

「どうしたの、松本君」

尋ねてみた。

「いや、別に」

不貞腐《ふてくさ》れたふうだ。それはそうか。

「取材はしっかりするから」

「そうですか」

「信用してないでしょう」

「いえ」

「なによ」

「僕は――」

答えを得る前に、女性が声をかけてきた。

「こちらです。どうぞ」

扉には『Communication Room』と記されたプレートがかかっていた。カウンセリングルームでもなければ、相談室でもないというわけだ。

普段、彼女はここで女性たちと話しているのだろう。

中に入ってみると、なるほど、うまく作られた空間だった。広すぎないし、狭すぎない。シャワールームと同じように、女性が好む調度が、品よく並べられている。あまりに整っているものだから、机やキャビネット、たくさんの棚には、なにも収まっていないのではないかと感じた。片っ端から開けていったら、空っぽなのではないか。

黒田ミカコは机の向こうに座っていた。

座り心地のいい椅子《いす》がふたつ用意され、由佳子と松本君は、机越しに、彼女と向かい合うことになった。まるでカウンセリングを受けにきた夫婦みたいではないか。

最初に口を開いたのは、やはり彼女だった。

「どうですか。体の感じは」

「すっきりしました」

「体の軸が整うと、それだけで感覚が違ってくるものなんですよ」

「取材なのに、ここまでしていただいて申し訳ありませんでした」

「いいえ、体験していただくのが一番ですから」

「服までお借りしてしまって……」

「気になさらないでください」

ようやく名刺交換をした。

「確か嶋本京一さんがやってらっしゃるところですよね」

「嶋本をご存知ですか」

「一度だけ、ご挨拶《あいさつ》したことがあります。彼ほどの人が、ああいうサイトを運営するのは、とてもおもしろいですね」

やはり調べていたわけだ。当然だけれど。

となれば、話は早い。

由佳子が担当しているコーナーもしっかりチェックしているはずだ。

「うちでは今、女性たちがどんなふうに出産、あるいは子供を持とうとしているのか、特集しています。そこで取材した方で、黒田さんのところに通ってらっしゃる方がいたんです。彼女の話を伺ううち、黒田さんのなさっていることに興味を抱きまして、どういう思いでこのお仕事をなさっているのか、取材させていただきたいと感じました」

彼女は手を組み、そっと頷《うなず》いた。

「わたしはただ、求められているものをお渡ししているだけです」

「求められているものですか」

「女性の出産や、それに対する思いは、人それぞれです。画一的な捉《とら》え方はできません。ここに来る方も同様です。同じように対応してしまっては、傷つけてしまうこともある。とても繊細なことなんですよ」

「なるほど」

「篠原さんが、どなたにお話を伺ったのか、わたしにはわかりません。たくさんの方がいらっしゃってますから。もしかすると、わたしのことを批判されたかもしれませんね」

「いえ、そんなことはありませんでした」

「そうですか」

ここだ。踏み出すときだ。

「批判も多いのでしょうか」

「ええ、はい」

「どういったものでしょう」

「魔女」

言葉を切った。沈黙をたっぷりと溜《た》め込んでから笑う。困ったように。

「そう言われたこともあります」

「ひどいですね」

「仕方のない面はあると思います」

「達観してらっしゃるんですか。魔女と罵《ののし》られても」

彼女は笑った。

「もちろんいい気持ちはしません。そう言ったのは、ある女性のご主人なんですが、彼の気持ちもわかるということです。女性と男性は違います。女性が子供を欲しいと思ったときって本気なんです。体のスイッチが入る。それが男性にはわからないんですね。なぜそこまでという疑問が先に来てしまう。たいていのご夫婦の場合、男性がいくつか年上です。ご主人は社会的な責任を負っているし、仕事盛りでもある。そう、男性は働きたいんですよ。仕事にすべてをかけたい。そんなとき、妻が深刻な顔で、子供が欲しいと言い出したらどうなりますか」

「それは……ともに頑張ればいいんじゃないでしょうか」

曖昧《あいまい》な答えは許されなかった。

「ご主人が深夜まで帰ってこなくても？」

由佳子は言葉に詰まった。

「帰ってきたら酔っていて、すぐ眠ってしまっても？」

黒田女史はたたみかけてくる。

「心理的なストレスでセックスができないケースがあっても？」

答えられない。

黒田女史はただ待っている。穏やかな顔で。由佳子が答えられないと知りつつ、だからこそ待っている。

またもや甘さを思い知らされた。

ここに来るまで、由佳子は黒田ミカコという人間を、見定めてみようという気持ちがあった。あれだけ多くの女性を魅了し、さまざまなメディアに出て、立派な言葉を吐いている。その裏にはなにかあるはずだ。ただの慈善事業であるはずがない。それなりの利益を得ているだろうし、当然、からくりがあるのだろうと踏んでいた。上場企業ではないので、財務までは調べられないけれど、実際に会って、言葉を交わせば、本音を引き出せる。そう思って、やってきた。

ところが、どうだ。追い詰められているのは由佳子の方だ。

「黒田さんは、そういう状況に、どう対処されているんですか」

「それぞれですね。答えはありません。もっと簡単な言葉を、篠原さんは欲してらっしゃるのかもしれませんが」

「いえ、わたしは現実を……」

「現実などありませんよ」

「ない?」

「さっきも申し上げたように、男性と女性では違うんです。別の生き物です。それがともに生き、夫婦という形を作っている。ご夫妻ともに子供を望み、しかるべき時期に得ることができればいいでしょう。そういうケースもたくさんあります。しかし、ひとたび、そのレールから外れてしまうと、途端に難しいことになる。女性のスイッチが入る年齢は、どんどん遅くなっていいます。当然ですね。女性たちも、男性たちに負けないよう、今は働いている。もちろん、なにかを成し遂げたいでしょうし、そのためには犠牲にしなければならないこともある。自由な時間、趣味、旅行、勉強、あるいは出産。産休、育休という制度はありますが、たとえば大きな仕事を任されたとき、そこに踏み出せますか。ひとりの職業人として。篠原さんご自身の問題だと考えてください。何百億というお金が動くプロジェクトを任され、社運がかかっている。責任者に女性が抜擢《ばってき》されることも、今は珍しくない。もし篠原さんがその立場だったら、産休を取れますか。育休を取れますか」

「無理でしょう」

誘導されていると悟りつつ、由佳子はそう言うしかなかった。

「女性のスイッチが入る年齢はどんどん遅れています。ほんの一年違うだけで、すべての未来が変わってしまう。去年の自分と、今年の自分は、決して同じではない。確実に年を重ねている。あえて強い表現を使いましょうか。女性は老いていくんです。二十一歳と二十二歳ならたいした差ではない。けれど三十五歳と三十六歳ではまったく違います。どうぞ、これを見てください。総務省の、つまりは公《おおやけ》の統計です」

紙を渡された。ちゃんと二枚あり、由佳子と松本君はそれぞれ手に取ることができた。

年齢	総出産数
15~19	15933
20~24	130230
25~29	335771
30~34	417776
35~39	170775
40~44	21608
45~49	522

上の数字は母親の年齢で、下の数字は出産数だ。ピークが三十代前半であることは、実感としてわかった。

黒田女史は、資料を読む時間をたっぷりとくれた。

「総数は百万人ほどですね」

「ええ」

「四十代の出産が二万人ということは、五十分の一ですか」

「多いと思いますか。少ないと思いますか」

難しい問いだ。

「希望にはなるでしょう」

「データをもっと詳しくみると、四十代で出産されてる方というのは、すでに第一子、あるいは第二子を得ていることが多い。初産《ういざん》に限るなら七千人です」

「七千……」

「その傾向は、三十代後半の方にも、そっくり当てはまります。数字上は十七万人ということになってますね。百万人の子供が産まれていることを考えれば、それなりの数字です。六分の一といったところでしょうか。ただ、実際のところ、その年代で第一子をもうけているのは五万人です。途端に意味が変わってきますよね。六分の一なのか、二十分の一なのか。どうですか、篠原さん、その表に現実はありますか」

「さまざまな見方があるとおっしゃりたいのでしょうか」

「いえ、ただの実感です。さきほど、あるご主人に罵られたと申し上げましたね。ただ、わたしはそれでかまわないと思っているんです。誰かが女性たちに希望を、未来を、示さなければならない。そのために罵られるならば本望です」

帰り道はすっかり暗くなっていた。風が強い。肩をすくめながら、松本君と一緒に歩いた。取材の途中から、松本君は無口になっていた。由佳子もまた、同じだったかもしれない。いろいろショックだった。女として。人として。

現実はあやふやだ。しかし、そこにある。確かに。

「松本君はどう感じたの」

あえて由佳子は口を開いた。外灯の下を通ると、影が落ちる。そのまま進むと、影は前に伸びていく。

影を追って歩いた。

「正直に言っていいですか」

「ええ」

「今日の篠原さん、なんか変でした」

「変?」

「最初に感じたんですが、ほら、エクササイズみたいなことをしたじゃないですか。

黒田さんに言われるままに。あのときから、まるで洗脳されてるっていうか、道を引かれて、歩かされているっていうか」

「そうか」

「シャワーを浴びて、服まで借りちゃうし」

自分では、あえてのつもりだった。相手の乗りに付き合って、そこからなにか得ようという気持ちで行動していた。

しかし松本君にはそう見えなかったらしい。

「正直、圧倒されたわね」

「はい」

「どこまで冷静だったのか、自分でもわからない。参ったな。わたし、ジャーナリスト失格かもしれないわ」

頭を抱えたところ、松本君が意外なことを言った。

「それでいいんじゃないですか」

「え、どういうこと」

「篠原さんを振りまわす人も、世の中には必要だって気がしてきたんです。最後に表を見せられましたよね。正直、僕もびっくりしました。ほとんどの女性はああいうこと、知らないはずです。気が付いたら手遅れで、どうしようもなくなってる。そういうとき、人って耐えられないですよ。誰かが支えてあげないと」

「旦那《だんな》さんは？」

「当事者だから、難しいんじゃないですか。男からすると、わからないこともあります」

「確かにね。近すぎると難しくなることもあるわね」

「誰かが希望や未来を見せてあげるべきですよ」

「それが行き詰まりだとしても？　行き詰まりと知りながら、お金を出させられていても？　あの人のセミナーって何万円もかかるのよ？」

「必要なんじゃないでしょうか」

「どういうこと」

「心を収める代償として」

「人によっては、食い物にしてると思うんじゃないかしら。怒鳴り込んだ旦那さんがいるのもわかるわ」

「その面はあるでしょうね。広尾にあれだけのオフィスを構えてるんですから。ずいぶんと儲《もう》かってるはずです」

「松本君はそれでもいいと思うの」

「絶望を抱えて生きていけるほど、人って強くないです。たとえかりそめの希望や未来だって、見たいときがあるじゃないですか」

また外灯が近づいてくる。影が落ち、影が伸びる。

電話

電話があったのは、金曜日だった。

「元気にしてる？」

美咲だった。大学の同期生だ。

「まあね。仕事では苦労してるけど」

「それはこっちも一緒。働くのって大変よ。とんでもない馬鹿《ばか》が多いしさ」

彼女はいつも通り、きつい言葉をあっさり口にした。この勢いが、彼女のいいところなのだ。物事をずばずば切り捨てるタイプなのに、誰からも恨まれないのは、言葉が的を射ているからだろう。それに、彼女の心のどこかには、とてもきれいな場所があるように思う。誰もがそれを感じ取っているのではないか。

「不思議なもので馬鹿ほど偉いのよね」

「ああ、そういえばそうね。どうしてかしら」

「生きるのだけはうまいんでしょう」

それからしばらく、自分たちが仕事上で付き合う人間について——まあ彼女曰《いわ》く、馬鹿な奴《やつ》のことだ——話が弾んだ。それなりの年月、社会で働いてきたこともあって、話のネタには事欠かなかった。

「女を献上品みたいに考えてる奴もいるのよね」

「献上品？」

「若いころ、部署を変わったことがあったのね。けっこうな人数が異動したんじゃないかな。それで歓送迎会を開いてもらって、取引先の人間も何人か来てたの。わたし、新しい人に会うのって好きだし、にこにこしてたわけ。取引先にはお偉いさんもいたから、名刺交換のときなんて、ちょっと舞い上がっちゃったくらい。飲み会としては最高に楽しかったわね。それで三次会くらいまで行ったのかな。だんだんばらけて、わたしと、上司と、取引先のお偉いさんだけになったの。上司も、お偉いさんも、楽しい人だった。気持ちよく飲んだわ。いろんなお酒をどんどん勧められて、珍しいからどんどん飲んじゃった」

いくらか話の筋が見えてきた。二十代も前半だと、カクテルの名前なんてよくわからない。それを知ることが、大人の一歩のように感じる時期がある。ちょっと珍しいカクテルの名を、さらりとバーテンに告げられるようになりたいとか。

「途中でトイレに行ったんだけど、戻ってきたら、上司とお偉いさんがなにか小声で話してたわけ。なんですか、なに話してたんですかって尋ねたら、いやあなんてごまかすの。わたしもあのころは若かったし、ピンと来なかったのね。本当に馬鹿だったと思うわ。さらにお酒を飲まされて、気前よく奢《おご》ってもらってるつもりでいるうち、いつの間にか上司がいなくなってたの。足もとがふらつくころ、お偉いさんと一緒に店を出たら、その三軒隣がラブホテルでさ。当たり前のように入ろうとするの。びっくりしちゃった」

「なるほど。まさしく献上品ね」

「上司とお偉いさんが小声で話してるとき、気付くべきだったのよ。そういう目論見《もくろみ》だって。上司がそっと消えたのなんて、あからさまじゃない」

「それで、どうなったわけ？」

尋ねる由佳子は、つい笑ってしまった。だいたいの顚末《てんまつ》がわかったからだ。

「無理矢理連れ込もうとするから殴っちゃった」

「え、殴ったの？」

しかし答えは予想外だった。振り切って逃げてくるとか、泣いて相手を困らせるとか、その程度を予想していたのに。

「拳《こぶし》をぎゅっと握りしめてね。わたしも相当酔ってたんで、下手に逃げようとしたら、無理矢理連れ込まれちゃうと思ったの。だから、ちゃんと顔の真ん中を狙《ねら》ったわ。鼻血って、案外簡単に出るものなのね」

「ええ、鼻血なんか出たの？　そんなに強く殴ったわけ？」

「出た出た。殴った殴った」

「すごいわね。それは美咲にしかできないな」

大笑いしてしまった。隣の松本君が不思議そうに見てきたけど、気にしないでと手を振っておいた。

そう、女同士の、笑い話。なんでもないこと。

「鼻血が出ちゃったら、そこで勝負ありね」

「放っておいて、さっさと帰ったわ。追いかけてもこなかったかな」

「女に殴られて、鼻血出しちゃったら、なにもできないでしょうね。ところで、あとは大丈夫だったの。仕事の邪魔をされたりとか、契約を打ち切られたとか。嫌がらせはなかったの」

「なんともなかったわ。さすがに恥ずかしくて言えなかったんじゃない」

「言えないわよね、確かに」

しばらく笑い続けた。目の前で起きたかのように、光景が頭に浮かぶ。拳を握りしめ、鼻を狙う美咲。殴られた瞬間、男はなにがなんだかわからなくなる。美咲は派手なタイプの美人だ。男好きするともいえる。その美咲に殴られるとは。予想外の行動と、垂れてくる鼻血に、男はただうろたえたはずだ。そのあいだに美咲はさっさと去ってしまう。

「駄目。話せない。ちょっと笑わせて」

「なによ。わたし、必死だったんだから。下手に腕を振りまわしたらこけちゃうでしょう。そうなったら絶対連れ込まれるじゃない。休んでいこうとか言われてさ。だから、こけないように、両足をぐっと踏ん張って、ストレートパンチよ」

「わかるけど。おかしくて。そうか、拳か」

「一撃必殺ね」

さんざん笑ったせいか、資料調べの疲れがいくらか取れた。さすがは美咲だ。

「とにかく無事でよかったわ」

「まあね。だけど駅に着くまで怖かった。平気な振りをして歩いてたけど、どこかで腕を引っ張られたらどうしようかって、びくびくしてた。振り向けなかったもの」

夜の町。酔った自分を無理矢理ホテルに連れ込もうとする男。それだけで、女にとっては、恐ろしい出来事だ。どんなに抵抗したって、力では敵《かな》わない。美咲の勇気があったからこそ、笑い話になったけれど、逆らえない子も多いだろう。そうなったら……女はただ泣くしかない。そして、自らの愚かさに打ちのめされる。責めるのは相手の男ではない。愚かな自分だ。何年も引きずるのではないか。

ああ、どうして自分を責めてしまうのだろうか。

由佳子もまた、それなりの年月を生きてきた。後悔した経験が無いと言えば嘘《うそ》になる。明らかに相手が悪い場合でも、まず自己嫌悪《けんお》が先に来る。愚かな自分を恥じる。今になって考えれば、おかしなことだった。しかし、どうしようもない。女とは、そういうものなのだ。ゆえに由佳子は笑った。真面目《まじめ》に話せば、ひどく重い話になってしまう。美咲が冗談として話している以上、それに付き合うべきだった。

「殴って正解」

「わたしもそう思ってるわ」

「一回くらい、男を殴ってみたいわね」

「え、ないの？」

「ないわよ。美咲は他にもあるの？」

「二回くらいかな」

敵わない。またもや笑ってしまった。

「ええと、なんの用だっけ」

「孝之の件」

「ああ、美咲の元彼ね」

「違うわよ。付き合ったことなんてないし、付き合おうと思ったこともないわ。あんな男なんて絶対に嫌」

「でも、ほら、あったんでしょう」

由佳子は言った。あえて女同士の会話を楽しむことにした。女の弱さがいくらか悲しいけれど、それを笑い話にできる図太さも、今はある。ここら辺の気持ちは、男にはわからないだろう。複雑なものだ。実のところ、由佳子自身もよくわからないのだけれど。

「ないわよ。絶対にない」

「下着はつけてた？　はずしてた？」

美咲はかつて、その孝之君とやらと、同じベッドで寝てしまったことがあったらしい。ただ、互いに酔っぱらっていたせいで、はたしてことがあったのか、なかったのか、当人たちにもわからないとのこと。

「勘弁してよ」

弱々しい声で、察しがついた。

「下着ははずしてたのね？」

「まあ、うん。そうね」

「ふたりとも裸だったんだ？」

「そこが微妙なのよ」

「どういうこと？」

「彼だけはパンツをはいてたのよね」

どう思うと尋ねられ、由佳子は困ってしまった。

「パズルみたいね」

「そうなのよ」

「男はパンツをはいていた」

まるで映画のあおり文句のように、節をつけてみる。

「はたしてことはあったのか」

「勘弁してよ」

美咲は笑った。だから、由佳子は安心して、同じ調子を続けた。

「お酒、相当飲んでたのよね。美咲も、その孝之君も」

「へべれけだったわね」

「だったら、彼が駄目だったかも。美咲ってかなり強いじゃない。ワインを一本空けて、ハードリカーを飲んでも、平気でしょう。それに付き合って、泥酔《でいすい》しちゃったら、とても頑張れるとは思わないな」

「そう願ってるわ」

「きっと、そうよ」

　そろそろ話を切り替えるべきころだろう。この話題を引っ張っても仕方ない。どちらにしろ、答えは出ないのだ。ああ、そうか。由佳子は気付いた。美咲はこのことを、ずっと抱え続けていたのではないか。そして今、笑い話にできるようになった。それを成長と言ったら、男たちは嘲笑《あざわら》うだろうか。

「孝之君の件だったわね」

「ええ。時間をくれるって」

「取材を受けるって言ってくれたの」

「匿名《とくめい》だけど。彼もまだ、大学病院にいるから、名前を出すのは勘弁してくれって言ってたわ。大学名も出して欲しくないし、それを連想させるような記述も駄目みたい。

絶対に名前が漏れないよう配慮してくれるんなら受けるって」

「もちろん。それは守る」

美咲が教えてくれた待ち合わせ場所と、待ち合わせ時間をメモに記しつつ、由佳子はちゃんと礼を言った。

「美咲、ありがとう。無理して頼んでくれたんでしょう」

条件を聞けば明らかだ。その孝之君とやらにとっては、なんの益もない。

「本当にありがとう」

「次に会ったとき、そうね、シャンパンを一杯だけ奢ってよ」

「わかった」

そのまま電話を切るのかと思ったら、美咲が少し戸惑った声を出した。

「あのさ、由佳子」

「なによ」

美咲はすぐに応じなかった。ひどく珍しいことだ。

「ううん。なんでもない。気にしないで」

電話を切ったあと、由佳子は首を傾《かし》げた。あの最後の対応は変だった。ずばずば言う美咲らしくない。長い付き合いだから、なんとなくわかる。どういうことだろう。

考えていたところ、隣の松本君がぼそりと言った。

「男だけはパンツをはいてたんですね」

「あら、聞いてたの」

「聞こえたんです」

パソコンの画面に向かいながら、彼は言った。

「もっと小さな声で話してくださいよ」

「ごめんごめん」

「じゃあ、たぶん、してないと思いますよ」

「そうなのかしら」

「男としては、パンツを脱いだら最後までいくし、脱がなかったらそこまでです。意識をなくすほど酔っぱらってるのに、終わったあとパンツだけはく奴なんて、まずいませんね。もしそうなら、よっぽど変わったタイプですよ」

「なるほどね」

男とは、そういうものか。つい納得してしまう。良人《おっと》のことを思い浮かべてしまった。そういえば、哲也も同じだ。ことのあと、パンツははかない。

「ありがとう、松本君」

「いえ」

気まずいのか、視線を合わせず、パソコンの画面に目をやったままだ。なかなか可《か》愛《わい》いじゃないのと由佳子は思った。

孝之君との待ち合わせは、都心のホテルだった。時間通りに行くと、それらしき風《ふう》貌《ぼう》の男性が、ラウンジの前に立っていた。

「篠原由佳子です」

由佳子は頭を下げた。ああ、しまった。名字の方を聞いてない。

「本日はよろしくお願いします」

「いえ、こちらこそ」

由佳子が名刺を渡すと、彼もまた、名刺を渡してくれた。有名医科大学のものだ。徳岡孝之と記されていた。ありがたい。これで名字がわかった。

「美咲の友人だそうですね」

「ええ、大学で一緒でした」

「だったら、僕より親しいかもしれない」

彼が笑ってくれたことで、緊張がほぐれた。

「面倒なことをお願いしてしまい、申し訳ありません。この件では何人かの医師に取材をお願いしているんですが、なかなか受けてくださる方がいなくて、困っていたんです。徳岡さんにお引き受けいただいて、とてもありがたく感じております」

「僕も美咲の紹介じゃなかったら断ってました」

「そういうものですか」

「ええ、はい」

　言葉を濁したのは、なんらかの差し障《さわ》りがあるのだろう。圧力という表現は行きすぎだろうか。実際にその言葉を口にしたら、徳岡医師は否定するはずだ。ただ、人の行動を縛るものがあるとしたら、それは圧力と捉《とら》えるべきではないか。

　彼の身長は百七十五くらいだろうか。三十代だけれど、まだ贅肉《ぜいにく》はついていない。顔はそこそこ整っている。医師で、背が高く、顔が悪くなければ、寄ってくる女はいくらでもいるはずだ。

「じゃあ、こちらへ」

　ラウンジに進もうとしたら、彼はしかし、迷った様子を見せた。

「どうなさったんですか」

「ここ、コーヒーが九百円もするんですよね」

具体的な額までは知らないけれど、店頭に置かれたメニューを覗《のぞ》き込んでいる彼が言うのだから、間違いないだろう。

「正直、僕にはきつくて」

「え、支払いがですか」

「まあ、はい」

　彼は恥ずかしそうな顔をした。

「気になさらないでください。取材を申し込んだのはわたくしの方ですから、会計は持たせていただきます」

「そんなものなんですか」

「ええ、当然のことです。だから金額はお気になさらずに」

「ありがとうございます」

「いえ、お礼を申し上げるのは、こちらの方です」

　中に入ると、窓際《まどぎわ》の席に案内された。三階にあるので、街路樹の頭の方が、窓の外で揺れている。とても美しい光景だった。

「僕、主食は牛丼《ぎゅうどん》なんです」

「はあ」

徳岡医師はそこで言葉を切ったけれど、意味はわかった。どうやら、さっきの話の続きらしい。お金がないということを言いたいのだろう。開業しているならともかく、大学病院に勤める医師は、さしたる収入を得ているわけではない。そこらのサラリーマンと同じ……いや、それ以下かもしれなかった。実家住まいならどうにかなるだろうけれど、もし賃貸暮らしだとしたら、相当きついはずだ。

「わたくしどもは今、女性が子供を持つということについて、特集を組んでいます。その発端は、N県立のN病院事件についてでした。徳岡さんはあの事件をご存じでしょうか」

「ええ、もちろん。産婦人科医が逮捕された件ですね」

「ご存知ですか」

もちろん、と彼は頷《うなず》いた。

「産婦人科医なら、誰でも知ってますよ」

「どうお考えですか」

「治療ができなくなります」

「え……」

「もしあれで逮捕されるならば、僕たちはいっさい、治療ができなくなる。母体に触れるのもためらうほどです。ええと」

彼は慌《あわ》てた様子で、ポケットに収めていた由佳子の名刺を出した。いくらか不器用な手つきだった。

「篠原です。篠原由佳子です」

なるほど。美咲が彼を恋人にしなかったのは、こういうことか。容姿は整っているし、経歴も素晴らしいけれど、社会人としてスマートではない。名刺を交換した際、相手の名前は覚えておくべきだ。相手との会話中に、名刺でいちいち確認するなんて、ビジネスマナーに反する。もし松本君が同じことをやったら、由佳子はあとできつく叱《しか》るだろう。

徳岡医師はもう三十代だ。

当然身につけているべきである礼儀を、いまだ身につけていない。医者という職業の特殊性を、由佳子は感じた。

「治療ができないとおっしゃいましたが、それはN病院事件のようになってしまうことを考えてですか」

「ええ」

「率直にお伺いします。モンスターペイシェントという言葉もあるそうですね。N病院事件との関わりにおいて、どのように捉えられていますか」

「個別例はわかりませんが、一連の流れとしては、やっぱりなという気持ちです。以前、ある病院で当直のアルバイトをしていたんですが、ひどいものでした」

それから徳岡医師の口から漏れたのは、怨嗟《えんさ》と呼びたくなる言葉の数々だった。アレルギー反応を持つ子供に、その原因物質を与えた母親。たいしたことのない捻挫《ねんざ》なのに、過剰なまでの治療を求めた男性。看護師の何気ない一言に怒りだし、土下座を求めた女性もいた。

「二回、殴られかけました」

「ひどいですね」

「裁判を起こすと言われたこともあります」

「実際、訴訟になったんですか」

「いえ、ただのブラフでした」

徳岡医師の言葉のひとつひとつは、ひどく強かった。それだけ感情を刺激されているということだ。現場で働く医師の思いが伝わってきた。決して生易しい日々ではないのだろう。ただ、と由佳子は思った。ひたすら非難を浴びせる徳岡医師の態度には、いくらかの違和感を覚えた。医師に非はまったくないのか。ゆえに、つい言葉が漏れてしまった。

「モンスターペイシェントという存在が生まれたのには、なんらかの背景があるのではないでしょうか」

「背景?」

「かつて大学進学率は高くなかった。戦後まで遡《さかのぼ》ると六パーセントです。統計による差はありますが、十パーセントには至らないでしょう。一九七〇年代でも、せいぜい二十パーセントといったところですね。そのころ、医師は明らかな知識階級であったし、たとえば教師もそうです。このふたつの存在は、似ていると思いませんか。教師になるためには、大学に進み、教員免許を取らなければいけなかった。もちろん医師免許より簡単ではありますが。ひとつの地域において、医師と教師は数少ない知識階級だったわけです」

徳岡医師は黙っていた。由佳子は言葉を続けた。

「大学全入時代を迎えた今、医師も教師もかつてのような立場ではいられなくなった。多くの人が知識を身につけ、自己防衛を行うようになったと言ってもいいかもしれません。実に象徴的だと思いませんか。モンスターという言葉を、ある新聞社のサイトで検索してみたんです。引っかかったのはモンスターペイシェントとモンスターペアレンツという言葉に集中していました。こういう言い方は、徳岡さんの気持ちを害するかもしれませんが、かつて特権階級であった人々が、相手をモンスターと評することによって、自らを守っているようにも感じられます」

しばらくのあいだ、徳岡医師は黙り込んだ。こういう形で反撃を食らうとは想像していなかったらしい。ふたりが座る席のそばを、子供たちが歩いていった。都心のホテルらしく、小綺麗な格好をしている。黒のワンピースは、とても上品だ。

「僕たちに原因があると、篠原さんは考えてるんですか」

「いえ、その側面があるのかもしれないという、一種の考察です。主因とまで言うつもりはありません」

「なるほど」

徳岡医師は頷いた。

「だとしたら僕たちは考え方を変えなければいけないのかもしれない」

「考えを変える……」

「患者に対し、もっと誠実に向き合う必要があるのかもしれません。ただ、正直に申し上げて、今のままでは無理です」

「なぜですか」

「時間が足りません。人も足りません。組織もありません」

「医者は恵まれてると、世の中からは思われているようですが？」

「とんでもない。毎日、働きづめです。想像してくださいよ。ある夜、当直に入る。すぐに患者が運ばれてくる。白衣を着た直後です。コーヒーを飲む暇もない。ひとりを治療したと思ったら、すぐに次が来る。ようやく終わったと思って仮眠を取ったら、三十分後に起こされる。その繰り返しで、あっというまに二日ばかりたっているんです」

「四十八時間ですか」

「珍しいことじゃないです」

徳岡医師は吐き捨てるように言った。

「僕も今日、当直明けです」

「それでまともな治療ができますか」

「努力はします。もちろん」

それが答えだった。ろくに寝ず、丸二日間も勤務が続いたら、どんな人間だって完《かん》璧《ぺき》に仕事をこなすのは無理だ。由佳子自身、厳しいスケジュールの中で、何度かミスを犯したことがあった。それはたいてい、笑い話ですむ。記事にいくらかの誤字や脱字があっても、大半の読者は気付かないだろう。そもそも新聞社には校正担当がいるので、そこで拾ってくれる。しかし現場に立つ医師がミスを犯したとき、失われるものは大きい。命が消え去る。ごくごく単純に考えるならば、N病院事件もまた、その一例なのかもしれない。

やがて徳岡医師に許されていた時間が来た。もう少し話を聞きたかったけれど、彼はさっさと立ち上がってしまった。

「どうもありがとうございました」

支払いを済ませたあと、由佳子は頭を下げた。

「いえ、こちらこそ」

同じように頭を下げた徳岡医師は、ラウンジの方を見た。

「ここは女性ばかりですね」

「ランチが有名みたいですよ」

「みんな、ＯＬなんでしょうね。とても楽しそうだ。人生を謳歌《おうか》している。でも彼女たちはわかってるんでしょうか」

「なにをですか」

「ざっと見たところ、三十代前半が多い」

「そうですね」

有名ホテルだけあって、ランチといえど、値段は安くない。それだけのお金を出せるのは、収入が増える三十代になる。

「篠原さんも同年代ですよね」

「はい」

「僕は今、産婦人科で働いていますが、そこに駆け込んでくるのは、三十代後半の人ばかりです。不妊治療のためです。僕たちからすると、あまりにも遅すぎる。あそこで今、華やかに笑っている女性たち、とてもきれいだと思いますよ。人生を楽しんでいるんでしょう。一番いい時期ですよね。だけど、たった数年後には、厳しい現実が待っているのかもしれない。不妊治療はとても辛《つら》いです。精神的にも、肉体的にも。悲鳴を上げる患者さんばかりです。あそこで、華やかに、まるで花のように笑っている彼女たちは、はたしてわかってるんですかね。今のうちにパートナーを見つけて、すぐ行動に移らないといけない時期だということを」

それは由佳子自身に投げかけられている言葉であったのかもしれない。

「そんなに違うものですか。三十代前半と、後半では」

「全然違います。まったく違います」

彼は繰り返した。

「三十代後半で子供を持とうなんて奇跡を願うようなものですよ」

「そんなに……」

黒田女史から示された資料が、頭に浮かんだ。三十代後半で、第一子を得ているのは、たったの五万人なのだ。

日本の人口は一億二千万だ。半分が女性。六千万人。

「具体的に言いましょうか。女性の排卵は月に一度です。年に十二回しかない。受精可能な日数は、各月ごとに一週間、実際は数日といったところです。そのあいだに性行為を試みなければ、そもそも妊娠は不可能です。ただ、そうやってタイミングを見計らっても、実際に受精して、着床する可能性は、二十代の女性でも数十パーセントというところでしょう。毎日欠かさず体温を測って、高温期と低温期を把握して、排卵日を予測して、それで毎月試みても、一年か二年くらいはかかるということです。これは理想的なケースですよ。もし女性が生理不順だとしたら、もっと厄介なことになります。ところが今の女性たちは、そういう現実を見ずに、三十五歳くらいで結婚したいと思っている。楽しんでなんてね。となると子供を欲するのは三十七歳とか八歳です。新婚を二年くらい楽しんでなんてね。その年齢になると、さっき言った確率は低くなる。急激に落ちるんです。若いころのようにはいかない。安易に一年か二年過ごすと、もう四十歳です。いきなり不妊治療ですよ。慌てて通い出しても、成功率は低いです。お金ばかりかかる。ぼろぼろになっていく患者さんを、数え切れないくらい見ました」

徳岡医師は、どんどん早口になっていった。抑えていた感情が表に出ている。圧倒された由佳子は、ただ黙っていた。徳岡医師が言ったことは、以前の取材で聞いたことだった。タイムリミット——。そう口にした女性がいた。彼女と会い、言葉を交わし、震える唇を見たはずなのに、なぜか由佳子はあのときの感情を忘れかかっていた。

いったいどうしたことだ。彼女の事情を聞いたときは、震え上がったではないか。無自覚を恥じ、自らが重ねた年齢を数えた。なのに、なぜ消えようとしているのか。戸惑いながら、由佳子もまた、女性たちに目をやった。楽しそうに、まるで花のように、笑っている。徳岡医師の言葉通りだ。美しい光景だった。ちゃんと仕事をし、大人になり、自由を謳歌している。女性が自由を得たこと自体は素晴らしいことだろう。けれど、その未来には、徳岡医師が述べた現実が待っている。今の自分に、彼女たちを愚かだと断罪する資格があるだろうか。嘲笑《あざわら》う資格があるだろうか。ない——。

由佳子もまた、愚か者のひとりにすぎなかった。

「あの……」

由佳子は口を開いたけれど、なにを言いたいのかわからなかった。ただ呆然《ぼうぜん》とすることしかできなかった。

そんな由佳子に、徳岡医師は頭を下げた。

「じゃあ、失礼します」

由佳子はふと、小さな石を思い浮かべた。

その手に持っているだけならば、ただの小さな石だ。しかし池に放り込めば、波紋を生み出す。波紋はゆっくりゆっくり広がっていく。

ほとんどの人は気付いていない。

気付くのは、クラッシュの瞬間が訪れたときだろう。


由佳子と松本君は、裁判の傍聴録を読み続けた。

「癒着胎盤の予見なんてできるわけない。まず用手剝離《はくり》を試みるのは通常の手段だ。クーパーなどの器具使用も緊急時の手段としてはあり得る。患者が子宮の温存を望んだのだから、本間医師がそれに尽力したのは当然だ。結果は不幸なことだったが、やむを得ない」

判で押したように、現役の産婦人科医はそう繰り返していた。癒着胎盤は数千人に一人という稀《ま》れな症例だ。裁判で証言した弁護側の医師の中には、実際に癒着胎盤を扱ったことのないものも複数いたけれど、彼らはやはり同じことを口にした。

「篠原さん、これって、なんかおかしくないですか」

率直な感想を口にしたのは、松本君だった。

「彼らの言い分を聞くかぎり、本間医師はパーフェクトじゃないですか」

「そうね」

「だったら、なんでお母さんは死んだんですか」

「やむを得ないこともあるわ」

由佳子はあえて、別の意見を述べた。単純な医師叩《たた》きは避けるべきだ。まずは客観性を担保しなければいけない。誰かが傾いたら、別の意見を提示すべきだ。そうした検証こそが記事を磨く。

「だけど、ここまで弁護側の言葉が揃《そろ》ってるのには、違和感を覚えますよ。たとえ定見であろうと、ちょっとくらいばらつきがあるはずじゃないですか。まるで打ち合わせたみたいに同じことを言ってますよね。医師たちの証言を読むかぎり、必死になって身内をかばってるようにしか思えませんよ」

由佳子は黙った。頷《うなず》くことはまだ、やめておいた。

ちょっと待ってくださいと言って、松本君はプリントアウトした用紙を捲《めく》った。その手つきは、由佳子にとって、ひどく荒っぽく感じられた。いかにも男っぽいというか。良人《おっと》である哲也も、似たような仕草をする。ただ、ちっとも嫌なことではなかった。むしろ惹《ひ》かれる。不思議なものだ。こんな荒っぽい動きをする指が、繊細な喜びをもたらしてくれるのは、なぜなのか。良人との一夜を思い出し、少し頬が熱くなった。

「ここだ。第三回公判の、七ページ目です」

松本君の声で、我に返った。仕事をしている最中に、下らないことを考えてしまった。集中しなければ。

心を切り替える。今は仕事だ。

「七ページ目ね」

「ページの真ん中くらいです」

「ええ、わかるわ」

「検察側が、愚痴みたいなことを言ってるんですよね。鑑定を依頼した医者の大半が、依頼を断ったって」

「確かに、これは愚痴ね」

「なんでこんなことをわざわざ言ったんでしょうか」

　求められている答えは明白だった。じっと見つめてくる松本君の目が、その言葉を待っている。だんだん抵抗するのが難しくなってきた。しかしまだ、折れるところではない。記者としての勘だった。自分が頷いたら、松本君はすぐにキーボードを叩き出すだろう。そうして綴《つづ》られる言葉が正しいとは思えなかった。

「検察側の意図としては、松本君がさっき言ったことを強調したんじゃないかしら。医師たちが一致団結して、本間医師を守ろうとしてるって。これはこれで、裁判官へのアピールなんでしょうね」

　検察側の意図と前置きした。その主張が正しいと由佳子が思ったわけではない。検察側の常套《じょうとう》手段だ。法廷闘争といえばいいか。

「そうですよね。でないと、わざわざこんなこと言いませんよね」

　しかし松本君は先走った。

「医者側の身内意識を暴《あば》いたってことですよね」

「松本君」

「なんですか」

「結論を急ぎすぎてるわ。医師たちに仲間意識はあるかもしれないけど、彼らだって良心を持っているはずよ。もし本間医師のやったことに大きな間違いがあるのだとしたら、検察側の鑑定人になる人だって出てくるんじゃないかしら」

「狭い世界ですよ。そんなことをしたら、追い出されるんじゃないですか」

「そうかもしれないわね」

「どんなに良心を持ってても、それじゃ言えませんよ」

「だけど、ひとりもいないのはどうなの。そこまで腐ってるかしら」

「腐ってるかもしれません」

少し声が弱くなった。確信はないのだ。

由佳子はたたみかけた。

「本間医師はひとりで産婦人科を任されてたわけよね。それなりの技量があると、派遣した大学病院は判断したんでしょう。実際、年に二百人の赤ちゃんを取り上げてた。彼の見通しには甘いところがあったのかもしれないし、万全の態勢を敷けば、お母さんを助けられたかもしれない。とはいえ、そこまで求めるのは酷じゃないかしら」

「だけど！」

松本君の声が高くなった。

「人が死んでるんですよ！」

一拍、置いた。資料を机に放り投げる。わざと。荒っぽく。

「関係ないわ」

「なんで――」

「人が死んだから、医者を非難するわけ？」

「それは――」

「死ななかったら、問題にならないの？」

「僕は――」

「記事ってそんなもの？　主観の垂れ流しでいいわけ？」

今日もまた、遅くまで残っていた井上が、こちらを見ていた。すぐに視線をはずしたけれど。こういうときは立ち入るべきではないとわかっているのだろう。どこかおもしろがっているふうさえある。そう、井上も、由佳子も、新人のころに体験したことだった。

「松本君、もう一度、資料を読み返しなさい」

「なぜですか」

「今度は医者の立場から。自分が医者になったつもりでもいいわ」

「僕は中立のつもりです」

言い張る姿に、由佳子は苛立《いらだ》ち、同時に嬉《うれ》しくなった。そこにいるのは、かつての井上であり、かつての由佳子だった。あっさり頷かれたら、かえって困ってしまう。場合によっては、彼を見放すかもしれない。

「わたしにはそう思えないわね」

社会はしばしば、医師を悪者にしたがる。命が失われたとき、責めを誰かに負わせたいという気持ちになるのは自然なことだろう。人の性《さが》と言ってもいい。あいつのせいで死んだ。あいつが悪いんだ。そう思えば、怒りの方向が定まる。医師にとっては理不尽だろうけれど、彼らもまた、決して無垢《むく》ではない。独特の特権意識、閉鎖性、コミュニケーション能力の不足。医師たちに取材を重ねた由佳子でさえ、いや重ねたからこそ、彼らに対する違和感をどうしようもなく抱いてしまっている。冷静になりなさい。由佳子は自分に言い聞かせた。記者とは真実を書くこと……いや、それは思い上がりだわ。真実にできるだけ近づくことが仕事なんだから。誰かを磔《はりつけ》にすることではない。

電話が鳴った。夜の十一時。普通の会社ならば、この時間の電話は珍しいだろうが、マスコミ業界では日常の光景だ。

由佳子は電話を取らなかった。松本君の様子を窺《うかが》っていた。黙り込み、顔を伏せている。恥じているのか、憤《いきどお》っているのか。視線を移したところ、井上と目が合った。どうやら成り行きを把握しているらしい。腰に両手を置き、首を軽く振った。電話を取れということだろう。間合いを置くためには、なるほど、いい手段だった。

由佳子は頷き、受話器を取り上げた。

「井川と申しますが、篠原さんをお願いします」

耳に響いたのは、美咲の声だった。

「わたしだけど。美咲？」

「ああ、由佳子なのね」

「どうしたのよ」

この前の、徳岡医師のことかと思った。いくらか彼を怒らせてしまったかもしれない。それで文句を言われたのだろうか。

しかし美咲の声はやけに低かった。具合が悪そうだ。

「由佳子、産婦人科を取材してるのよね」

「ええ」

「じゃあ、どこか受け入れてくれるところを教えて」

ただならぬ状態であることに、由佳子はようやく気付いた。

「どうしたの」

「お腹《なか》が痛いの」

「痛いって……」

「産まれそうなの」

「なにが」

間抜けな問いを、由佳子は発してしまった。

美咲は苦しそうな声で応じた。

「わたしの子供」

その意味を、由佳子が理解するまで、少しばかりかかった。

四章

命

受話器を置いた由佳子に、松本君が尋ねてきた。

「どうしたんですか」

尋常ではない雰囲気を感じ取ったのか、その声は少しばかり硬かった。由佳子はわずかのあいだ、目を閉じた。祈った。ふたたび瞼《まぶた》を開いたとき、そこにあるのは、先ほどとなにも変わらない世界だった。頭を撫《な》でている井上、夜食をかきこんでいるアルバイト、隅のソファで仮眠している若い記者。繰り返される日常。見慣れた光景。なのに美咲はそうじゃない。彼女の世界は今、大きく変わろうとしているのだ。

「友達の子供が産まれそうなの」

ようやく由佳子は言った。低い声だった。

むしろ大きな声を出したのは松本君の方だ。

「じゃあ、すぐ病院に運ばないと」

「ええ、そうね」

応じたものの、由佳子はすぐに動けなかった。半年ほど前に会ったとき、美咲はそんな様子を見せなかったではないか。もし兆候を感じていたならば、あれほど無邪気には笑えなかっただろう。なんらかの影が落ちたはずだ。いったい、どういうことなのか。

なぜ？　なぜ？　なぜ？

同じ言葉が胸の中を埋め尽くす。落ち着くため、たっぷりと息を吸ったけれど、駄目だった。ざわめきは消えない。言葉がどんどん重なるばかり。早く行動しなければと思うのに。なんということだ。これほどまでのショックを、自分が受けるとは。

「早く行きましょう」

そう言ったのは、松本君だった。すでに立ち上がっている。

「今日は俺、車で来てるんで」

「え、そうなの」

「友達の家、どこですか」

美咲が住む町を告げると、松本君は少し考える様子を見せた。頭の中で道順を思い描いているのだろう。

二十分か三十分です、と彼は言った。

「それより救急車を呼んだ方がいいんじゃないかしら」

「まずいですよ、それは。下手するとたらいまわしにされます」

「ああ、そうね」

ここのところ、妊婦のたらいまわしが紙面を踊ることが多い。救急車に乗せてしまったら、同じことになってしまう可能性がある。杞憂《きゆう》かもしれない。ただ松本君が言うように二、三十分で着けるのならば、まずは駆けつけるべきだろう。

松本君の愛車は、地下の駐車場に収まっていた。古い国産車で、ドアを閉めると、ひどく大きな音がした。手慣れた様子で彼は車のエンジンをかけ、アクセルを踏み込む。年老いたエンジンが唸《うな》り、夜の町へと飛び出した。他に車の姿はなく、ただ遠くにある信号が青く光っているだけだ。荒っぽく揺れる車の中、由佳子は取材したある夫婦のことを思い出した。予約。そう、予約だ。現在の産科では、かなり早めにそこで出産するという予約を取っておかないと、分娩台《ぶんべんだい》を確保できない。いわゆるお産難民になってしまう。記事ではまさしくそういうタイトルをつけた。お産難民、と。あのときは取材対象だったけれど、まさか身近に迫ってくるとは。

古い国産車は、夜の闇《やみ》を切り裂いていく。

「悪いわね、松本君」

由佳子は言った。

「いえ」

松本君はただ、そう応じただけだった。黄色から赤に変わりかけた信号を、無理矢理に突っ切った。


やがて美咲のマンションに着いた。いかにも彼女が好みそうな、上品で小綺麗《こぎれい》な建物だ。ドアは深緑色で、取っ手の輝きは、それなりの高級感を漂わせている。いつもの癖で、由佳子はまず、ドアを観察した。かつて地方のブロック紙に勤めていたころ、上司に教えられたことがある。最初にドアを見ろ、と。

「ちゃんとした家は、ドアをきれいにしておくものなんだ。掃除がそこまで行き届いていると言えばいいか。月に一回か二回はドアも拭《ふ》く。誰だってドアが汚れているのは気持ち悪いだろう。ドアが汚れている家には、なんらかの問題があるのかもしれない」

美咲の部屋のドアは、決してきれいとは言えなかった。何カ月も拭いていないのが一目でわかる。それを見たとき、由佳子は突然、胸が締め付けられた。

ああ、思い出す。いつかみんなでキャンプに出かけたとき、焦《こ》げ付いた飯盒《はんごう》を最後まで洗っていたのは美咲だった。仲間たちは、まったく気にすることなく、バンガローで盛り上がっていた。もちろんビールやらワインやらが開けられ、早くも頬を赤くしているものがいた。

由佳子はやがて、美咲がいないことに気付いた。もしやと思って洗い場に行くと、彼女の姿があった。

「そんなにしっかり洗わなくていいんじゃないの」

洗い場に近づきつつ、由佳子は言った。

返事は覚えている。そのあとの、やりとりも。

「すっきりしなくって」

美咲は泡だらけのスポンジを手にしていた。

「嫌なのよ。こういうのを放っておくの」

「飯盒？」

「焦がしちゃったんだもの。きれいにしないと」

キャンプ場は深い森の中にあり、早くも闇が迫っていた。薄暗い。都会の夜とはまったく異質だった。木々のあいだにも、立ち尽くす由佳子の周囲にも、洗い物をする美咲にも、染《し》み入るように闇は近づいていた。その中、美咲は笑った。整った白い歯が、やたらと鮮やかに感じられたのを覚えている。

「誰も気にしてないわよ。もしかしたら、それ、もう使わないかもしれないし」

そう言っても、美咲は洗うのをやめなかった。

「捨てられるにしろ、汚れてるより、きれいな方がいいじゃないの」

「確かにね」

「なによ。意外そうじゃないの」

「ううん。そんなことないわ。わたしにとってはね。ただ他の人には、美咲って、そういうタイプには見られないかもしれない。やけに華やかな感じがするっていうか。女王さまタイプってところかしら」

「全然違うんだけどな」

呟《つぶや》く美咲は、泡だらけのスポンジで飯盒を洗っている。

そうだね、と由佳子は頷《うなず》いた。

「周りが勘違いしちゃうのよ」

「損してるんだか、得してるんだか」

「誰かは見てるわよ」

「由佳子とか？」

　美咲は冗談っぽく尋ねてくる。由佳子も付き合うことにした。

「気付くのがわたしだけじゃ宝の持ち腐れか」

　美咲にはどこか、頑《かたく》なところがあった。あるいは古風というべきか。評判の店で食事をし、流行の服を着て、派手なメイクをしている。けれど、彼女の部屋の水まわりは、いつもぴかぴかに磨き上げられていた。彼女の本質は、お洒落《しゃれ》なレストランなどではなく、流行の服でもなく、あの磨き上げられた水まわりにあるのではないだろうか。

「勘違いばかりなのよね」

「え、どういうこと」

「派手な男の子に限って声をかけてくるの。今日もさ、そんな感じ。安達君とか、本村君とか、さりげなく誘われたわ」

　ふたりとも目立つ男の子だった。話がうまくて、顔がよくて、自然と集団の中心になるタイプだ。実際、彼らはそこそこの大学を出ており、そこそこの企業に勤めている。社会的にはエリートと言っていいのかもしれない。

「安達君も、本村君も、わたしには世間話だけだったわ」

「由佳子は頭がいいから。臆《おく》しちゃうのよ」

「おかしいわよ、それ。だって、わたしも美咲も同じ大学でしょう」

「だから勘違いって言ったの。安達君も、本村君も、わたしをただの軽い子だと思ってるわけ。遊び相手にしてもいいっていうか。気軽な付き合いができると思ってるのね」

「それは――」

「わたしも悪いんだけど」

違うと思った。たとえ外見が派手であったとしても、美咲が自ら選んだものではない。生まれつきのものだ。その美しさをうらやましく思う同性は多いだろう。由佳子もまた、そのひとりだった。しかし、実際の彼女と、周りが見る彼女のギャップに気付くと、そんな嫉妬《しっと》は霧散した。美咲自身、与えられたものに振りまわされているのではないか。そんな姿を幾度も見てきたし、時には助け船を出したこともある。

強く訴えてみようかと思ったけれど、迷った末、やめておいた。美咲だって、ちゃんとわかっている。一番苦しんでいるのは彼女なのだから。これ以上、言葉を重ねても仕方ない。

代わりに洗い物を手伝うことにした。

「ここにタワシがあるわよ」

「え、本当に？」

「目の前に置いてあったけど」

「気付かなかった」

なんでだろうと美咲は首を傾《かし》げる。タワシを手にした由佳子が、飯盒に手を伸ばすと、こびりついていた汚れは見る見る落ちていった。

「わたしの苦労はなんだったのかしら」

美咲は笑った。

「本当に馬鹿《ばか》ね。目の前にあるのに気付かないなんて」

「どうしたんですか」

松本君の声は聞こえていたけれど、由佳子はすぐ反応できなかった。キャンプ場の闇の中、笑った美咲の顔が何度も蘇《よみがえ》ってくる。本当に馬鹿ね。今もまだ、あの笑顔が、声が、残っていた。目の前にあるのに気付かないなんて。

「あの、篠原さん」

松本君の声が少し強くなった。促され、由佳子は顔を上げた。

「ごめんなさい」

「大丈夫ですか？」

「ええ」

いったい、なにが大丈夫なのだろう。

答えを得られないまま、由佳子はインターフォンを押した。室内で音が響くのが、かすかに聞こえてくる。

やがてドアが開き、美咲が顔を出した。真っ青だった。

「ごめんね、由佳子」

いきなり彼女は謝った。それから松本君を見て、意外そうな表情を浮かべた。

「同僚の松本君。ここまで車で送ってもらったの」

「こんばんは」

松本君は戸惑いながら言った。

対して、美咲は深々と頭を下げた。

「ご迷惑をおかけします」

「美咲、早く中に入りましょう。風が冷たいわ」

部屋の中はきれいに整理されていた。居間に入った美咲はすぐ、うずくまった。よほどのことだと感じた。彼女がこういう姿を晒《さら》すことは滅多に無い。由佳子だけならともかく、松本君もいるのだ。長い髪が垂れて、彼女の顔を覆《おお》い隠す。

「陣痛は来てるの」

「さっきから二十分間隔になってる」

由佳子はほっとした。それならばまだ、かなりの余裕がある。少なくとも今すぐ産まれるという状況ではない。

「母子手帳はある?」

「そこ」

ローテーブルの上に、薄い冊子が置かれていた。表紙には可愛《かわい》らしい赤ちゃんのイラストが描かれている。ということは、ちゃんと検診を受けていたわけだ。かかりつけ医がいる。それならば、たらいまわしという最悪の事態は避けられるかもしれない。

報道で詳しく解説されることは滅多にないけれど、妊婦のたらいまわしは、たいていの場合、かかりつけ医の不在が原因だ。妊娠が判明したあとも病院に通わず、検査を受けず、やがて出産の兆候を迎える。彼女たちはそして、いきなり救急車を呼ぶ。病院側は詳細なデータを持っていない。そもそも診察をしていないのだから。既往歴のない妊婦の受け入れを、病院がためらうのは当然だった。たとえば母親がなんらかの疾患を持っていたら？　胎児の状態に難しい面があったら？　良心ゆえに引き受けても、もし結果が悪い方に転がれば、いきなり訴訟ということもあり得る。なにより病院は多くの産婦人科医を抱えているわけではない。むしろ数が足りず、どうにかやりくりしているのが現状だ。飛び込んでくる妊婦に対応できるところは少ない。病院や医師を責めることなどできなかった。倫理観の欠如という言葉で断罪するのは酷だ。

今回はそこまでひどくなさそうだ。

母子手帳を手に取った由佳子は、しかし愕然《がくぜん》とした。その表紙にはR市と記されていた。隣の県にある自治体ではないか。これはいったい、どういうことなのか。

「なぜR市なの」

「見られるわけにはいかなかったから」

即座には意味がわからなかった。美咲を問いただしたい。住んでもいない町が発行した母子手帳を持っているのはおかしいではないか。とはいえ、今はそんなことをしている場合ではなかった。事情はあとで聞けばいい。

「わざわざR市まで行ってたのね」

「そう」

「出産の予約は？」

「取ってないわ」

慌《あわ》てて母子手帳を捲《めく》ると、『妊娠中の経過』というページがあった。診察記録だ。診察日、妊娠週数、子宮底長、腹囲、血圧、浮腫《ふしゅ》と言った言葉が並ぶ。わかるものもあれば、わからないものもあった。検査を行っているのは、やはりR市にある病院だった。R市立M崎病院。それが正しい行動かどうかわからないまま、由佳子は携帯電話を取りだした。記されている電話番号にかける。七回目のコールで応答があった。

「恐れ入ります。そちらで検診を受けていた井川美咲の関係者ですが、陣痛が始まったようなんです。今から受け入れてもらうことは可能でしょうか」

事務的なやりとりがしばらく続いた。破水はしているのか。陣痛は何分間隔か。問われるままに答えていく。わからないことは美咲に尋ねた。

そうしたやりとりの末、相手の声が低くなった。

「申し訳ありませんが、当院での受け入れは無理です」

「無理……」

「現在、産科に受け入れる余裕がありません。担当医は別の出産に立ち会っていますし」

では、どうしろと？

相手は冷たく言った。

「救急車を呼んでください」

「しかし——」

口にしかけた言葉を、由佳子は呑《の》み込んだ。それでは妊婦のたらいまわしに陥りかねない。とはいえ、電話の相手に訴えたところで、なんの意味があるだろうか。彼女は現場の一従事者にすぎないのだ。

「申し訳ありませんでした。ありがとうございました」

丁寧に礼を言い、由佳子は電話を切った。途端に行き詰まった。救急車を呼んだあと、受け入れ施設が見つからなかったらどうする。その責任を自分は負えるのか。さまざまなことが頭を巡るものの、答えは出ない。突然、美咲が呻《うめ》き声を上げた。ひどく苦しそうだ。陣痛がやってきたらしい。汗をたくさん掻《か》いていた。髪が額に張り付いている。どうにかしなければいけない。自分は美咲の友人だ。そして今、ここにいる。彼女が頼ったのは自分だった。信頼に応《こた》えるべきだ。ああ、そんなのは、たいしたことじゃない。たった今、目の前で、新しい命が産まれようとしている。どうすればいいのだろう。なにが正しいのか。美咲を介抱していた松本君が、縋《すが》るような視線を送ってきた。焦《あせ》る由佳子の頭にふと、ある可能性が浮かんだ。手にしたままの携帯電話を操り、ある電話番号を探した。出てくれと祈りつつ、発信ボタンを押す。コールが一回、二回、と重なる。三回、四回。駄目か。諦《あきら》めかけた七回目、声が聞こえてきた。

「伊島助産院です」

繋《つな》がった。恐れ入ります、と由佳子は言った。

「わたくし、先日、取材でお伺いした篠原と申します」

「ええと、ネットの新聞の――」

「はい。そうです」

お産難民の件を取材したとき、由佳子は夫婦だけでなく、助産院にも出向いた。その助産院は、隣の市にあった。車を使えばさしてかからないはずだ。幹線道路で繋がっていた。昼間ならともかく、この時間ならば、道は空いている。

「実はお願いがありまして」

「なんでしょう」

「友人が産気づいたんですが、受け入れ施設が見つからないんです。それで伊島さんのことを思い出しまして。受け入れていただくことは可能でしょうか。車を飛ばせば、たぶん三十分以内に着けると思います」

それまでのんびりとしていた伊島さんの口調が、突然、緊張を帯びたものになった。

「かかりつけ医はなんと言ってますか」

「連絡が取れないんです。別の出産に立ち会っているそうで」

「診察記録はありますか」

「あります」

慌てて母子手帳を捲る。ありがたいことに、エコー写真が何枚か見つかった。ちゃんと診察順に並べられ、胎児の成長が、素人《しろうと》の由佳子にもはっきりとわかった。最初は小さな塊だったものが、だんだんと人の形になっていく。最後の一枚は特に鮮明で、指を口にやっていることまでわかった。まだ産まれていないけれど、これは人だ。人なんだ。

「篠原さん」

「はい」

「率直に言いますが、簡単に受け入れるというわけにはいきません。その方の診察を、わたしはまったくしていないし、どういう状態なのかもわからない。できるならば、高次施設への搬送をお勧めします」

「わたしもそう感じています。ただ、はたして可能かどうか」

しばし沈黙があった。簡単ではないことを、由佳子も、また伊島さんも理解していた。今から救急車を呼んでも、すぐに来るわけではない。ようやく到着しても、搬送先が見つかるとは限らなかった。ほんの少し前、神奈川の妊婦が東京を素通りし、千葉に運ばれたケースがあった。一時間どころではない。二時間はかかったはずだ。

自分は伊島さんに無理難題を吹っかけているのだろう。ここで彼女が受け入れを拒んだとしても仕方がない。当然の反応だとさえ言える。続く沈黙の中、由佳子はただ祈るしかなかった。

やがて、ふうっと息を吐く音が聞こえた。わかりましたと伊島さんは言った。

「時間を無駄にするわけにはいきませんね。まず母子手帳の内容をすべて、こちらにファックスで送ることは可能ですか。できればエコー写真も」

横目で確認すると、美咲の電話はファックス機能つきだった。

「できます。今すぐ送ります」

「まずは、それを見てから判断させてください。もしそこで難しい面があるなら、別の施設を探すことを考えに入れておいてください」

「わかりました」

携帯電話を切ると、由佳子は母子手帳を持って、美咲の電話に向かった。家庭用のファックスは、スリットに紙を差し込んで、読み取らせる形式のものだった。母子手帳はもちろん、そのスリットに入らない。迷う暇はなかった。由佳子は母子手帳のページを破り取り、スリットに差し込んだ。ジリジリと音を立て、ファックスは紙を呑《の》み込んでいく。数分で、五枚の診療記録と、さらに五枚のエコー写真を送ることができた。

直後、伊島さんから折り返しの電話がかかってきた。

「すぐに来てください」

「受け入れてくださるんですか」

「記録を見るかぎり、胎児の成長は順調そのものです。逆子だった時期があるけど、二週間前には治っている。ただし急いでください。いざとなったら高次施設への搬送も考えなければいけないので」

「ありがとうございます。感謝します」

電話を切った由佳子は、顔を上げ、すぐさま美咲と松本君に言った。

「受け入れ先が見つかったわ。行きましょう」

松本君が、美咲を抱き上げた。彼女はとても歩ける状態ではなかった。美咲は彼の首に両手をまわし、しがみついていた。

車の後部座席に乗せるとき、松本君が尋ねた。

「大丈夫ですか」

「ええ」

美咲は頷《うなず》く。

「安全運転を心がけますから、もし苦しかったら横になっていてください」

「ありがとう」

「ちゃんと送り届けます」

守りたいという気持ちがあるのだろうか。松本君の言葉は、やけに優しかった。

途中で電話を入れ、あと十分ほどで着きますと伊島さんに告げた。実際には七分後、車は伊島助産院の前に滑り込んだ。伊島さんは道路で待っていてくれた。薄いカーディガンを羽織った姿が、車のライトに照らし出される。彼女は何度も何度も両手を振った。ここよ、と。

「申し訳ありません」

車を降りると同時に、由佳子は謝った。けれど、伊島さんはすぐさま、後部座席の美咲に手を伸ばした。

「よく頑張ったわね」

「はい……」

美咲の顔は真っ青だった。

「大丈夫よ。精一杯、お手伝いするから。安心して」

伊島さんは美咲を抱きしめた。その瞬間、美咲の目から、涙がこぼれた。なにかが緩んだのだろう。ようやく由佳子は気付いた。ここに来るまで、自分は美咲に優しい言葉をかけなかった。どうするかということばかり考え、彼女の思いには気がまわらなかったのだ。美咲は不安だったろう。本当に求めていたのは、今の伊島さんのようなぬくもりだったのではないか。

「そこの君、手伝ってちょうだい」

「あ、はい」

松本君を急《せ》かし、伊島さんは美咲を院内に運んだ。すぐベッドに寝かせると、伊島さんは美咲のお腹《なか》に手をやり、あちこちを押した。いささか荒っぽい手つきに見えるけれど、美咲は不快に感じていないようだ。

「大丈夫。逆子じゃないわね」

それからエコーのプローブをお腹に当てる。小さな画面に胎児の姿が映し出された。ゆっくりと動いている。なにかのボタンを押すと、規則的な響きが室内を満たした。ガン、ガン、ガンと、まるでドアを叩《たた》くような音だった。

「胎児の心音よ」

「え、こんな音なんですか」

びっくりした様子で、松本君が尋ねる。

伊島さんは笑った。

「なかなか派手でしょう」

「僕はもっと違う音なのかと。ええと、ドクンドクンっていうか」

「ドップラーで拾ってるからね。こういう音になるのよ」

伊島さんの声からは、すっかり緊張が取れていた。松本君をからかっているふうもある。なんとなく状況を察することができた。

「ここで産めるんですね」

「ええ。通常の分娩《ぶんべん》が可能よ」

「急に押しかけて申し訳ありませんでした。その――」

　気にしないで、と伊島さんは笑った。

「わたしたちはね、今は助産師なんて名乗ってるけど、要するに産婆《さんば》なのよ。いつ呼ばれても、夜中でも、明け方でも、駆けつけるのが本来の姿だから。時代が変わってしまったとはいえ、産婆の心を、今もちゃんと持ってる。だから安心してちょうだい」

　伊島さんは美咲の手を握った。そして、その手を、膨らんだお腹に持っていった。

「大変かもしれないけど、頑張って産みましょう。ここにいるのは、あなたの子供よ。臍《へそ》の緒であなたと繋がってるの。どんな事情があったって母親は母親。あなたのお腹の中でしっかりと育ってきた子供よ。しっかり産んであげましょう」

「はい」

　美咲の頬を涙が伝った。

　内診のあいだ、由佳子と松本君は待合室の椅子《いす》に腰かけた。待合室とはいっても、決して立派なものではない。民家の一室に、古びたソファが置かれているだけだ。長年使われているとおぼしき黒いソファは、角が破れ、そこからスポンジが顔を出していた。

「どうぞ」

ぼんやり空間を眺めていたら、目の前に金色のものが差し出された。缶コーヒーだ。顔を上げると、松本君がそこにいた。

「車を置いてくるついでに買ってきました」

「ありがとう。車、どこに置いたの」

「近くのアパートの前に停められる場所があったんで押し込んできました。確実に駐車違反ですね。でもまあ、仕方ないですから」

「そうね」

頷き、金色の缶を受け取る。しばらく、無言のまま、ふたりで缶コーヒーを飲んだ。診察室の方から、ふたたび、ガン、ガン、ガンと音が聞こえてきた。

「すごい音ですね」

「ノックしてるのよ」

「え?」

「この世のドアをね」

下らない由佳子の言いまわしに、松本君はなるほどと頷いた。相手が年下であるせいか、由佳子の心が緩んだ。

「人ってなかなか至らないものね」

「どういうことですか」

「わたし、美咲の気持ちは、ちっとも察してやれなかった。彼女はわたしを頼ってきたのよ。学生時代からの付き合いだもの。なのに、どうするべきかってことばかり考えて、彼女をいたわる言葉はかけてあげられなかった」

「仕方ないですよ。緊急事態だったし。僕もなにもできなかったです」

「まあね」

頷いたものの、思いは収まらない。まだ自分を責めている。美咲の涙が思い浮かんだ。彼女はもっと早く泣きたかったのではないか。伊島さんがそうしたように、まずは美咲を抱きしめるべきだったのだ。求めていたのは、事務的な処理ではない。適切な判断でもない。それ以前に、ぬくもりを、優しさを必要としていた。ふらついている自分の姿をこれ以上見せたくなくて、由佳子は立ち上がった。

「一本、電話をかけてくるわ。なにかあったら呼んで」

彼はすぐに出た。

「はい」

いくらかぶっきらぼうな声が聞こえてきた。よかった。まだ起きていたのだ。

「篠原です。先日に取材させていただいた」

「ああ、どうも」

「夜分に申し訳ありません」

「いえ」

言いつつ、徳岡医師の声はまだ、定まっていなかった。いきなりかかってきた由佳子の電話に戸惑っているのだろう。この前の取材のことを話し、いったん気持ちをほぐすべきか。それともいっそ、切り込むか。考えた末、由佳子は後者を選んだ。

「もうすぐ美咲の子供が産まれそうなんです」

「美咲の子供？」

医師とはいえ、この状況をすぐさま理解することは、さすがに難しいようだった。戸惑った声を出したあと、黙り込んでしまった。

由佳子はあえて、間をおいた。

「美咲は妊娠していました。ちょうど十カ月に入ったところです」

徳岡医師はすぐさま尋ねてきた。

「どこの病院ですか」

「いえ、病院ではなく、助産院です」

「助産院……」

「状態は安定してるようです。検査もしてもらいましたけど、別段の異常は認められなかったので、ここで産むことになりそうです」

「ちょっと待ってください」

「なんですか」

「僕がベッドを手配します。助産院みたいなところじゃなく、もっと設備の整ったところで安全な処置をするべきです」

由佳子は戸惑った。助産院みたいなところ？　もっと設備が整っている？　それはどういう意味だろうか。

「助産師さんは問題ないと言ってますよ」

「いや、でも――」

「助産院を信用できないわけですか」

尋ねたところ、彼は黙ってしまった。ふう、ふう、と徳岡医師の呼吸が聞こえた。

由佳子は頭の中で計算してみた。この前、美咲と会ったのは、半年ほど前だ。徳岡医師との関係があったとしたら、それ以前だろう。

「僕の子供かもしれません」

「そういう可能性があるわけですね」

「はい」

「実際に、行為があったんでしょうか」

「それは……」

彼の言葉は、いきなり曖昧《あいまい》になった。彼もやはり確信を抱いていないのだろう。

由佳子は別のことを尋ねた。

「産婦人科医にとって、助産院での出産は不安だということですか」

「いや、そこまでは……」

「率直に言って、徳岡さんの言葉からはそういった響きを感じます。しかし助産院とは信用できないものでしょうか。わたしが調べたデータでは、九十八パーセントのお産に、医師の介在は必要ないということになっていましたが」

「統計的にはそうかもしれません」

「それは信用のおける統計ですか」

「おそらく……」

「ならば、このまま進めた方がいいような気がします。まず、徳岡さんが関わることを、美咲が望むかどうかわかりません。こちらの助産師さんは実績のある方ですし、彼女が大丈夫だと言っていますから」

「陣痛は何分間隔ですか」

「今は十分です」

彼は絶句した。ここまで来たら、移動させることなど不可能なのだ。

「わかりました」

やがて、ため息のような声が聞こえてきた。

「お願いします」

「徳岡さん」

「はい」

「あなた自身は、もっと設備の整ったところに美咲を運びたいと感じているんですね」

「ええ、そうです」

「なぜでしょう」

「安全だからです」

「お気持ちはよくわかります。しかし、先ほどの統計でも、大半の出産は医師を必要としない。今回もまた助産師さんはここで……つまり助産院で産むことが可能だと言っています。なのに、どうして、そこまでの安全性を求めるんでしょうか」

「たとえ一パーセントでも危険があるのならば、それを減らしたいと願うのが医者というものですよ」

「お産というのは、通常の医療とは違うように思います」

「違う？　なにがですか？」

「お産は病気ではありません。生物としての、自然な行為です。治すものではない。リスクを減らすという一般的な医療概念に当てはめるのは無理があるのではないでしょうか。安全性の面だけで語るべきことではないというか」

　しばらく沈黙が続いた。目の前の細い道路を、原付バイクが走り抜けていった。その騒音は由佳子の気持ちを掻《か》き乱した。

「そうかもしれません」

　徳岡医師は言った。

「しかし違うかもしれません」

「どういうことでしょう」

「あなたの言うように、出産とは通常の医療行為とは違う面があります。ただ、だからこそ、厄介なんです。患者たちは……妊婦も、その家族も、当然のように子供が産まれてくると思っている。母親もまた健常な状態で帰ってくると。しかし必ずしもそうではない。昔、出産は命がけの行為でした。ほんの五十年ほど前までは、死産はよくあることでした。我々医師が努力し、危険性を取り除いてきたんです。ただ、そうして我々が努力した結果、お産とは安全なものだと、みんなが思うようになった。安全神話が生まれた」

「神話ですか」

「ええ、神話です。今もお産が危険なものであることに変わりはない。医療による万全の態勢が危険性を低くしているだけです」

「助産院はその役を果たしていないと？」

「そんなことは言っていません」

「しかし徳岡先生はさきほど病院への搬送を促しましたよね」

彼は黙ってしまった。

「無意識のうちにそういう意識を持っているのではないでしょうか」

「僕は――」

その言葉を聞き終わらないうちに、別方向から飛んできた声が、夜の闇《やみ》を震わせた。顔をそちらに向けると、伊島助産院のドアに手をかけた松本君が、こちらを見ていた。

「篠原さん！　美咲さんが！」

「わたし、行きます」

慌《あわ》てて告げると、徳岡医師の低い声が響いた。

「美咲をお願いします」

「ええ」

電話を切り、由佳子は走った。考えるべきことがたくさんあった。記者として、女として。徳岡医師の言葉が、ひとつひとつ、心の中を巡った。しかし今、向き合うべきことは、それらではない。

新たな命が今、産まれようとしているのだ。

誕生

松本君と一緒に分娩室《ぶんべんしつ》へ入った由佳子は驚いた。あまりにもイメージと違ったからだ。分娩室などという言葉を使うのがためらわれる。ただの民家の一室だ。分娩台はなく、消毒液の匂《にお》いもしない。エコー、つまり超音波診断機などは揃《そろ》っているけれど、古めかしい畳や天井、それに塗り壁といったものの中に、最新の医療機械があることが、むしろ不自然に感じられた。美咲の姿勢もまた意外だった。ワンピースのような、膝丈《ひざたけ》まであるパジャマを着た彼女は、布団《ふとん》の上で、横向きになっていた。これから出産するとは思えない。今は落ち着いているのか、穏やかな顔をしている。由佳子はしばし、室内を見まわした。確かめていたのではない。他にどうすればいいのかわからなかったのだ。掃除はちゃんとされており、室内はとても清潔だ。入り口のそばに置かれた文机《ふづくえ》には、塵《ちり》ひとつ積もっていなかった。奥の壁に掛かった時計が、カチコチと時を刻んでいる。やがて視線を戻したとき、文机にノートが置かれていることに気付いた。学生時代に使ったことのある、いわゆるキャンパスノートの一種だ。何気なく開いてみると、そこにはたくさんの文字が並んでいた。一段落ごとに文字の癖が違っていて、どうやら寄せ書きのようなものらしい。読み進むうち、ここで子供を産んだ人たちが残していったものなのだと気付いた。記されているのは、喜びの声ばかりだった。感激という言葉がいくつも並ぶが、しかし由佳子にはまったく実感が湧《わ》かず、むしろ戸惑いだけが増した。そう、自分は知らない。子供を産むということがどういうことなのか。自分になにをもたらすのか。なぜ人は子供を産むのか。まったくわからない。

「由佳子——」

声が聞こえた。美咲だ。

ノートを置き、由佳子は布団のそばに駆けつけた。

「具合はどう？　大丈夫？」

「今はね。それより、ごめんなさい。こんなことまでさせちゃって。あなただって、仕事があるのに」

「いいのよ。だって子供が産まれてくるのよ」

漏れた言葉に、由佳子は驚いた。ノートを見たとき、実感を抱けなかった。そのくせ、同じような言葉を口にしている。

決まり文句なのか。本能なのか。

「子供。そうね。子供が産まれてくるのね」

美咲は呟《つぶや》いて、自らのお腹《なか》に両手を置いた。とても自然な仕草だった。守っているようにも、抱いているようにも見える。あるいは美咲もまた、自分と同じなのだろうか。子を産むという行為に戸惑っているのかもしれない。

「ねえ、美咲」

「なに」

「子供を産むことは嬉《うれ》しい？」

それは誰のための問いだったのだろうか。

美咲は素直に笑った。

「嬉しいわ」

その笑顔がすべてだった。

美咲とは長い付き合いだ。初めて会ったのは大学の構内だった。もう十年以上も前のことなのに、はっきり覚えている。方向感覚の鈍い由佳子は、次の講義が行われる教室がわからず、途方に暮れていた。四月だったか、五月だったか。木々は若葉に萌《も》え、風が吹くたび、ざざざと音を立てて揺れた。妙に心細くなり、由佳子は辺りを見渡した。そのとき、声をかけてくれたのが、美咲だった。

「あなたも安田先生の講義を受けるんでしょう」

「ええ、そうなの」

田舎から出てきたばかりの由佳子はまだ、人慣れしていなかった。気軽に声をかけられ、むしろ戸惑った。

「じゃあ、こっちよ。わたしも出るから、一緒に行きましょう」

「ありがとう。わたし、わからなくて」

「わからないって、なにが」

「キャンパスの中よ。ほら、やたらと広いから」

由佳子はまだ、緊張していたかもしれない。

ほぐすように美咲は笑った。

「方向オンチなのかしら」

「そうみたい」

「おもしろいわね。あなた、いつも講義をちゃんと聴いてるし、ノートも取ってるでしょう。しっかりした人なんだろうなって思ってたわ。なのに教室がどこにあるかわからないのね。ちょっと不思議な感じ」

「わたしのこと、知ってたの」

「似たような一般教養を取ってる子は、顔くらいわかるわよ」

もし美咲の言葉のどこかに見下すような調子が含まれていたら、由佳子はいい印象を持たなかっただろう。けれど彼女の言葉は素直で、陰りなどなく、ただ思っていることを口にしているだけというふうだった。

その明るさに由佳子は惹《ひ》かれた。

かなりの美人なのに、鼻にかけるふうでもなく、言い寄る男の子たちを軽く躱《か》わし、むしろ女友達を大切にしていた。暗い顔をしている子がいれば声をかけ、仲間に引き入れた。取引ではなく、打算でもなく、無償のなにかを彼女は持っていた。それは尽きることがない泉のようなものだった。

「テスト前にはよろしくね。わからないことがあったら教えて」

教室に着いたあと、美咲は言った。

こちらに気を遣わせまいとしての言葉、配慮なのだと、鈍い由佳子にもわかった。

「ええ、任せて」

だから、大げさに、胸を叩《たた》いておいた。

美咲は無邪気に笑った。

「よし。これでノートは確保」


頭に蘇《よみがえ》ってくるのは、あのときの笑顔だった。たくさんの時が流れ、自分も美咲も大人になった。もう学生でもなければ、若くもない。翌日のため、夜中、スキンケアに費やす時間が増えた。しかし変わらないものがある。先ほど美咲が見せた笑顔のように。笑顔の奥にある心のように。由佳子は思った。なんでもしよう、と。キャンパスで迷っていた自分に——田舎育ちの自分はひどく野暮ったくて口下手だったろう——優しく接してくれた美咲が今、困っている。自分も経験を重ね、かつてほど野暮ったくもなければ、口下手でもない。それなりに機転も利《き》くようになった。本当に恩返しをするチャンスが訪れたのだ。


「頑張って産みましょう」

由佳子は美咲の手を握った。握りかえしてくる力が、とても嬉しかった。

「ありがとう。由佳子」

「美咲の子はどんな顔かしら」

「最初はきっと、へちゃむくれよ」

「だけど、ほら、やっぱり親から受け継ぐものってあるじゃない」

「そうね」

ほんの一瞬、美咲は顔を伏せた。おそらくは、お腹の子供、その父親のことを思い出したのだろう。ということは、なんらかの事情があるのだ。しかし今、考えるべきことではない。まずは無事に産むことだ。

やがて松本君の声が聞こえた。

「僕、出てますね」

「ああ、そうね」

出産とは、特別な行為だ。見知らぬ男性に見られたくないだろう。それは由佳子にも言えることだった。

友達だからこそ、気を遣う。

「わたしも出てるわ」

立ち上がったところ、美咲は首を振った。

「いや」

「え、なに」

「一緒にいて」

「わたし?」

「ううん。みんな」

「松本君もいていいわけ」

「うん」

美咲の目には、強い輝きがあった。彼女の心情がわからず、由佳子は戸惑った。いったい、どういうことだろうか。すべてを見られてもいいのか。戸惑っているのは、松本君も同様だった。当たり前だ。はいそうですか、なんて言えるわけがない。彼に目をやった美咲は、縋《すが》るように訴えた。

「お願い」


陣痛の間隔は、どんどん短くなっていった。そのたび、美咲は顔を苦しそうに歪《ゆが》めた。ふうっ、ふうっ、ふうっ、と荒い息を繰り返している。

そばにいる伊島さんが慎重に様子を窺《うかが》っていた。

「どうですか」

「通常の陣痛よ。ほぼ一分間隔になってるわ」

「一分……」

「だいぶ近づいてきたってことね」

そこで伊島さんは、松本君の存在に気付いたようだった。

「あれ、彼は?」

「美咲がいて欲しいって言うんです」

しばらく事情を呑《の》み込めなかった様子だったけれど、なるほどと頷いたあとの行動はスムーズだった。部屋の端に行くと、黄色いテニスボールを持ってきて、松本君に渡した。当然、彼はきょとんとしている。

「それで腰の辺りを押してあげて」

「あ、はあ」

「ほら、早く」

美咲の腰に松本君はテニスボールを押しつけた。傍から見ても、実にぎこちない手つきだ。押されている美咲が顔をしかめる。

「美咲、好きに言っていいわよ。こき使って」

「女王さまみたいね」

苦笑いしつつ、美咲は言った。

「もっと下の方。そこじゃなくて」

「ここですか」

「その右辺り。ああ、逆よ」

ぎこちなくテニスボールを押す松本君に、美咲はいちいち指示を送る。もっと強くとか、強すぎるとか。四、五分ほどすると、程度がわかってきたようで、美咲が陣痛に声を上げるたび、松本君はテニスボールを腰に押しつけた。いくらか痛みが和らぐらしい。美咲の口から安堵《あんど》の声が漏れる。陣痛のとき、美咲が上げる声は、オルガスムスを迎えるようでもあり、獣の叫びのようでもあった。額には大粒の汗が噴き出している。由佳子は右手で美咲の手を握りながら、左手のガーゼで汗を拭《ぬぐ》った。水と言われればペットボトルを差し出す。伊島さんが準備してくれていたそれには、逆流しないための弁がついたストローが挿さっていた。一口、二口、飲んだ美咲が、また熱い息を漏らす。ふうっ、ふうっ、ふうっー。痛みは増しているらしく、声はどんどん大きくなっていった。背中をさすり、抱きしめるようにして、由佳子は頑張ってと囁《ささや》いた。痛い、と美咲の口から声が漏れる。痛い、痛いよ、由佳子。同じ言葉を美咲は繰り返した。痛い痛い痛い。しかし由佳子には抱きしめることしかできない。足の方にいた伊島さんが、もうちょっとよと大きな声で言った。びっくりした。

「すぐ産まれるんですか」

由佳子の声も大きかった。叫ぶようだった。自然とそうなっていた。

ふと時計を見たところ、なんと、ここに来てからもう五時間もたっていた。いったい、いつの間に、それだけの時間が流れたのだろうか。伊島さんは、美咲の足のあいだを、変わらぬ姿勢のまま覗《のぞ》き込んでいた。松本君がテニスボールで腰を押し、由佳子は抱きしめ、伊島さんは忙《せわ》しなく動いている。ひどく滑稽《こっけい》な光景かもしれないけれど、笑う余裕などなかった。抱きしめている美咲の体は震え、もはや悲鳴とでも呼ぶべき声を上げていた。痛い痛いと訴えた。汗は額だけではなく、全身を濡《ぬ》らしている。

「すぐじゃないわ。赤ちゃんが今、産道を下りてきてるの」

「じゃあ――」

「これからが本番よ」

いつ果てるともわからない時間が続いた。一分、いや数十秒おきに美咲の辛《つら》そうな声が響いた。意識を失うのではないかというような苦しさを見せる一方で、時に恍惚《こうこつ》とした表情を見せることもあった。松本君はテニスボールを捨て、美咲の腰を、両の手のひら全体で押している。痛みが広がっているのだろう。よほど力がいるらしく、松本君は膝《ひざ》立《だ》ちの姿勢になり、体重を利用していた。やがてそれも意味をなくし、どれほどさすっても、押しても、美咲の顔や声が和らぐことはなくなった。ひときわ大きな声を美咲が上げる。もう駄目と叫ぶ。そのとき、ばしゃっと音がした。

「よかった。破水したわ」

伊島さんが告げた。と同時に、美咲の顔から、苦しさが消えた。深く深く息が漏れる。少し楽になったらしい。

「篠原さん、ちょっと手伝って」

「あ、はい」

「防水シートを取りたいの」

美咲から離れ、布団《ふとん》の上に敷いてあった黄色の防水シートを、伊島さんと一緒に引っ張った。生臭い匂《にお》いがした。羊水だ。これまで、ずっと赤ちゃんを守っていたもの。

次の陣痛はすぐに訪れた。確実に間隔が短くなっていた。二回、三回、四回……何度も何度もひっきりなしに繰り返す。それはまるで呼吸のようだった。

やがて伊島さんが冷静に伝えた。

「頭が見えて来たわ。もういきんでいいわよ。いきみたくなってるでしょう」

「はい」

「じゃあ頑張って」

途端、美咲の顔が歪む。体中の力を振り絞っているのがわかった。そのとき、伊島さんと視線が重なった。

「あなたも見ておきなさい」

「わたしですか」

「美咲さん、見てもらっていいわよね」

戸惑いながら彼女に目をやったところ、こくりと頷《うなず》いた。そういう気持ちを美咲が持っている以上、受けるべきだった。実のところ、由佳子自身には、すべてを見る勇気はなかった。しかし、ひとりのジャーナリストとして、いや女として、生き物として、見ておくべきだと感じた。自分たちは普段、生というものを、あえて遠ざけている。きれいな服に身を包み、洒落《しやれ》た店で食事をし、自らの裸体を見るのもお風呂《ふろ》に入るときだけだ。体毛さえ、ムダ毛などという言葉で遠ざけている。人に生死があるのはもちろん知っているけれど、知識という言葉の範疇《はんちゆう》にすぎなかった。実際、この年になっても、由佳子は身内の死に立ち会った記憶を持っていなかった。二歳のとき、祖父の最期《さいご》を家族とともに看取《みと》ったそうだけれど、まったく覚えていない。

由佳子は伊島さんの横に並んだ。大きく開かれた足のあいだに、美咲の性器があった。押し広げるように、真っ黒なものが覗いている。思わず息を呑んだ。なんなのだ、これは。赤ちゃんの髪だと気付いたのは、しばらくしてからだった。濡れた髪はぬらぬらと光り、ひどくおぞましく、ひどく美しかった。陣痛が過ぎると、やがて頭もまた引っ込んだ。美咲の呼吸が落ち着く。教えてくれたのは伊島さんだった。

「この状態を排臨っていうのよ。出たり入ったりしながら、産道を広げるの」

「すぐ出てくるわけじゃないんですね」

「何度立ち会っても、赤ちゃんが産まれる過程は奇跡だと思うわ。赤ちゃんってね、体をゆっくりとまわしながら下りてくるの。産道の辺りにはいろんな骨があって、まっすぐ下りてくると引っかかってしまう。それを避けるため、自然と体をまわすの」

聞いていいかしら、と伊島さんが尋ねてきた。

「あなた、子供を産む予定はあるの」

「今のところはまだ……」

「そう。だったら、よく見ておいて。たぶんショッキングなことだと思うけど、わたしたちはこうして命を繋《つな》いできたのよ。この光景を否定するなら、わたしたちは存在しない。あなたも、わたしも、同じように産まれてきたんだから」

はいと頷いたものの、ちゃんと理解したわけではなかった。それほど目前の光景は圧倒的だった。女性器がこんなに開くなんて信じられなかったし、ぬらぬらと光る美咲の下半身は美しいとは言い難かった。つい目を背けたくなる。

ああ、けれど――。

由佳子はふと、思った。たとえばセックスだって、同じなのではないだろうか。相手を求めるときは、他人には決して見せないところを見せる。聞かせない声を聞かせる。それによって、さらに胸の鼓動は高まる。愛の営みと表現することもあるけれど、実際はひとつの性が、別の性を求めるだけのこと。やがて次の陣痛が訪れた。美咲が大きな声を出す。やはりオルガスムスを迎える瞬間に似ていた。いきんで、と伊島さんが言った。ほら、頑張りなさい。もう少しよ。先ほどまで引っ込んでいた赤ちゃんの頭が、ふたたび現れた。女性器を押し開き、一気に額の辺りまで出てきた。陣痛が去っても、現れた頭部は引っ込まなかった。発露というのだと伊島さんが教えてくれた。

「美咲さん、触ってみようか」

荒い息を繰り返している美咲に、伊島さんが優しく声をかけた。

美咲は驚いたようだ。

「え、いいんですか」

「もちろん。ほら、ここよ」

美咲の手を取ると、そのまま股間《こかん》へと導いた。彼女のほっそりとした指が、赤ちゃんの頭に触れる。

　ふわ、と彼女は笑った。

「変な感じ」

「あなたの赤ちゃんよ。この世に少しだけ出てきたわけ」

「早く――」

　そう言った美咲の声は、痛みで途切れた。美咲はなんと言いたかったのだろうか。早く産まれて欲しいのだろうか、早く会いたいのだろうか、早く苦痛から解放されたいのだろうか。

「いきんで」

　伊島さんが叫ぶ。美咲は呻《うめ》いている。

「もっと」

　かすかに見えていた頭がすべて現れた。おぞましくも美しい光景は、さらにその度合いを増した。女性器から人の顔が出ている……いや生えている。顔は確かにへちゃむくれで、とても可愛《かわい》いとは思えなかった。目は閉じられている。不安になり、由佳子は尋ねた。

「大丈夫なんですか」

「ええ、順調よ」

「だけど産声《うぶごえ》とか——」

「その段階じゃないから」

伊島さんは忙しそうに手を動かしていた。ガーゼのようなものを、美咲の股間に当てつつ、顔を上げた。

「美咲さん、もういきまないように。急ぐとあなたの体を傷つけるから」

「は、はい」

「姿勢は苦しくない？　このままで行けそう？」

「ちょっと……」

「体を起こした方がいい？」

「ええ」

そこの君、と伊島さんは松本君に声をかけた。すっかり伊島さんの助手になっている。時計を見た由佳子は驚いた。最後に時計を確かめてから、さらに一時間以上がたっていた。十分か二十分だと感じていたのに。時間の感覚がすっかり狂ってしまっている。

「後ろにまわって、彼女を抱え上げてちょうだい」

「わかりました」

「両脇《わき》から手を入れて。ええ、それでいいわ」

「こうですか」

「もっと高く。もっとよ、もっと」

松本君に支えられ、美咲は膝立ちの体勢になる。その股間から、赤ちゃんの顔が覗いていた。伊島さんが小さな頭を押さえつつ、もうすぐよと言う。ここで急いじゃ駄目なの。ゆっくりよ、ゆっくり。肩をうまく出さないと会陰《えいん》がひどいことになるわ。

由佳子はただ、美咲の手を取るしかなかった。そうして握られる手は、骨が折れるのではないかと思うほど痛かった。

どれだけ時間がたったのだろうか。さっきと違い、今度はとても長く感じられた。

「肩が出たわ」

「あともう少しよ」

「いきまないで」

伊島さんの声だけが響いている。

あとは美咲の苦しそうな息遣い。

最後は驚くほど簡単だった。するりと落ちたそれは、伊島さんの腕に抱かれた。血の匂いがした。生臭い匂いがした。生き物の匂いだった。

直後、赤ちゃんは叫んだ。体中を震わせ、生命《いのち》の声を上げた。

「ほら、美咲さん、抱いてあげて」

「いいんですか」

「もちろん。できればお乳をあげてみて。初乳っていうのよ」

「お乳、もう出るんですか」

「出るわ。初乳には赤ちゃんを守るものがたくさん入っているの」

血と、羊水で濡れた赤ちゃんを、美咲は胸に抱いた。そして、露《あら》わにした胸を、赤ちゃんに含ませた。産まれたばかりなのに、赤ちゃんは美咲の乳首をすぐさま探し当てた。由佳子は突然、力が抜けた。畳の上にへたり込み、その光景を眺めた。松本君は立ったまま、荒い息を繰り返している。

笑いながら、伊島さんが言った。

「あなたたちも頑張ったわね。ありがとう」

産まれたのだ。立ち会ったのだ。終わったのだ。

いや――。

違う。始まったのだ。

四人の靴

「名前は決めたの」

「まだ」

「じゃあ、今はなんて呼んでるの」

「赤ちゃん、かな」

「候補は?」

「全然、考えてないの」

「役所に届けなきゃいけない日っていつだっけ」

「さあ? 一週間?」

「二週間よ。十四日以内」

「まだ余裕があるか」

「とにかく名前はいるわよ。どうするの」

「急《せ》かさないで。今はまだ、そこまで頭がまわらないんだから」

「女の子らしい名前がいいんじゃないかしら」

　女が四人も集まれば、自然と騒がしくなる。伊島助産院の小さな病室は、甲高い声で満ちていた。いまだ多くの病院では、産まれた子供を新生児室なるものに集め、母親と引き離すことが多い。それが近代的な育児とされた時代があったのだ。母親が子供に触れられるのは、一日数回、授乳の時だけだ。しかし今は、こうして母子を引き離さないところが徐々に増えている。産まれたばかりの子供を抱きたいと思うのは、母親の本能だろう。行為自体が母性をさらに強くする。考えてみれば当たり前の話だった。たとえ捨て猫でも、小さな命を手にしたら、人は守りたいと思う。ましてや自ら産んだ子供だ。伊島助産院は、子供を決して、母親から取り上げなかった。別のベッドに移すこともなく、美咲と、その娘は、ぴったりと身を寄せ合っている。真っ白なタオルにくるまれた美咲の子供は穏やかに眠っていた。産まれてから三日が過ぎただけなのに、ずいぶんと顔が変わった。ただのへちゃむくれではなく、可愛《かわい》らしい赤ちゃんになっていた。

「ええとね、わたし、調べてきたんだ」

「調べてきたって、なにを」

「最近の、流行《はや》りの名前」

千都はメモ用紙を取りだした。ウサギのキャラクター・イラストがついたものだった。そのことに、由佳子は心の中で笑った。四人の中では一番しっかりしているように見えるし、実際に歩んできた道も危なげないけれど、彼女はいつも、こういう可愛らしいものを持ち歩いているのだった。四人でそのメモ用紙を覗《のぞ》き込んだ。陽菜、結愛、花音、芽依、心愛、日和、優那——。最近、変わった名前が多いということは由佳子も知っていたけれど、さすがに驚いた。なんと読むのか、半分もわからない。

「嫌よ。これは駄目」

美咲はあっさり拒否した。やれやれと顔をしかめている。

同じような調子で由佳子も言った。

「ちょっとびっくりね」

「すごいでしょう。わたしね、ほら、子供たちに英語を教えてるでしょう。フレンドリーな雰囲気を出すために、ファーストネームで呼ぶんだけど、初めてのクラスを担当するとき、まずやることが名前の読みを確認することだもの」

わざわざ調べてきた千都もまた、呆《あき》れた様子だ。

「ねえ、これ、なんて読むの」

「ひな、ゆあ、かのん、めい、ここあ、ひより、ゆな——」

「親の見識を疑うわね」

ひたすら文句を言い合った。こんな名前、読めないじゃないの。浮わついてるわよね。なにを考えてるのかしら。子供がかわいそうよ。いくらでもマイナス面が挙げられる。由佳子と千都、それに美咲がひとしきり文句を言い合ったあと、最後に口を開いたのは妙子だった。

「わたしは案外、こういうのもいいと思うけどな」

首を傾《かし》げつつ、千都が尋ねる。

「え、どうして」

「わたし、最近、近くのジムに通ってるのね。キッズクラスがあるんだけど、やっぱりこういう名前ばかりよ。ほら、昔は和子とか幸子とか洋子とかだったわけで、それからしたら、わたしたちだって変な名前なのかもしれないじゃない」

それまで文句ばかり並べていたけれど、三人とも頷《うなず》くしかなかった。正論だ。

「絵だって、音楽だって、時代によって変わっていくものだし。名前も一緒よ。あと、メリットもあるんじゃないかしら。たとえば学校に進んだとき、同じ名前の子がいると、それがきっかけで仲良くなれたりするでしょう」

千都が、なるほどと言った。

「そういう面もあるわね。同じ名前の子って、確かに仲良くなるのが早いわ」

妙子はこのグループの中で一番地味だ。三十を越えても独身生活を楽しんでいる三人と違い、早々に家庭へ入った。夫は県庁勤めの公務員。その外見通り、堅実に育ち、堅実に歩み、堅実な相手を選んだわけだ。人によってはその生き方を否定するかもしれない。夫の稼ぐ金で暮らしている彼女を、自立していないと非難するものもいるだろう。けれど、専業主婦という道をあえて選んだことによって、妙子は自分たちとはまったく違うものを身につけたのではないか。

「なるほどね。一理……いや、二理も三理もあるわね」

場の空気は一転し、由佳子は千都や妙子と一緒に、どの名前がいいか話し合った。結論は、去年の人気ナンバー1だったという陽菜だ。どうせなら一番多い名前がいいし、読み方もそのうち浸透するだろう。だいたい字の意味がいい。陽光をたくさん受け、すくすくと育つ菜だ。案外、馬鹿《ばか》にできないじゃないのと言い合った。

「じゃあ陽菜ちゃんで」

「決まり」

「そうしましょうよ、美咲」

陽菜ちゃん、と三人は赤ちゃんに話しかけた。ところが美咲は、我が子を守るように、しっかり抱きしめた。

「やめてよ。わたしの子供なのよ。名前はわたしがつけるの」

真剣に怒っている。

三人で笑った。

「冗談よ、冗談」

「試しに提案してみただけじゃない」

「あら、わたしは本気だったけど」

やがて伊島さんがやってきた。

「楽しそうにやってるわね」

彼女は朗らかに笑っていた。女同士のお喋《しゃべ》りを見守ってくれているようだ。ただ伊島さんは時計を確かめた。その意味はすぐにわかった。いくらか騒ぎすぎたし、いくらか長居しすぎた。美咲は出産を終えたばかりなのだ。

由佳子は軽く頭を下げた。

「わたしたち、仕事があるので、そろそろ帰ります」

相手に配慮し、ちゃんと理由を作る。

身支度を済ませてから、三人で出口に向かった。

「また来てね」

そう言う美咲は赤ちゃんを抱いている。出産のすべてを見たというのに、いまだ信じられない光景だった。記憶をたどれば、多くのことを思い出せる。美咲の悲鳴も、血の匂《にお》いも、羊水の匂いも、生まれ落ちるその瞬間も。なのに、それらはまるで夢のようだ。由佳子は慌《あわ》てて戻り、美咲に顔を寄せた。

「お願いがあるんだけど」

「え、なに」

「少しだけ触っていい」

そして赤ちゃんを見る。美咲は笑った。

「どうぞ。あなたがいたから、産まれた子なんだし。遠慮しないで」

頷き、そっと赤ちゃんの手に触れる。なんと小さいのだろう。彼女の右手は、由佳子の親指とほぼ同じ大きさだった。なのに指があり、爪《つめ》があり、皺《しわ》がある。そして温かかった。わたしは立ち会ったのだ。産まれる瞬間に。この子の、最初の声を聞いた。薄れかかっていた記憶が、頭の中を駆けていき、しっかりと足跡を残した。ありがとうと言って、由佳子は千都と妙子の元に戻った。ふたりは穏やかな表情で待っていてくれた。

「美咲」

最後に声をかけたのは、妙子だった。

「おめでとう」


「美咲、幸せそうだったね」

「すごくきれいだった」

「びっくり」

「それにしても美咲がね」

伊島助産院を出たあと、ぶらぶらと駅までの道を歩いた。辺りはありふれた住宅地だ。一戸建てが並び、たまにマンションや、賃貸住宅が混じる。そんな風景は、由佳子に、普通の生活というものを感じさせた。一戸建てにはおそらく、普通の家族が生活しているのだろう。普通に結婚し、普通に子供をもうけ、普通に働き、普通に年老いていく。わたしたちははたして、同じように生きるのか。あるいは——。

わからないからこそ、自分も、千都も、饒舌《じょうぜつ》になっているのかもしれない。

「あの子の父親って誰かしら」

「聞けなかったね」

「なんかね、やっぱりね」

「そうだね」

途端に言葉が切れた。妙子は話には加わらず、少し前を歩いている。彼女はポーチを持ってきていたけれど、肩にはかけず、左手で肩紐《かたひも》を束ね、ぶらぶらさせていた。地面につきそうなのに、ぎりぎりつかない。やがて自販機が並ぶ角を曲がった。どうやら抜け道になっているらしく、何台もタクシーが走り抜けていった。慌てて道の端により、身を竦《すく》めねばならなかった。数百メートルほど過ぎて、また角を曲がると、ようやくのんびり歩けるようになった。

「上司だって」

前を歩いている妙子が、突然、言った。

とっさには意味がわからなかった。

「え、それって――」

「赤ちゃんの父親」

千都の問いに答える妙子の声は、抑揚に欠けていた。

「奥さんがいる人よ」

「じゃあ、不倫？」

「うん」

「不倫で妊娠ってわけ？」

「うん」

途端、それまで穏やかだった千都の顔が歪《ゆが》んだ。最低、と吐き捨てた。

「わたしだってさ、そういうことがまったくなかったとは言わないわよ。だけど、ちゃんと気を付けてた。子供なんかできちゃったら、自分にも、相手にも、迷惑がかかるじゃない。美咲の相手はひどいよ。最低で最悪だよ。たとえ不倫でも美咲を本当に愛してたんなら、避妊くらいするべきじゃない」

「違うのよ」

「なにが」

「避妊はちゃんとしてたって。でも、ほら、たまにあるじゃない。失敗っていうか」

「ああ、うん」

「それがたまたま、危ない日だったんだって」

「だけど――」

まだ憤《いきどお》っている千都は、言葉を続けようとしたけれど、その口からはなにも出てこなかった。不倫をする男は確かに最低で最悪だ。しかし、それを望み、受け入れる女がいなければ、関係は成り立たない。責を男に押しつけるのは、女の身勝手だ。男が最低で最悪ならば、女だって最低で最悪だろう。

「美咲、いろいろ考えてたみたいよ」

まったく変わらぬ調子で、妙子は言葉を続ける。

今度は由佳子が尋ねた。

「いろいろって?」

「相手の人、同じ町に住んでるんだって。奥さんは不妊治療中で、近くの産婦人科をいくつかまわってるみたい。となると、どこかで会っちゃうかもしれないでしょう」

「ああ、それで」

由佳子は頷いていた。ようやく合点がいった。

「え、どういうことなの」

事情を知らない千都が首を傾げる。

話すべきかどうか迷ったものの、この面子《メンツ》ならいいかと思い、打ち明けることにした。

「美咲ね、なぜかR市が発行した母子手帳を持ってたの。たぶん住民票をそっちに移してたんじゃないかしら。R市の病院までわざわざ通ってたみたい。おかしいなと思ってたんだけど、妙子の話でわかった。相手の奥さんと鉢合わせするのを避けてたのね」

馬鹿よ、と千都は悔しそうに言った。美咲は馬鹿よ。その目がかすかに潤《うる》んでいるように思えるのは気のせいだろうか。

妙子はいろいろ教えてくれた。美咲が妊娠に気付いたのは、ずいぶんと遅かったらしい。そもそも生理不順気味だった上、ダイエットを始めたこともあって、生理が遅れても疑わなかった。やがて四カ月が過ぎ、五カ月になり、さすがに美咲もおかしいと気付いた。体に妙な火照《ほて》りを感じることがあったし、今まで好きだった食べ物が嫌いになり、食べられなかったものが食べられるようになった。体質の変化が現れた。男と違い、女は自らの変化に敏感だ。化粧ひとつとっても、日々の体調によって、ノリが違う。他にもいろいろある。そう、夫や彼氏にも話せないようなことが。病院に駆け込んだ美咲は、妊娠を告げられた。恐ろしいことに、その場で、産むかどうかを尋ねられたそうだ。由佳子も千都も驚いた。産まないという選択肢を示されたに等しい。

「そんなこと、本当にあるの」

「みたいよ」

千都の問いに、妙子は頷いた。

「父親が妻子持ちだと告げたら、医者から聞いてきたって」

「呆《あき》れた」

「向こうは親切のつもりだったんじゃないかしら」

「無神経よ！　馬鹿じゃないの、その医者！」

荒っぽく吐き捨てた千都を捉《とら》える目があった。妙子だ。傍から見ていた由佳子は、違和感に包まれた。千都の怒りはわかる。当然だ。しかし妙子の態度はわからなかった。なにより由佳子を戸惑わせたのは、妙子の瞳《ひとみ》だった。とても黒く、深い。まるで森の中に潜む湖のようではないか。たとえ風が吹いても、波ひとつ立てず、ただ凪《な》いでいる。ひとたび落ちたら、どこまでもどこまでも沈んでしまいそうだ。

「きっと、よくあることなんだと思うわ」

「だけど！」

「千都の言うように、ただの無神経なんでしょうね。だけど、もしかすると、それって向こうの優しさなのかもしれないわ。ねえ、千都、どちらなのかしら。不倫相手の子供を産める？　すぐに決められる？　堕《お》ろしたいって言える？　産みたくても産めない人だっているわ。そんなとき、医者から切り出してもらったら楽でしょう」

千都はなにか言いかけたけれど、口から漏れることはなかった。大人になった今、妙子の言うこともわかるのだろう。命はもちろん大切だ。地球より重い。そんな言葉を否定する人間はいないはず。しかし現実はどうなのか。由佳子はふと、N病院事件であたった資料のことを思い出した。日本の人工中絶に関するものだ。厚生労働省による統計で、つまりは公式資料ということになる。インターネットでも公開されており、実数だけでなく、年代別の傾向や、比率まで、明記されていた。年間に産まれる子供は、多少の上下があるとはいえ、だいたい百万人だ。対して堕胎数は二十五万件。とんでもない比率ではないか。しかも公式の統計である以上、拾われていない数字が存在するのは明らかだった。実数は二倍か？　三倍か？　いや、それ以上か？

さらに恐ろしい数字が浮かんだ。交通事故による年間死亡者数は一万人以下だ。自殺は相当増えたけれど、それでも三万人。

桁《けた》が違う。

息をすることもなく死んでいく子供が、その何十倍もいるのだ。

ああ、と由佳子は思った。日本という国の、子供に対する冷たさはなんなのだろう。交通事故を減らすために、国や企業は何百億何千億というお金をかけている。自殺の増加は社会問題化し、政府による対策は進まないとはいえ、メディアでは議論が盛んに交わされる。しかし、それよりもはるかに多くの命が失われている現実は、ほとんど議論されていないし、まともな対策も取られていない。政治の問題として取り上げるのはおそらく不可能だ。社会もまた無視している。

シモのこと――。

そんな言葉で片付けられているのが現実だった。当事者は話したがらないし、訴えない。聞こうとするものもいない。以前の由佳子ならば、それを仕方ないと思ったかもしれなかった。しかし今は違う。もし十分な補助や援助があれば、美咲はもっと賢明な道を選べたのではないか。二十五万人のうち、数万人は思いとどまったかもしれない。少子化少子化と騒ぎ立てながら、国も社会も放置している。年間二十五万人を殺す社会に未来はあるのか。

「美咲もずいぶんと悩んだみたい。たぶん堕ろしちゃった方が楽だったんじゃないかしら。心に傷は残るだろうけど、上司の子を産んだら会社にいられるかどうかわからないし、暮らしていけるかどうかもわからない。結局、産むと決めたみたいだけど、不安だったはずよ。なにしろひとりきりなんだもの。現実を直視できるほど、人って強くないわ。いつかそうなるとわかっていてもね」

ああ、と声が漏れた。ふたりが見てくる。

「美咲ね、出産の際、わたしにいて欲しいって言ったの。わたしだけじゃなくて、わたしの同僚の男の子にも」

「ええ、知らない男を立ち会わせたの」

「うん」

千都は呆れた顔をし、首を横に振った。

「信じられない」

今になっても、由佳子には美咲の気持ちがわからなかった。助産師さんがいたのだから、由佳子も松本君も立ち会う必要はなかった。実際、ふたりは部屋から出ようとした。けれど、美咲はそのまま、いてほしいと願った。

やがて妙子が言った。

「美咲、寂しかったんじゃないかな」

「寂しいって……」

「相手にも告げず、ひとりで、なにもかも決めたんだもの。人間ってそんなに強くないわ。美咲だって泣いた夜くらいあったはずよ。だから、産むときくらいは、誰かに頼りたかったんじゃないかしら」

「わかる気がする」

複雑な思いを抱えたまま、由佳子は呟《つぶや》いた。頭に浮かんだ美咲の笑みが、赤ちゃんの手の小ささが、頭の中をぐるぐるまわった。妙子の言うとおりなのだとしたら、なんと悲しい出産だったのだろう。自分や、見知らぬ松本君のぬくもりさえ、彼女は欲したのだ。

しばらく無言で歩き続けた。ちょうど下校時間になったのか、ランドセルを背負った子供たちの姿が見え始めた。彼らの声は甲高く、晴れた空へ突き抜けていくかのようだった。妙子はたまに立ち止まり、走り抜けていく彼らの背中を眺めた。もしかすると、由佳子と同じことを考えているのかもしれない。いつか美咲の子供もあれくらいの年になるはずだ。まったく想像はできないけれど。美咲はいったい、どうなるのだろう。幸せになって欲しいと思った。美咲も、赤ちゃんも。生まれ落ちた瞬間に立ち会ったからこそ、苦しそうな声を聞いたからこそ、由佳子は切に願った。無言のまま歩き続けるうち、駅が近づいてきて、人の姿が増え始めた。

「わたしね、結婚して十一年目なの」

妙子が、ぽつりと言った。

「子供、できないの」

由佳子は千都と顔を見合わせた。どう応じていいかわからない。勝手に喋《しゃべ》り続ける妙子の声は、いつか沈んでいた。

「どうしても駄目なの」

見合わせているうちに、千都の口が引き結ばれた。唇の端はだんだん上がっていき、それとは逆に、目尻《めじり》は下がっていく。

口を開いたら、なにかがこぼれそうなんだとわかった。

だから由佳子が尋ねた。

「不妊治療はやってるの」

「一昨年から通ってるわ。評判のいいところを探して、わざわざ出かけたりしてる。美咲が行ってたR市のM崎病院って、不妊治療の成功率が高いことで有名なの。そっちの権威がいるのよね。M崎病院で美咲と会ったときはびっくりしたわ。そのうち、いろいろ打ち明けられたわけ」

また子供が駆けていく。妙子の視線が動いた。さっきの、自分の考えが間違っていたことに、由佳子は気付いた。美咲の赤ちゃんのことを、妙子は考えていたのではなかった。自らの体を、産めるかどうかを、考えていたのだ。

「妙子は知ってたのね」

「ええ」

「だったら、どうして妙子を頼らなかったのかしら」

振り向いた友人の顔を見て、由佳子は言葉を失った。妙子の瞳は、さらに澄み、さらに深くなっていた。

どこまで手を突っ込んでも、底には触れられない。そう思った。

「わたしに気を遣ったのよ」

「気を遣うって……」

「美咲が話してくれたように、わたしもこっちの事情を話したの。子供ができないって。自分が子供を産むとき、産めないわたしに頼れるわけがないでしょう」

馬鹿《ばか》だ。わたしは馬鹿だ。由佳子は繰り返した。どうしようもない馬鹿だ。

「ごめん、妙子」

謝ることじゃないわよと妙子は笑ったけれど、その目は変わらない。

「美咲も千都も由佳子も、わたしにとっては、すごくうらやましい存在だった。自分のやりたいことをやってるっていうか。ちゃんと望みを持って、しっかり手に入れてる。だけど、わたしには望みさえなくて、今はただの専業主婦でしょう。なのに子供ができないのよ。美咲と一緒にいたとき、わたしは笑ってたけど、心の中では笑えてなかった。不倫かもしれないけど……間違ってるかもしれないけど、美咲はわたしが手に入れられないものを、全部、手に入れてるんだなって。最低の考えだってわかってる。自分も最低だって」

消え入るように、妙子の言葉は途切れた。そんなことないよと言いかけて、由佳子は口を閉じた。自分は妙子が思ってるほど順調に生きてきたわけじゃない。収入は安定していないし、パートナーはいるものの、結婚はしていない。子供もまだだ。千都だって学生時代の夢は同時通訳だと言っていたけれど、今は英会話学校の講師だった。それぞれに妥協してきたのだ。三十代も半ばになった今、将来に焦《あせ》ることもある。美咲に至っては不倫相手の子供を産み、未婚の母だった。そんな自分たちに比べると、安定した相手と結婚し、幸せな家庭を築いている妙子こそが、うらやまれるべきなのではないか。

理屈ではなんとでも言える。けれど、妙子が抱いている感情を、そんな言葉で癒《いや》すことはできないと感じた。

彼女の声はむしろ穏やかで、まるですべてを諦《あきら》めてしまっているかのようだった。

こういうとき、なんと言えばいいのだろう。ああ、と由佳子は情けなく思った。自分は文章を糧《かて》としている。原稿ならばいくらだって書ける。かつては原稿用紙を、今はパソコンの画面を言葉で埋め尽くす日々だ。なのに今、妙子にかけるべき言葉は、ひとつとして見つけられなかった。どうしたら彼女の心を救えるのか。近づくことができるのだろう。寄り添ってあげられる方法はあるのか。

黙ったまま歩き続けるうち、やがて駅に着いた。

「じゃあ、ここで。わたしは別の路線だから」

振り向いた妙子は笑った。無理矢理というわけではなく、悲しそうでもなく、いつもと同じような感じだった。

それがむしろ辛《つら》かった。

結局、由佳子も千都も、ただ手を振るしかなかった。

「今度、飲もうよ」

「そうね」

「近いうちに」

改札の向こうに消えた妙子の姿を見ながら、由佳子と千都は揃《そろ》って、ため息を漏らした。わたしたちってさあ、と千都が言った。

「付き合い、けっこう長いでしょ」

「うん」

「だけど知らないことがたくさんあるんだね」

「うん」

「わたしが美咲や妙子の立場だったとしたら、やっぱり言えないけど」

「うん」

頷《うなず》いた由佳子は、そのまま俯き、自分の靴を見た。とても女らしいとは言い難い、そっけない黒の靴だ。記者は歩くことが仕事。先の尖《とが》った靴や、ヒールのある靴なんかはくことなどできない。すっかりくたびれた靴は、記者として働き続けてきた誇りでもあった。ねえ、と由佳子は靴に話しかけた。妙子が考えてるような華やかな仕事じゃないけど、それでもわたしたちは頑張ってきたよね。

「あのさ、由佳子」

「なに」

「妙子が美咲をうらやましいって思う気持ち、わたし、わかるな」

「どうして」

「美咲、きれいだったもの」

うん、と由佳子は頷いた。

「本当にきれいだったね」

どこかの喫茶店に入って、お喋りを続ける気にもなれず、ふたりで電車に揺られた。

乗換駅であっさり別れた。そうして一時間弱で、由佳子はオフィスに戻った。さて、これからまた、仕事が始まるわけだ。来週、N病院事件の裁判がある。アルバイトを動員して、傍聴券を確保しなければいけない。その辺の差配は松本君に任せよう。エレベーターの中で指示の手順をまとめ、オフィスのドアを開けた。

　由佳子はすぐ、異様な雰囲気に気付いた。

　スタッフが全員立って、同じ方を向いているのだ。その視線の先には編集発行人である嶋本京一の姿があった。いったいどうしたのか。なにかの指示を出しているわけではないようだ。そう感じると同時に、嶋本が由佳子に気付いた。

「よかった。篠原も来たか。これで全員揃ったな。ちょうど、みんなに話してたんだ」

「大きな事件でもあったんですか」

「ああ、我が社にとっては、まさしくそうだ」

「我が社……」

「会社を畳むことにした」

エピローグ

いきなりの倒産という形ではなく、徐々に規模を縮小していくということになった。日々の仕事自体はそれほど変わりないけれど、アップロードされる記事がだんだん減り、使える予算も少なくなった。傾いた会社の侘《わ》びしさがフロアを満たしている。記事や予算と同様、人も消えた。新しい仕事を見つけた仲間たちは、まるで櫛《くし》の歯が欠けるように、ひとり、またひとりと、去っていった。

「ずいぶんとすっきりしたわねえ」

オフィスを見まわし、由佳子は言った。机の半分は、すでに主《あるじ》を失い、きれいに片付けられている。

笑いながら応じたのは井上だった。

「机の置き場所を変えて、ひとりでふたつ……いや、みっつ使うことにするか」

「あら、わたし、もうしてるわよ」

隣の机はもはや由佳子の資料置き場になっていた。本やら書類やら、プリントアウトした記事やらが、山のように積まれている。余分なスペースがあると片付ける気が失《う》せるのか、その山は日々、高くなりつつあった。もはや、どこになにがあるのかわからなくなっている。

まあ、それでも、かまわないのだ。

縮小された予算ゆえ、今や新規の取材はほとんどできなくなった。由佳子たちスタッフは、大手紙や、週刊誌の後追い記事のようなものを書くばかりだ。申し訳程度に独自取材をしているものの、それも予算のかからない首都圏で得られる情報だけだった。

しかし、思わぬ形で、ニュースサイトは活気づいていた。

元々はおまけ程度だった一般市民からの投稿を、苦し紛れで主に据えてみたところ、目立つところに掲載されるようになったせいか、件数が増え始めたのだ。中にはプロ並みのクォリティを備えたものもあり、ネット上の市民新聞として、独自の路線が確立されようとしていた。

「篠原、これを読んでみてくれ」

一枚の紙を渡された。

「なに」

「昨日の夜、投稿されてきた記事だ。俺はそのまま載せてもいいと思ってるんだが、意見を聞かせてくれないか」

「どれどれ」

内容はたわいもないことだった。福井県に住む獣医からの投稿で、近くの河原に捨てられていた子猫を、中学生たちが拾い、持ち込んできた。こういう場合、獣医は無料で治療することが多く、投稿者もそうしたらしい。記事としていいのはそのあとで、子猫を拾った中学生たちは、ただ病院に持ち込むだけではなく、あちこちに掛け合って、子猫の引き取り先を探したそうだ。彼らの熱意に促され、町内会の役員が動いた。中学生たちの努力を一枚の紙にまとめ、回覧板でまわしてくれた。それが功を奏し、子猫はすべて引き取られた。小さな命を助けたいという中学生の思いが、町全体に届き、受け入れられたのだった。

「なあ、いいだろう」

井上は嬉《うれ》しそうに笑っていた。嘉納杯《かのうはい》出場の猛者《もさ》は、案外、こういう可愛《かわい》らしい記事が大好きなのだ。薄くなった頭を撫《な》でつつ、いいよなあ、善意って繋《つな》がっていくもんなんだよなあ、と言っている。

「うん。いいわね。どこに載せるつもりなの」

「ペットコーナーか、地域コーナーだろう」

「どうせならトップにしちゃえば」

「本当にそうしたいくらいだよ」

やっちゃえやっちゃえと由佳子は囃《はや》したが、井上は苦笑いしただけだった。由佳子はかつて、デスクである井上に敬語を使っていたけれど、今はもう普通に話すことにしている。会社が明らかに傾き、いちいち肩書きにこだわるのが馬鹿《ばか》らしくなったからだ。それで井上が不機嫌になるならともかく、彼は堅苦しい人間ではない。紙を返そうとしたら、いいと言われた。

「篠原に読ませるためにプリントアウトした奴《やつ》だから」

「そう」

頷《うなず》いた由佳子は、隣の机に、紙を積み上げた。

井上がそちらを見た。

「うまくやってんのかな、松本は」

「大丈夫でしょう。まだ若いから、一生懸命だし」

「厳しいことを言ったけど、俺、あいつのことは買ってたんだ。本当なら、ここでびしびし鍛え上げて、一人前にしてやりたかったよ」

由佳子の隣の席は、松本君のものだった。彼はすでに沈みつつある船から逃げ出し、自分で新たな職場で働いている。由佳子や井上は、この業界で長く働いてきたゆえ、自分で新しい勤め先を見つけることができる。スジもあれば、コネもある。しかし松本君のような若い記者だと、そうはいかない。嶋本はだから、優先的に、若い記者たちを別の職場へ紹介していた。

「篠原はいつまで残るんだ？」

ちょっと寂しい雰囲気になった。

「井上は？」

「さあな。案外、今のサイトの在り方が、俺は気に入ってるんだ。このまま存続させてもいいと思ってるくらいだ」

「資金はどうするのよ」

「どこかの金持ちでも騙《だま》すかな」

嘯《うそぶ》いたものの、その手の才覚は井上にない。記者としては優秀だし、馬力はあるし、人を使うのも上手だ。

しかしお金にはからきし駄目なのだった。

「篠原、話はあるんだろう」

「まあね」

十年以上この世界で生きてきただけあって、誘ってくれる相手は少なくない。以前勤めていた業界紙の上司も、噂《うわさ》を聞きつけ、戻ってこないかと声をかけてくれた。そのことを告げると、井上は戻れよと言った。

「古巣から誘われるのは、おまえを信頼してくれてるってことだぞ」

「わかってるけどね」

「なんて答えたんだ？」

「考えさせてくださいとだけ」

井上はまた、頭を撫でた。

「篠原」

「なに」

「俺がこんなことを言うのは余計なことかもしれんが、とりあえず食っていくのも大事だぞ。おまえの古巣なら大手企業相手の商売だから堅いし、うちみたいに傾くことはないだろう。リリースを加工するだけなんておもしろくないかもしれない。ただ、それだって、立派な仕事だ」

毎日のように顔を合わせてきたけれど、ここまで本音で向き合ってくれたのは、あるいは初めてかもしれなかった。

胸が熱くなった。

ただそれでも、由佳子には由佳子の考えがある。生真面目《きまじめ》に話してみようかと思ったものの、なんだか無粋な気がした。考えた末、頬杖《ほおづえ》をつき、そのまま井上をじっと見つめた。なんだよと呟《つぶや》いた井上は、最初こそ怪訝《けげん》な表情を浮かべたものの、由佳子の目に悪戯《いたずら》っぽい輝きを認めた途端に照れた。口をへの字に曲げ、そっぽを向き、頭を何度も何度も撫でた。

「篠原先生には、まったく余計なことだったたな」

呟くように言って、自分の席へ戻っていく。

その背中に、由佳子は声をかけた。

「井上」

「からかわれるのはごめんだぞ」

「ありがとう」

振り返りもせず、井上は右手を軽く上げた。

彼の忠告は間違っていなかった。おもしろいとは言えないが、業界紙には業界紙の役割があるし、確かに立派な仕事だ。なにより正社員として雇われれば、収入が保証される。ただ、同じような誘いは、井上にも来ているはずだった。あれだけの記者なのだ。それでも彼は残っている。由佳子と同じように、なにか去り難い理由があるのだろう。

「ふう――」

ため息を漏らすと、由佳子はマウスを手に取り、パソコンの画面に向かった。そのコーナーは今や、サイトの隅に追いやられていた。クリックする。『特集―産む―』というバナーは当初のままだった。『女たちの選択』という副題も同様だ。会社が傾いて以来、更新はまったくされていない。あれだけ勉強し、裁判の傍聴にも行ったのに、N病院事件を特集に生かすことは、ついにできなかった。

結局というか、必然というか、ほとんどすべての愚痴は良人《おっと》である哲也に向けられた。

「勘弁して欲しいわよ。あれだけやったのに」

「まあ、きついよな」

哲也はキッチンで鍋《なべ》を振っていた。一方、由佳子はチューハイの缶を傾けている。酒に弱い由佳子は、大きな缶なんて飲みきれず、小さな缶をちびちび舐《な》めるだけだ。哲也がやがて、ほらと言いつつ、つまみを持ってきてくれた。キノコの炒《いた》め物だ。口にすると、できたての温かさが広がった。

「あ、おいしい」

「だろう」

「特別な調味料とかあるの」

「塩だけだよ。あとはキノコが持ってる旨《うま》み。こういうのは手をかけない方がいいんだ。強火で炒めてやるだけでおいしくなる」

「本当においしいわ」

「待ってろよ。あと一品、作るから」

テーブルには、冷《ひ》や奴《やっこ》やら、おひたしやら、焼き魚やらが並んでいた。もう十分なくらいだ。しかし良人はまだなにか作るつもりらしい。

焼き魚が気になるのか、シロがテーブルの周りをうろうろ歩いている。

「惚《ほ》れ直すわねえ」

からかう由佳子に、哲也はあえて得意気な顔をした。

「おまえは当たりを引いたみたいだな」

「当たり？」

「すばらしい伴侶《はんりょ》を得たじゃないか。料理の腕はいい。気も利《き》く。そして二枚目だ」

異論はあるけれど、気分よく喋《しゃべ》っているので、とりあえず黙って聞いておこう。チューハイを舐める。大手スーパーのプライベートブランドで一缶百円。失業する可能性があるとなれば、贅沢《ぜいたく》はできない。

哲也はその場に立っていた。まだ話すことがあるのだ。夫婦なのでわかる。

「どうしたの」

だから由佳子は尋ねた。

良人は待ってましたとばかり、口を開いた。

「また連載を獲得した。しかも長期前提だ」

「え、本当に？」

「もっと驚け。大手からの依頼だから原稿料も高い」

「素敵」

酔っぱらった勢いで、彼に抱きついた。これで少なくとも、ふたりで飢えることはなくなったわけだ。なにより良人が、自らの満足する仕事を見つけられたことが嬉しかった。確かに料理はうまいし、他の家事も苦にしないけれど、彼には仕事を頑張ってもらいたかった。同じようにものを書いているとはいえ、自分はしょせん、会社の枠内で生きてきた。フリーの立場で頑張っている哲也の苦労には、とても及ばない。

人生にはうまくいかないときがある。けれど、うまくいくときもある。よくできたものだ。

由佳子の残念会と、哲也のお祝いをかねての、酒宴となった。由佳子はどうにか一缶を飲み干し、次の缶を開けた。全部は飲めないけれど、残りは哲也に任せよう。

彼は新しい仕事に対する情熱を語った。

「ずっと興味があるテーマだったんだ。ほら、俺は法学部を出てるだろう。その知識を使って、これからの日本の司法がどうなっていくのか書きたかったんだよ。もうすぐ、また司法制度改革が始まるけど、おそらく最初は矛盾だらけになるはずだ。在野にいるからこそ、切り込めることがあると思うんだよな」

「あ、それ、哲也にぴったり」

「そうだろう。ずっとやりたいやりたいって言ってたら、声をかけてくれる人がいてさ」

良人は缶チューハイを傾けた。

「タイミングが合ってたんだよな。司法制度が変化するとき、たまたま体が空いてた」

「運がよかったのね」

「ああ、まったくだよ。テクニカルライターとしての仕事も続けるけど、今回の仕事をきっかけに、社会的なことを書ける人間として売り込んでいこうと思うんだ。そのためにも、いい記事にしなきゃいけないと思ってる。俺にとっては勝負だよ」

「勝負か。いいわね。頑張って」

言った直後、由佳子の胸を寂しさがよぎった。自分にとっての勝負が、あの特集だったのだ。けれど道は閉ざされた。気持ちの変化を悟られたくなくて、由佳子は缶チューハイを飲んだ。

そのとき、携帯電話が鳴った。ちょうどよかった。ベストタイミングだ。

「誰かしら」

寂しさを胸に、携帯電話が置いてある棚に向かう。

電話の相手は、意外な人物だった。

「徳岡です」

すぐには誰だかわからなかった。ああ、そうだ。徳岡医師だ。美咲の友人。

「夜分にすみません」

「いえ、なにか？」

「申し訳ないけれど、一度、お会いできませんか。話したいことがあるんです」


徳岡医師との待ち合わせは、前回と同じホテルのラウンジだった。予算が削られている今、ここの支払いは経費で落ちないだろう。そもそも、あの特集は事実上、終わってしまっている。となると由佳子が自腹で払うしかない。本音では、もっと安い喫茶店にしたかったけれど、こちらの内情を悟られたくなかったし、相手に気を遣わせたくもなかった。前回と同じ場所で会う方がいいだろう。

「美咲のことではご迷惑をかけました」

席に着くなり、徳岡医師は頭を下げた。

由佳子は戸惑った。

「徳岡さんに謝っていただくことではないです。わたしと美咲も長い付き合いですから。徳岡さんのように、小学校のころからの幼馴染《おさななじ》みというわけではありませんが」

「知り合ってからの時間は重要じゃないと思います。どれだけ信頼されてるかでしょう」

「それは――」

「彼女が頼ったのは、産婦人科医の僕じゃなくて、あなただった」

そう言って、彼はコーヒーを飲んだ。さまざまな思いが、心を駆け巡っているのだろう。慰めるように、由佳子は言った。

「女同士だからだと思いますよ。徳岡さんを感情的に避けたわけではないというか。あるいは、徳岡さんが産婦人科医なので、かえって頼りづらかったのかもしれません。もし徳岡さんに連絡してしまったら、あなたが美咲の子供を取り上げることになったかもしれませんし」

「ええ。僕は自分で取り上げようとしたはずです」

表情が硬くなった。

「彼女はおそらく、それを望まなかったと思います」

前回と同じように、ちょうどランチの時間帯だった。ふたりが黙っていても、周囲は女性たちの声で満ちており、おかげで気まずさを感じないですんだ。こうして見ると、誰もが幸せそうだった。きれいな服を着て、美しいアクセサリーを身につけ、お洒落《しゃれ》なランチを食べている。

以前、彼に投げられた言葉が蘇《よみがえ》ってきた。

『僕は今、産婦人科で働いていますが、そこに駆け込んでくるのは、三十代後半の人ばかりです。不妊治療のためです。僕たちからすると、あまりにも遅すぎる。あそこで今、華やかに笑っている女性たち、とてもきれいだと思いますよ。人生を楽しんでいるんでしょう。一番いい時期ですよね。だけど、たった数年後には、厳しい現実が待っているのかもしれない。不妊治療はとても辛《つら》いです。精神的にも、肉体的にも。悲鳴を上げる患者さんばかりです。あそこで、華やかに、まるで花のように笑っている彼女たちは、はたしてわかってるんですかね。今のうちにパートナーを見つけて、すぐ行動に移らないといけない時期だということを』

なにも変わっていない。目の前の風景も、彼女たちの生き方も。

その点に関しては、由佳子もまた、同様だった。取材を重ね、たくさんの女性から話を聞いた。裁判だって傍聴した。しかし、自らの気持ちはまだ、あやふやなままだ。子供を産むのか、産まないのか。決めるどころか、考えることさえできないでいる。

「どうかしましたか」

ぼんやりしていたらしい。徳岡医師が尋ねてきた。

「いえ……。それでお話というのは？」

「美咲はなんと言ってるんでしょうか。こんなことを改めて打ち明けるのは、美咲の名誉を傷つけるかもしれないけれど、僕の子供かもしれないんです」

「相手はちゃんとわかっているようです。徳岡さんではありません」

「そうですか」

徳岡医師は俯《うつむ》いた。

その姿に、由佳子は尋ねずにはいられなかった。

「徳岡さんはどう感じてらっしゃるんでしょう。美咲が産んだ赤ちゃんの父親が、自分であった方がよかったのか、それとも——」

「僕の子供であって欲しかったです」

「なぜですか」

「僕はずっと美咲のことが好きでした。彼女との繋《つな》がりが欲しかった。彼女が僕のことを愛していないのは知っています。おそらく、この先も、彼女は振り向いてはくれないでしょう。わかってる。わかってるんです。けれど子供ができたら、事情が違ってくるかもしれない。この世に僕たちの血を受け継いだ命が存在する。それは絆《きずな》になります。ひたすら願い続けました。僕の子供であってくれと。だけど違ったんですね」

一気に吐き出された感情は、徐々に萎《しぼ》んでいった。あとに残ったのは、肩を落とした男の姿だけだった。

慰めることはできなかった。時間だけだ。彼を癒《いや》すことができるのは。

「あなたの気持ちを、美咲は知ってるんですか」

「いや、知らないと思います」

「隠してきたんですね」

「ずっと心の底にしまってました」

考えてみれば、そうなのだろう。もし彼がそんな気持ちを抱いていると知ったら、いくら酔っぱらっているとはいえ、美咲は彼とホテルに入ったりしないはずだ。そのとき、由佳子は気付いた。徳岡医師と美咲は関係を持ったのではないか。これだけ強い気持ちを抱いている徳岡医師が、酔っぱらって寝てしまうことなど考えられない。おそらく美咲の心が緩んだ瞬間があったのだ。派手な外見に反し、美咲は律儀《りちぎ》な女性だけれど、常に道を違《たが》えないわけではない。その違えた瞬間を、徳岡医師は逃さなかった。相手の心が自分にないと知りつつ、あとはないと悟りつつ、縋《すが》るように美咲を求めた。ああ、と思った。なんと悲しい行為だろう。徳岡医師は泣きながら美咲を抱いたのではないか。

「美咲の子供は、僕の子供じゃなかった。もう彼女には届かない」

徳岡医師の言葉に、力はなかった。すべては失われた。他の誰よりも、彼自身がわかっていることだった。それでもなお、彼は思いを引きずり続けるのだろう。決着はつかない。もしかすると、一生、彼は抱え続けるのかもしれなかった。

由佳子はやはり慰めなかった。ただコーヒーを飲み、言った。

「申し訳ないのですが、別のことをお伺いすることはできますか」

「なんでしょう」

「N病院事件を取材していることは、前にお伝えしましたね」

「はい」

「あれから、わたしもいろいろ勉強したんですが、どうしてもわからないことが多いんです。専門的なことです。そのことについて、教えていただきたいんです」

「僕にできることなら」

「もちろん、取材源の秘匿《ひとく》は――」

「気になさらないでください」

思いを打ち明けたゆえか、徳岡医師のガードは前よりも低くなっていた。

「僕にわかることならば答えます」

「徳岡先生は前回、治療ができなくなると言われました。それほど厳しい状況なのだと。ただ、実際のところ、どうなんでしょうか。本間医師にいっさいのミスはなかったのかどうか、ご意見を聞かせてください」

「あとになって考えれば、他にもいくつか方法はあったと思います」

「方法？」

「本間先生はできる限り、子宮を温存しようとした。患者さんの意志だったからです。そのために、ぎりぎりまで圧迫止血を試みた。圧迫止血というのは、ガーゼや手を使って、胎盤剝離面《はくりめん》からの出血を抑えることです。僕の経験ではたいてい出血はこれで収まります。実際、本間先生のケースでも一度は止血できているんです。ところが安定する前にいきなり大量出血が始まった。いっそ子宮の温存など考えず、最初から子宮摘出に踏み切っていれば、あるいは患者さんの命を救うことができたかもしれません」

「県が出した報告書を読むかぎり、子宮摘出に移るための輸血製剤は、その時点で届いてなかったのではないですか」

「お金がかかるんです」

「え、お金ですか」

「血はただじゃない。むやみやたらに取り寄せることなどできないんですよ。どこの病院も財務面は厳しい。必要に迫られてから発注することになる。けれど、すぐに届くわけではありません。地方ではなおさらでしょう」

「なるほど。そういう事情もあるわけですね」

「現場は制約だらけです。医療費の削減が進んでますから」

「癒着胎盤の事前診断は可能ですか」

「無理だと思います」

「今回、本間医師は癒着胎盤を経験した先輩医師に相談してますね。ある程度の可能性は予見していたのではないでしょうか」

「否定はできません。患者さんは前回、帝王切開で子供を産んでいる。もし、その切開痕《こん》に胎盤がかかっていた場合、癒着する可能性は高くなります。超音波診断で、本間先生は不安を抱いたんでしょう。どこまでの不安であったかは、本間先生にしかわかりません。しかし、これだけは言えます。産婦人科医が今の二倍、いや三倍いて、予算が潤沢で、事前診断にたっぷり時間をかけられたら、あんなことにはならなかった。この国は少子化の危機に陥っている。出生率は下がる一方です。上がる見込みはない。まったくない。政府は子供を産めと叫んでいるくせに、対策は後手にまわるどころか、ろくになされていないんですよ。完全な機能不全に陥っている。たとえば、ひとりの医者を育てるのには十年の時が必要です。今すぐ手を打ったとしても、状況の改善には十年かかるということです。我々が進んでいるのは、隘路《あいろ》なのかもしれません」

「隘路……」

「今でさえ、道はとても狭い。けれど、その先の道はさらに狭い。我々産婦人科医は疲弊しきっています。訴訟リスクを抱える以上、医学生たちは産婦人科を選ばない。人材の供給がそもそも断たれている。一方で引退していく産婦人科医がいる。過酷な環境に耐えかねて、楽な科に移るものも少なくない。現状でも厳しいのに、それはさらに加速していくでしょう。訴訟リスクへの対策はまだ検討が始まったばかりです。試案は出ていますが、内容はひどいものだし、遅々として進まない。篠原さん、もしかすると、この国は滅びようとしているのかもしれません。どんどん子供を産みにくくしている。お金も、手間も、かけようとしない。子供を産まない種に未来がありますか。希望がありますか。あくまでも僕の感覚ですが、先に待っているのはクラッシユです。隘路ならまだいい。頑張れば進める。けれど我々の進む道はいつか途切れるかもしれない」

「希望はないんでしょうか」

「僕には見えません」

即座に答えが返ってきた。勤務があると言い残し、徳岡医師は先に帰った。残された由佳子は、すっかり冷めたコーヒーを口に運んだ。

やけに苦く感じられた。

苦さを感じたまま、オフィスに戻ると、嶋本の姿しかなかった。

「あれ、嶋本さんだけですか」

彼は笑った。

「沈みゆく船からは誰もが逃げるさ」

「残っている鼠《ねずみ》もいますよ」

「それはよほど奇特な鼠なんだな」

自分のことだろうかと由佳子は思った。なるほど奇特な鼠だ。そんなことを考えつつ、席に着き、ふうと息を吐く。日を追うにつれ、スタッフはどんどんいなくなっていた。もはや記者と呼べるのは、自分と井上くらいのものだ。あとはサイトの更新を行う技術系の人間が残っているだけだった。

「すまなかった、篠原」

「本気でそう思ってるなら、煙草《たばこ》を消してください」

「相変わらず厳しいな」

予想に反して、嶋本は煙草を消した。いくらか驚いた。

「嶋本さん」

「なんだ」

本来ならば、ためらうべき問いだったけれど、由佳子はためらわなかった。徳岡医師と本音でやり合った感覚が残っていたのかもしれない。あるいは、このがらんどうのオフィスが、そんな気持ちにさせたのか。

「どうしてこんなことを始めたんですか。嶋本さんなら、既存メディアでの仕事がいくらでもあるし、リスクを背負い込むことなんてなかったじゃないですか」

「リスクか」

「ええ、そうですよ。リスクです。わたしが嶋本さんの立場なら、文化人面《づら》してますね」

「そして小金を稼ぐわけだ」

「決して悪いことじゃないと思います」

「まあ、そうだな」

煙草を手にした嶋本は、火をつけようとして、慌《あわ》ててやめた。癖で持ったものの、由佳子に注意されたことを思い出したらしい。

「僕も可能性を見たかったんだ」

「可能性ですか？　インターネットの？」

「いや、違う。僕のだ」

「嶋本さんの？」

「人は前に歩むべきじゃないか。たとえそれが行き止まりの道だとしてもね。実際、この会社は行き止まりだったわけだが……。ただ僕は後悔してない。よかったと思っている。こんなことを言うと、失業寸前の君に殴られるかもしれないが、とても楽しかった」

「わたしも楽しかったです。やり遂げられなかった仕事があるのは残念ですが」

「例のN病院事件か」

「ええ、そうです。いえ、違います」

嶋本は怪訝《けげん》そうな顔になった。

「よくわからんな」

「確かにそれはきっかけでした。ただ、その取材を重ねていく中で、子供を産むということに興味が湧《わ》いてきたんです。嶋本さん、どうして人は子供を産むんでしょう。今、子供を持つことは、経済的にも、社会的にも、大変なことが多い。たくさんの人が子供を持たない道を選んでいる。むしろ、そちらが合理的な選択であるように思えます。なのに、人は子供を産む。わたしの友人も、この前、出産しました」

「男の子か、女の子か」

「女の子です」

「うらやましい話だな。うちは男の子がふたりだから、女の子が欲しかったんだ。それで三人目を望んだら、妻に拒否された。僕は仕事で手一杯だったし、妻は男の子ふたりの世話で限界だったんだな。今もよく、愚痴を言われる」

「娘が父親に懐《なつ》くのは十歳か十一歳までですよ」

「そのあとは嫌われるわけか」

「ええ」

「だけど、いつか、また仲良くなれるかもしれないじゃないか」

情けない口調に、由佳子は笑ってしまった。女の子を持たないのに、嶋本は今もそれを望んでいるらしい。諦《あきら》めきれない夢といったところか。嶋本も釣られたように笑った。そうして、しばらく笑い合ったあと、急に嶋本が真面目《まじめ》な顔になった。

「同じなんじゃないか」

「え――」

「さっきの答えだ」

どうして人は子供を産むのか。

「この会社も僕の子供だ」

わざわざ会社を興《おこ》したのは、自らの可能性を見たいからこそ。そっくり言葉を捉《とら》えるならば、子供を産むこともまた、自らの可能性を求める行為ということになる。はたしてそうなのか。子供は可能性、あるいは未来なのか。

「わかる気もしますが、わたしにはまだ実感できないです」

「ひとつ聞こうか」

「はい」

「なぜブロック紙を辞めたんだ」

不意を突かれた。あのままならば、人生は安泰だった。なんの苦労もなかった。それでも由佳子は新たな道へ進んだ。当時の気持ちを思い出してみた。仕事は充実していた。その地方にいるかぎり、特別扱いしてもらえた。収入も悪くなかった。なんの文句もない。けれど由佳子は進みたかった。自らの可能性を試したかった。創業一族を巡る社内のごたごたは、今になってみれば、言い訳にすぎなかった。

そう、収まりたくなかったのだ。

由佳子は口を開かなかった。喋《しゃべ》ることを拒否したわけではない。迷ったわけでもない。必要がないとわかったからだ。答えはすでに、嶋本の胸にあった。わかった上で、尋ねてきたのだ。いちいち言葉にするのは、野暮だった。

時間が流れた。ゆっくりとしたものだった。

嶋本は手元の煙草を見つめ、それから由佳子の顔を窺《うかが》ってきた。由佳子はあえて、知らぬ存ぜぬを決め込んだ。

嶋本は誘惑に負けた。煙草に火をつけた。

「あのな、篠原、ちょっと頼まれたことがあるんだ」

実においしそうに吸ってから言った。

「なんですか」

「おまえを欲しいという話を持ちかけられた。僕が決めることじゃないが、悪い話ではないと思う。ただ、おまえの気持ちもあるから、とにかく預かってきた。にしても、おかしな流れでな。おまえくらいキャリアがあるなら、自分でいくらでも道を見つけられるだろうし、相手だって僕なんか介さない。それなのに面倒な手順を取ってきた。先方の役員から電話が入った。僕も世話になった人でな。外堀を埋められたってところだ」

「どこですか」

「R新聞だ。正社員で採りたいと言ってくれてる」

確信した。

長門君だ。


電話を入れると、長門君はいきなり文句を言った。

「由佳子さんはひどいよね」

「ひどいって、なにが」

「断りも入れず、どんどん話を進めちゃうんだもの」

「だって、こっちで好きに書いていいって言ったじゃないの」

「そうですけど、経過報告くらいあってもいいでしょう」

「まあね」

まったく連絡を取らなかったのは、さすがにまずかったか。

「ところでN病院事件のこと、調べてくれてるんですか」

「裁判の傍聴には行ってるわよ」

「原稿にまとめられそうかな」

「ええ」

「じゃあ、そろそろ義理を果たしてくれませんか。実はまた新雑誌なんだ。最近、子育てや教育をテーマにした雑誌の刊行が続いてるんですよ。お受験なんかを絡《から》めてね。ただ、うちがやる以上は、社会的なテーマにも切り込むべきでしょう。他と同じことをしても意味ないしね」

魅力的な提案だった。途中で終わってしまった特集を、R新聞社の名で再開できる。当然、記事の信頼性は増すだろう。理不尽な話だとは思うものの、そういう面があることは否定できない。権威という言葉は使いたくないけれど。

由佳子はやがて、ある可能性に思い至った。そもそもN病院事件のことを持ち込んできたのは長門君だった。それを嶋本に提案したところ、予想外に強い後押しを得た。もしかすると……その時点で話がついていたのではないか。経営者でもある嶋本は、会社の行く末を、すでに悟っていた可能性がある。

「長門君、わたしに隠してることがあるんじゃないかしら」

なんのことですか、と長門君はとぼけた。かつてはただの若造だったのに、すっかり記者らしくなっている。

「わざわざ遠まわりしないで、直接話してくれればいいのに」

「由佳子さん、へそ曲がりだから」

「なによ」

「嶋本さん経由で頼んだ方が、いいかと思ってさ。僕は由佳子さんと働きたいんだよ。けっこう苦労したんだから。上の方に働きかけるのだって面倒だし、頭だって下げなきゃいけなかったし。何度、足を運んだことか」

飄々《ひょうひょう》とした調子はいつも通りだけれど、その言葉に嘘《うそ》はないだろう。追い詰められたのか、ほだされたのか。

わからないまま、由佳子は言っていた。

「どうもわたしの負けみたいね」

違いますよ、と長門君は告げた。

「由佳子さんは勝ったんですよ」

N病院事件の裁判は月に一度のペースで進み、ついに検察側の論告求刑を迎えていた。この手の裁判としては比較的早いものの、それでも最初の公判から一年以上が過ぎている。結果はすでに見えかかっていた。裁判を傍聴し、周辺取材をしていれば、自《おの》ずとわかる。まず検察官が、公判途中でごっそり入れ替わった。異例中の異例。敗勢を感じ、撤退戦に入ったとしか思えない。漏れ伝わってくるところでは、最高検察庁、つまりは検察の元締めが、新たな医療事件の摘発にストップをかけているという話もあった。さまざまなことが耳に入ってくる。いくつかは正しいだろうし、いくつかは憶測だろう。ただ、明らかな現実が、見え始めていた。

最高検は転んだ――。

他の地域で、N病院事件より、はるかに悪質な医療ミスが起きていた。遺族は憤《いきどお》り、精一杯の働きかけをしているけれど、警察も検察もまったく動こうとはしない。いつか風向きが変わったのだ。少子化の危機と、産婦人科医の激務が伝えられ、警察や検察も抗しきれなくなった。裁判は、法廷とは別のところで、決着を迎えつつあった。本間医師の現場判断も、遺族の思いも、まったく関係ない。どこかの時点で政治要因になってしまった。司法の独立は確保されているけれど、行政や立法が足並みを揃《そろ》えれば、好き勝手な独走などできるわけがなかった。あまりに理不尽ではないか。あれだけの人を巻きこみ、産科医療を崩壊に追いこんだのに、いったいなんのための逮捕、裁判だったのか。

「そろそろ行きましょう」

傍らにいる青年に、由佳子は言った。彼は素直に頷《うなず》いた。開廷前、由佳子は出入り口の階段に腰かけていた。最近、長く立っているのが辛《つら》くなってきた。

彼は新雑誌のスタッフだ。

入社したばかりの一年生で、頭に卵の殻がついているような感じだった。どこか松本君を思わせるところがある。由佳子は新雑誌のメインスタッフとして迎えられた。これまでのキャリア、年齢を考えれば、決しておかしな人事ではないけれど、由佳子にとっては驚きだった。チャンスを与えられた以上、由佳子は全力を注ぎ込んだ。取材を重ねたおかげで、明確なものが胸にあった。それは徳岡医師が放った言葉だった。

「隘路《あいろ》ならまだいい。頑張れば進める。けれど我々の進む道はいつか途切れるかもしれない」

途切れさせてはいけない。彼の言うように、子供を産まない種に未来などないのだから。もし社会がそちらに流れているのだとしたら、あえて異議を唱えるべきだ。それこそがジャーナリズムではないか。不遜《ふそん》かもしれないけれど、現実を追いかけ、ただ分析し、他人事《ひとごと》を決め込むようならば、言論に意味などないのではないか。先んじてはいけない。遅れてはいけない。ともに歩み、ともに悩み、ともに答えを探すべきだ。出だしはよくなかったものの、新雑誌は徐々に部数を伸ばしていた。最初は冷たかった社内の風も、少しずつ変わってきている。マスメディアの良心とか、義務とか言いつつ、結局は売り上げが答えになる。まだどうなるかわからないけれど、由佳子は信念を貫こうと決めていた。もしそれが通じず、売り上げが落ち、上層部が休刊を決めるならば仕方ない。自らの不明を恥じるだけのことだ。

あるいは、その開き直りが、いい結果を生んでいるのかもしれなかった。

いちいち調べているわけではないものの、かつての仲間たちの動向は、折に触れ、耳に入ってきた。松本君は、県紙の記者としてばりばり働いているらしい。サツ廻りに配属され、夜討ち朝駆けの日々だそうだ。記者として鍛えられている。井上はなんと、ニュースサイトを維持していた。素人《しろうと》や、若手論客を積極的に起用し、挑発的な論陣を張っている。いわゆる炎上も珍しくなかった。何度か日本最大のポータルサイトに、その混乱ぶりが掲載された。大変なことになっていると思い、電話をかけたところ、井上はまったく慌てていなかった。

「おもしろいだろう」

ただ笑っていた。

呑気《のんき》な調子に、由佳子は呆《あき》れた。

「大丈夫なの」

「発端になったライターはてんぱってるよ。だけど、それでいいんじゃないか。俺も、おまえも、最初は痛い目に遭ってるだろう。繰り返して、一人前になっていくわけだ。最近の若手論客とやらは、なまっちょろいよ。少し叩《たた》かれると、すぐへこむ。だから俺は、奴《やつ》らのケツを蹴飛《けと》ばしてるんだ。たとえ叩かれても、声を嗄《か》らし、叫び続けてこそ、意気地がつくってもんだ。乗り越えた奴は、きっと一流になるぞ」

「厳しいわね。潰《つぶ》れる子もいるでしょう」

「潰れる奴は本物じゃない」

井上はあっさり断じた。

「本物はなにがあっても生き残る」

などと言いつつ、井上のことだから、たっぷりのフォローをしているに違いない。からかい半分、確かめてみようと思ったけれど、やめておいた。野暮だ。代わりに尋ねる。

「運営資金は大丈夫なの」

「なんとか」

「スポンサーを見つけたの」

「駄目だな、そっちは。いちおう営業をかけてみたけど、さっぱりでさ。ただ、規模をだいぶ縮小したたし、ほら、プロになるかならないかの連中を使ってるから、安くすむんだ。こっちは経済的にありがたいし、向こうは発表の場を得られる。利害が一致するわけさ。正直、うちは一段目でいいと思ってる」

「一段目?」

「力のある奴は、階段をさっさと上って、次の場に行ってもらえばいい。うちはまあ、見本市のようなものだよ」

なるほど、それもありだろう。かつて、地方同人誌から、たくさんの作家、文豪が生まれた。今はインターネットがその役目を果たしているわけだ。無名の人間が、いきなり全国紙に寄稿しても、無視される。しかし、井上のサイトで名を上げ、数万人から支持を集めれば、話はだいぶ違ってくるだろう。まずは雑誌、次に新聞。そこまで行けばテレビも放っておかない。

「おもしろいことをしてるわね」

本心だった。

井上は笑った。きっと頭を撫《な》でているのだろう。

「ああ、おもしろくて仕方ないね」

嶋本は相変わらず活躍していた。あちこちの雑誌や新聞で原稿を書き、テレビにもよく出ている。おそらく井上に資金提供を続けているのではないか。たまに画面で彼を見かけると、由佳子は不思議な気持ちになった。かつては一緒に働いていたのだ。本音でやり合ったこともある。時間がたてばたつほど、彼から聞いた言葉は重みを増していった。

「あの、篠原さん」

ぼんやりしていたら、声をかけられた。

現場慣れしていない彼は、いくらか緊張しているらしい。

「篠原さんがずっと追ってたヤマだったんですよね」

「まあ、そうね」

心の中で、由佳子は苦笑した。ヤマか。決して間違いではないけれど、もう少し事件性が強い場合に使う言葉だった。その辺の感覚がまだ、彼にはわからないらしい。

自分にもそういう時期があった。失敗し、学び、また失敗し、また学び、人はゆっくり進んでいくしかないのだ。

ありがたいことに傍聴券を取る手間はなくなった。さすがは全国紙、しかもクォリティ・ペーパーとなれば、各県に支局があり、記者クラブにも入っている。裁判においても記者席が用意されていた。

「どうぞ」

階段から立ち上がろうとしたら、ヒヨッコ君が手を差し伸べてくれた。

「ありがとう」

素直に、その行為に甘える。由佳子のお腹《なか》はいくらか膨らみ始めていた。目立たないように、ゆったりした服を着ているけれど、それでも気付く人は気付くだろう。もちろん部下である彼は、由佳子の妊娠を知っている。

そう、由佳子は身ごもっていた。

彼女にとっても意外だったし、良人《おっと》である哲也にとっても驚きだった。将来に対する不安を抱いていたふたりは、常に気を付けていた。ただし、一回だけ、流れに身を任せてしまったことがある。井上と、松本君と、飲んだ日だ。あの夜の行為が、結果をもたらしたのだった。

ずっと客観的な目で見てきたつもりだった。N病院事件の調査も、裁判の傍聴も、読者への取材も。しかし、こうして自らの子供を宿した今、由佳子は違う感情を抱くようになっていた。膨らみ始めたお腹に手を置くと、たまらないほどの幸せを感じる。自らの存在、その根源から湧《わ》き上がってくる感情だった。あるいは暴れまわるホルモンのせいかもしれないけれど、涙がこぼれることさえあった。ああ、そうなのだ。まだ生まれていないとはいえ、由佳子にとって、お腹に宿るものはすでに命そのものだった。

「ねえ、長門君、わたしでいいのかしら」

不安になり、尋ねてみたことがある。

「どういうことですか」

「わたし、自信がないの」

「自信？　なんのですか？」

「記者としての。わたしはもう母親なの」

医者は常に完璧《かんぺき》ではない。なにしろ人間なのだ。迷うだろう。ミスをするだろう。だからといって、彼らを罪に問い、獄舎に放り込むのが正しいとは思えなかった。たった一度の迷いやミスさえ許されず、曖昧《あいまい》な事例で犯罪者にされてしまうのだとしたら、誰も産婦人科医などにはなるまい。しかし、自らのお腹に手を置き、この子が無事に生まれてこなかったときのことを考えると、不安に体が震えた。そうなったら、たとえ仕方ないと知っていても、医者を責めてしまうかもしれない。自らの感情を抑える自信は今、由佳子になかった。そんな状態なのに客観的な視線を保つことができるだろうか。

「なるほど」

長門君は静かに聞いてくれた。

「確かに由佳子さんは母親になったんだね」

「そうみたい」

「いいんじゃないかな、それで」

「どういうこと」

「記者としての客観性を保とうとしてる一方で、母親としての感情に流されている由佳子さんがいる。そこに意味があるように思うんです。いっそ、由佳子さんの葛藤《かっとう》を、そのまま記事にしてみるってのはどうかな。そもそも、こんな事件、客観的に判断するなんて無理なんだから。裁判は国家としての儀式ですよ。本当の答えは、もしかすると由佳子さんの中にあるのかもしれない。うん。やりましょうよ。由佳子さんのコーナーを作るってのはどうですか。もちろんN病院事件のこともしっかり書けばいい。

そこから感じた現在の周産期医療の矛盾や問題点を、時には記者として、時には母親として、言葉にしてみたらおもしろいんじゃないかな」

「わたしが？」

「由佳子さんにしかできないことだよ」

迷う部分も、尻込《しりご》みする部分もあった。記者の本能として、自らを晒《さら》す行為には抵抗がある。

しかし、もし自分に伝えられることがあるならば――。

子供を産むとは、どういうことなのだろう。それはメリットなのか、デメリットなのか。自らのお腹に子を宿した由佳子でさえ、答えを出せないでいる。

経済的なメリットはない。お金はただ出て行くばかりだ。それでも人は子供を望む。由佳子自身、膨らみ始めたお腹に手を置くとき、自らも戸惑うほどの幸福を感じることがあった。そして同時に、同じだけの不安も感じた。良人である哲也も同じらしい。徳岡医師は言っていた。この国はどんどん子供を産みにくい状況になっていると。

日々、由佳子も身に染《し》みている。

だからこそ、思うのだ。感じるのだ。願うのだ。自らの言葉が、書き連ねることが、わずかなりとも、その状況を変えられればと。

先ほどと同じ言葉を、違う意味を込めて、由佳子は口にした。

「そろそろ行きましょう」

たとえそれが、小さな一歩にすぎないとしても。

参考文献・ホームページ

藤井知行監修『流産　流産・習慣流産の最新知識とケア』東京図書
石川寛俊『医療と裁判　弁護士として、同伴者として』岩波書店
鈴木重統監修　小林隆夫、水上尚典、白幡聡編『周産期の出血と血栓症　その基礎と臨床』金原出版
日本産婦人科手術学会編『産婦人科手術スタンダード』メジカルビュー社
進純郎『分娩介助学』医学書院
小松秀樹『医療崩壊「立ち去り型サボタージュ」とは何か』朝日新聞社
河合蘭『助産師と産む　病院でも、助産院でも、自宅でも』岩波書店
森巍『胎児診断・管理のＡＢＣ』金芳堂
森田豊『産科医が消える前に　現役医師が描く危機回避のシナリオ』朝日新聞出版
河北新報社「お産ＳＯＳ」取材班『お産ＳＯＳ　東北の現場から』同友館
日本産科婦人科学会、日本産婦人科医会編集／監修『産婦人科診療ガイドライン　産科編２００８』
　日本産科婦人科学会事務局
倉智博久編『ここが聞きたい産婦人科手術・処置とトラブル対処法』医学書院
周産期医療の崩壊をくい止める会
http://plaza.umin.ac.jp/~perinate/cgi-bin/wiki/

解説

河合蘭

2000年代後半から、それまではあまり見かけなかった産科医療関連の小説が目立つようになってきた。

たとえば海堂尊《かいどうたける》の『ジーン・ワルツ』『マドンナ・ヴェルテ』、そして岡井崇《おかいたかし》の『ノーフォールト』『デザイナーベイビー』。そして、この『もうすぐ』だ。

出産を扱っているのに、作者はどれも男性作家である。男性が、それぞれに直面した矛盾への怒りや、改革への願いを込めて書いている。

日本の産科医療はかねてより人数が減っていたが、2004年に研修医制度が変わると人手不足が限界を超えた。現役の医学部教授である岡井崇は、医療訴訟で追い詰められ壊れていく女医を主人公に、医療現場の叫びを描いた。そしてこの『もうすぐ』で、作者・橋本紡は、子どもをもった一男性として叫んだ。

この作品が生まれたきっかけは、橋本夫婦自身が第一子の出産にあたって「お産難民」になりかけたことだという。私は出産・育児サイト「ベビカム」とインターネット調査をおこなったことがあるのだが、『もうすぐ』単行本出版の少し前に産んだ人たちは、1割強が一度は分娩《ぶんべん》の扱いを断られていた。

産み場所の減少傾向は首都圏でも深刻で、妊婦たちは分娩予約の争奪戦に参加せざるを得なかった。

あの頃は、本当にみんな、悔しい思いをしていた。

たくさんの医師が、命を削って重症の妊産婦を診《み》てきた努力が認められない悔しさを感じていた。親たちにしても、「子どもなんて自分には関係ない」と思う人も多い中、幾多の不安を乗り越えて妊娠したのに、突然地域の産科医療から拒まれてしまったのだから。

しかし、さまざまな混乱も、いくつかの果実はちゃんと残した。

岡井崇は、脳性まひの子どもが出生した場合に第三者の委員会による原因究明がおこなわれる「産科医療補償制度」を実現し2009年より実施された。『ノーフォールト』で必要性を訴えていたこの制度は、法廷闘争をしなくても受けた医療の検討がおこなわれ、介護に必要な補償金も受けとれる日本で初めての仕組みとなった。

産科医療の危機をめぐる一連の報道は、積年の問題を次々に洗い出した大嵐《おおあらし》だったと思う。

ふり返ってみると、何と言っても一番大きかったのが、２００６年２月の福島県立大野病院産科医逮捕事件だった。この小説で由佳子《ゆかこ》が追った「N県の産婦人科医逮捕事件」そのものである。

この事件についてはさまざまな解釈があるが、私は、大野病院には、産科の医師が１人しかいなかったことがポイントだと考えている。逮捕事件があるまでの日本では、地方ではそういう公立病院が少なくなかった。

一方、欧米では、医師が１人しかいない施設では、分娩がおこなわれることさえ珍しい。欧米にも産科の開業医や開業助産師はいるのだが、分娩はスタッフのたくさんいる大病院のオープンシステムを利用するのが普通だ。

出産の最大の特徴は、予期せぬ急変もあり得ること。もし産婦が危機的状況に陥った時、21世紀の産科医療機関として最善の医療を提供しようとするなら、24時間365日態勢で複数の産科医、新生児科医、そして麻酔科医が院内に待機していることが理想である。

欧米はそれに近づいた形をとるため、国内にいる産科医の総数は日本とあまり変わらなくても一施設にいる医師数が多く、膨大な分娩件数を扱っている。産み手から見れば自宅から産み場所まで遠くなるが、いくら近くてもそこが人手不足で綱渡りをしているようではしかたがないという考え方だ。

これに対し、日本の医局は広く浅く医師を配置してきた。このスタイルが作られた頃は、まだ産科医療は小さなチームでもできる医療だったのかもしれない。

お産をとりあげるだけなら、1人医師でよかった。いや、お産婆《さんば》さんがひとり家に来てくれればそれでもいい。病院には家庭にはない強い耐性菌もたくさんいるのだし、その方が感染の危険が小さい。戦前までの日本は全国でそうしていた。でも昭和の中期くらいまでは、生まれてきた子が呼吸をしていなくても、それはしばしば起きてしまうことであり、その子の寿命だったのだと受け入れられていた。危険の予知にしても、対応法にしても、医療にできることは少ししかなかった。

しかし昭和30年代に医療技術の革命的な進歩が始まると、時代は変わった。今も助産師と名称を変えたお産婆さんが来てくれる自宅出産はあるが、何かあった時の人々の気持ちはまったく違う。だから現代の産婆のバッグにはおそらく酸素ボンベも入っているだろうし、そもそも極めてローリスクであると思われる人しか受け入れない。

そして、直ちに搬送を受けてくれる医師や病院と密接な連携を持つことは、ふたつの命をあずかる助産師なら当たり前の義務だ。自宅出産でも、助産院出産でも、しっかりした「最後の砦《とりで》」との連携に支えられてこそあり得る出産だと言える。それには搬送先が産科医が1人しかいないような所ばかりで、徹夜続きでフラフラの医師しかいないようでは困る。

開業医ならともかく、産科医が1人しかいない病院が全国に多々あるような状況は、何とかしなければならなかった。

福島県で産科医が逮捕された2006年2月、日本産科婦人科学会が、「ハイリスク妊娠を扱う病院では3名以上の産婦人科専任の医師がいる事が望ましい」という緊急提言を発すると、医師が2名以下の病院は、次々と分娩取り扱い中止の告知を待合室に貼《は》り出した。

学会にとっては、前年に実態調査も終えていた長年の懸案であった。

各大学の医局が、派遣先のA病院やB病院から医師を引きあげてC病院に送り込み、C病院を産科医の多い拠点病院にするという人員配置の大手術を「集約化」という。

医師が引き上げられ分娩取り扱いを中止した所は、小さくても頼りにされてきた中核の公立病院が多かった。僻地《へきち》ではいよいよ医療過疎となり、臨月になると病院や付近のビジネスホテルなどに泊まり込む「宿泊分娩」が珍しくなくなった。

出産施設のほとんどが加入していると言われる産科医療補償制度の加入施設数を見

ると、2009年以降は分娩取り扱い施設の減少が止まったように見える。でも生き残った施設では待ち時間が長くてどこも大変らしい。もともと医師の絶対数が少ない中での集約化だったから、妊産婦には負担がかかっている。

しかし、社会が産科医の数など気にかけなかった時から見れば、人の意識は変わり、関係者は知恵を絞ってきた。病院にも助産師は勤務しているので、彼女たちが助産院のように妊婦健診をおこなう「院内助産システム」はそのひとつである。国も、医療費削減のご時勢だというのに産科医療には何度も特別な財政的配慮をしてきた。こうした、国や行政の産科を大切に思う気持ちが、今、少しずつ若手医師にも伝わりつつある。

産婦人科医局に入局する若い医師が増え始めているのだ。

まだこの医師たちが一人前になるには時間がかかるし、必要な人数にはほど遠い。雲間に光が見えてきたという段階なのだが、大嵐のあとの、新しい空気をふくんだ風は吹き始めている。

嵐は、いつか止《や》む。

むしろ難しいのは、女性がどう生き、どう産むかというところではないか。

現代の日本は産みにくい社会だと繰り返し言われてきたが、女性もまた社会の一部であり、内側に産みにくさを抱えつつある。

『もうすぐ』には、出産についてさまざまな立場にある女性が夫婦で登場する。まだ産んだことがない読者には、現実感がない話が並んでいると感じるかもしれない。でも、たとえそうであったとしても、それを頭の片隅にしまっておいてほしい。少子化により出産というものが見えにくくなってきた現代において、あなたが、ここまで妊娠の具体的な細部を書き込んだ小説を読んだということはとても貴重な、ラッキーな体験をしたのだ。

読者は、由佳子と共に気づきの旅ができる構成になっている。

由佳子はネット新聞の記者として出産の取材に動き始めるが、すぐにもうひとりの由佳子——ひとりの未産の女性としての彼女が現れる。そして、取材対象の言動に大きく揺れながら、いつしか産む性としての目覚めを自然に迎えることができる。

最初に取材したゆかりは流産を体験したけれど、無事に次の子を宿すことができ、大きなおなかに夢を膨らませ、子宮の存在を濃厚に感じさせる存在だ。お産難民になったが親切な助産院で出産できた千紗《ちさ》と共に、2人は妊娠を共有できる男性と結婚する幸せ、産めることの幸せを垣間見《かいまみ》ることができる女性である。

しかし、こうした平凡な幸せであるはずのものが、現代では貴重品になってきた。

それを願ったはずなのに、そのためにものすごく努力しているのに、他の女性たちはなかなか産めない。

彼女たちは当初、勤務先や地位、収入、贈られるプレゼントで男性を値踏みする。そして満足した一見幸せそうな、絵に描いたような成功を収めた結婚。それなのに、足りないただひとつのものが、その欠落が彼女たちを迷路に追い込んでいく。

ビジネスでは優秀だが親になりたがらない未熟性を持つ男性と婚約した美佳《みか》は、自分の飢餓感に気づきながらも、優先順位を変えられない。ある時、デスクに愛児の写真を飾っている同僚男性を誘ってしまい、読者たちから堕《お》ちた女として罵《ののし》られる。私が由佳子なら、なぜ婚約者に自分は妊娠したいということをもっときちんと話せないのか、徹底的に聞くだろう。

こうした産めない苦しみを抱く女性たちと対照的に、幸せな安定した結婚という前提条件をまったく満たさないまま、由佳子の大学時代の友人・美咲《みさき》はシングルマザーになった。由佳子の目の前でわが子を産み落として、胸に抱いた。読み手によっては少し重苦しいかもしれないこの長編小説で、最終章の天真爛漫《らんまん》な母の喜びに読者は心が一瞬あたためられるだろう。

この作品には「きれい」という言葉が何回も出てくるが、連発されているのは美咲についてばかりだった。物語の冒頭、有楽町で女友達四人が飲むシーンがあるが、その時から、美咲が「きれい」であると由佳子は思う。その時すでに美咲は妊娠していたのかもしれない。

ふと、思った。表面はきれいで豊かでも心の奥ですれ違いの物語が続いていくだけの結婚なら、夫などいっそ要らないのではないだろうか。

いや、それは言い過ぎだ。本当のすれ違いは、あきらめたときに、逃げたときに始まるだろう。命は「授かりもの」だが、男女は、せめて相手を知るために努力すべきだ。その点、この作品では、女性の気持ちはもとより男性の気持ちも読みとることができる。

この作品が、どこかで誰かの出産チャンスを応援することを期待する。町をゆくきれいなアラサー、アラフォー女性たち——徳岡医師の目線の先にいたような——には多少口に苦い薬かもしれないが、このような小説を、よく書いてくれました、橋本紡さん。

これから産むかもしれない読者にかわって、最後に。

ありがとう。

（平成二十三年九月、出産ライター）

この作品は平成二十一年三月新潮社より刊行された。

橋本紡著

流れ星が消えないうちに

忘れないで、流れ星にかけた願いを——。永遠の別れ、その悲しみの果てで向かい合う心と心。切なさ溢れる恋愛小説の新しい名作。

橋本紡著

猫泥棒と木曜日のキッチン

親から捨てられ、弟と二人で暮らす高校生のみずき。失くした希望を取り戻すための戦いと冒険が始まる。生への励ましに満ちた物語。

橋本紡著

空色ヒッチハイカー

いちどしかない18歳の夏休み。受験勉強を放り出し、偽の免許証を携えて、僕は車で旅に出た。大人へと向かう少年のひと夏の冒険。

越谷オサム著

陽だまりの彼女

彼女がついた、一世一代の嘘。その意味を知ったとき、恋は前代未聞のハッピーエンドへ走り始める——必死で愛しい13年間の恋物語。

恒川光太郎著

草祭

この世界のひとつ奥にある美しい町〈美奥〉。その土地の深い因果に触れた者だけが知る、生きる不思議、死ぬ不思議。圧倒的傑作！

白石一文著

心に龍をちりばめて

かつて「お前のためなら死んでやる」という謎の言葉を残した幼馴染との再会。恋より底深く、運命の相手の存在を確かに感じる傑作。

石田衣良著

4TEEN【フォーティーン】

直木賞受賞

ぼくらはきっと空だって飛べる！　月島の街で成長する14歳の中学生4人組の、爽快でちょっと切ない青春ストーリー。直木賞受賞作。

石田衣良著

眠れぬ真珠

島清恋愛文学賞受賞

人生の後半に訪れた恋が、孤高の魂を持つ咲世子を少女に変える。恋人は17歳年下。情熱と抒情に彩られた、著者最高の恋愛小説。

石田衣良著

夜の桃

少女のような女との出会いが、底知れぬ恋の始まりだった。禁断の関係ゆえに深まる性愛を究極まで描き切った衝撃の恋愛官能小説。

石田衣良ほか著

午前零時

―P.S.昨日の私へ―

今夜、人生は1秒で変わってしまうと、知りました――13人の豪華競演による、夜の底から始まった、誰も知らない物語たち。

柴田よしき著

ワーキングガール・ウォーズ

三十七歳、未婚、入社15年目。だけど、それがどうした？　会社は、悪意と嫉妬が渦巻く女性の戦場だ！　係長・墨田翔子の闘い。

柴田よしき著

やってられない月曜日

二十八歳、経理部勤務、コネ入社……近頃シゴトに不満がたまってます！　働く女性をリアルに描いたワーキングガール・ストーリー。

新潮文庫最新刊

帚木蓬生著
風花病棟
乳癌と闘う泣き虫先生、父の死に対峙する勤務医、惜しまれつつも閉院を決めた老ドクター。『閉鎖病棟』著者が描く十人の良医たち。

角田光代著
くまちゃん
この人は私の人生を変えてくれる？　ふる／ふられるでつながった男女の輪に、恋の理想と現実を描く共感度満点の「ふられ小説」。

橋本紡著
もうすぐ
キャリア、パートナー、次はベイビー？　大人が次に向かう未来って、どこなんだろう。妊娠と出産の現実と希望を描いた、渾身長編。

ビートたけし著
漫才
'80年代に一世を風靡した名コンビ、ツービート復活！　テレビでは絶対放送できない、痛烈な社会風刺と下ネタ満載。著者渾身の台本。

曽野綾子著
貧困の僻地
電気も水道も、十分な食糧もない極限的貧困が支配する辺境。そこへ修道女らと支援の手をさしのべる作家の強靭なる精神の発露。

柳田邦男著
生きなおす力
人はいかにして苛烈な経験から人生を立て直すのか。自身の喪失体験を交えつつ、哀しみや挫折を乗り越える道筋を示す評論集。

もうすぐ

新潮文庫　は－43－4

平成二十三年十一月一日発行

著者　橋《はし》本《もと》紡《つむぐ》

発行者　佐藤隆信

発行所　株式会社新潮社

郵便番号　一六二―八七一一
東京都新宿区矢来町七一
電話　編集部(〇三)三二六六―五四四〇
　　　読者係(〇三)三二六六―五一一一
http://www.shinchosha.co.jp

価格はカバーに表示してあります。

乱丁・落丁本は、ご面倒ですが小社読者係宛ご送付ください。送料小社負担にてお取替えいたします。

印刷・株式会社光邦　製本・株式会社植木製本所

ISBN978-4-10-135184-1 C0193